ESP

矢 月 秀 作

幻冬舎文庫

E
S
P

ESP＊目次

プロローグ

山本浩紀《やまもとひろき》は、鈴鹿山脈の北端に位置する霊仙山《りょうぜんざん》の山腹にいた。登山道を外れ、森をかき分け、道なき道を進んでいる。

倒木や岩に足を取られながらも、奥へ奥へと歩き進む。

枝葉の間から陽が射した。山本は倒木に座り、額の汗を拭った。リュックのサイドポケットからペットボトルを取り、水を喉に流し込む。

一息ついて、ポケットからスマートフォンを取り出した。場所を確認しようとする。しかし、電波が届かない。

リュックから地図とコンパスを出した。地図を広げ、コンパスで方位を確認する。榑ケ畑《くれがはた》登山道の汗ふき峠から東へ進んできているのは間違いなかった。

「本当にあるのか？　こんなところに……」

独り言ちる《ご》。

枝葉の間から空を見上げる。陽はやや西へ傾いていた。腕時計を見る。午後二時を回るところだ。

八月末とはいえ、陽が落ちると森の中は冷える。何より、明かりも道もない山の中で夜を迎えれば、遭難しかねない。

標高一〇八四メートルの霊仙山は、春から秋にかけて多くのハイカーで賑わう。高さも手頃で登山道も整備されているからか、比較的歩きやすい山とされているが、遭難事故件数の多い場所でもあった。

「急ぐか」

ウインドブレーカーのポケットにコンパスと地図をしまい、腰を上げた。

再び、標《しるべ》なき森の斜面を歩きだす。

わざとバックカントリーを歩いているわけではない。

存在すると噂されている〝ある場所〟を探していた。

山本は廃墟マニアで、数冊の写真集も出しているフリーのフォトグラファー兼ライターだった。

仕事柄、友人にはオカルトマニアも多く、よく集まっては飲みながら、廃墟やオカルトの話を楽しんでいた。

二年前の夏のある日、オカルトマニアで雑誌ライターを生業《なりわい》にしている友人がふとこんな話をした。

『日本にも超能力者の養成施設があった』

似たような話はごまんと聞いた。

旧日本軍が軍事利用目的に超能力者を養成しようとしただの、異能者弾圧のために養成施設という名目の処分場を造っていただの、そのほとんどは浮説の域を出ないものだった。

が、友人の話は背景が少し違っていた。

山本は友人の話を聞くうちに、その施設が実在していた可能性を感じた。

もし現実に存在していたものならば、見たこともない廃屋の風景を目にできるかもしれない。それ以上に、そうした施設の存在を自分が証明できれば、ライターとしての価値が数段上がることにもなる。

山本はもう十数年、廃墟の専門家として活動を続けてきたが、近年、限界を感じ始めていた。

ブームが到来し、廃墟マニアが増えた。それは写真集やフォトエッセーの売り上げに貢献してくれた。一方で、商売敵を増やすことにもなった。

ポッと出てくる、マニアに毛が生えたような者たちは熱が冷めるのも早いので問題ないが、そのままプロとなる若い連中は厄介だった。

若い分だけ体力もあり、精力的に噂の現場に出向いては、新たな廃村や廃墟を発見していた。その人数が増え、かつて山本の独壇場であった現場まで荒らされるようになっている。若手が台頭してきたのを感じ、これまでのように稼ぐことはできないだろうと予測はしていたが、思った以上に早く少ないパイは食い荒らされ、ここ二、三年は飽和状態になってきている。

山本はキャリアを活かして講演会やトークショーで稼いでいたが、それも年々減ってきていた。

現状を打破し、次の段階へ移行するには、廃墟マニアという肩書を払拭する何かが必要だ。超能力者養成施設の発見は、その〝何か〟をすべて満たしてくれるものに違いなかった。ただ、一抹の不安はあった。

本当に存在するかどうかは問題ではない。それほどのネタをなぜこれまで、オカルトマニアたちが放置していたのかという点だ。

本当であれば大スクープだが、誰も手を付けようとしない。というか、山本も友人に聞くまではそのネタの存在すら知らなかった。

友人いわく、このネタはかなり昔からあり、オカルトマニアの間では知られたものらしいが、タブーとされていたそうだ。

というのも、養成施設を探しに出かけたライターはすべて行方不明になり、家族や友人にまで被害が及んだという話もあるからだ。

フリーメイソンかマフィアの都市伝説のようだが、実際に死亡しているライターも何人かいて、いつしか、触れてはいけないネタと位置づけられるようになった。

山本はさっそく、ライターが死亡したという事件について調べてみた。

養成施設が建っていた場所については諸説あったが、いずれも森深い山の中で、死んだライターは登山に不慣れで滑落した者ばかりだった。

一方、施設発見には至らなかったが、生還し、その後もライターとして活躍している者も少なくない。

また、行方不明の件は、ネタを独占したかった彼らの流説だという話もある。

山本もその説には同意だった。

これまで幾度となく、新しい廃墟を見つける際、そうした噂話は耳にしてきた。そのどれもが、商売敵の動きを止めようとするものだったり、怪しい噂を流して発見時の価値を上げようとする捏造《ねつぞう》だったりした。

今回も同様の事例だろうと思ってはいるが、犯罪に加担する者がアジトを隠すため、危うい噂を流布していたり、私有地に入られないよう奇怪な噂を流す土地所有者もいたり、ということもある。

単純に価値のないネタだったという可能性もあるが、長きにわたってタブー視されていた話だけに、そうした危険に注意する必要もある。

ともかく、すべては施設跡を見つけてからの話だ。現場を見つけられないことには、何も始まらない。

山本は件《くだん》のネタに関しての資料を可能な限りかき集め、父方の祖父の庭漆《にわうるし》の樹に囲まれた家の蔵に隠していた。そして、まだ手付かずだった滋賀と岐阜の県境に近い霊仙山を探索することにした。

霊仙山は、日本唯一の三蔵法師・霊仙が生まれた場所と言われている。近くには国生み神話のイザナギ・イザナミを祀った多賀大社もあり、もしここで伝説の廃墟を発見できれば、近年まれにみるスクープとなる。

山本も四十路を超えた。大きなスクープを手にできるのは、これが最後かもしれない。ならば、将来的に伝説となり得る場所で発見したい。

そうした思いも、山本をして霊仙山に足を運ばせた一因だった。

森が暗くなった。太陽に雲が被ったようだ。空を見上げる。雲は厚く、墨色だった。

ひと雨、来そうだな……。

悠長に雨宿りをすれば、日も暮れ、戻れなくなるかもしれない。

しかし、地図の上では、養成施設があったとされている場所に近い。

もう一度、空を見上げる。

「最後の無理をしてみるか」

ふっと笑みをこぼし、森の奥に足を向けた。

案の定、五分も経たないうちに雨粒が落ち始めた。山本はウインドブレーカーのフードを出し、帽子の上に被せた。

雨が枝葉を叩く。煙霧も次第に濃くなる。

伏し目がちに足下を見ながら歩いていくと、大きな岩が現われた。卵形の岩は急斜面に直立するように立っていて、先へ進むには下を回るか、上に登って回り込むかしかない。

地面は濡れ、足場は滑りやすくなっている。ここまでか……と思うが、ここまで来たのだからと奮起し、岩の下を回ることにした。

木の根に慎重に足をかけ、岩に手を突いて、ゆっくりと急斜面を下る。半分ほど回り込むと、煙霧の先が明るくなった。

平原でもあるのかと思うほど明るい。

ここかもしれんな。

山本の双眸《そうぼう》に期待が滲む。つい急ぎたくなり、無理に大きく踏み出した。

倒木に滑った。左足が取られる。急斜面を踏みしめるが、ぬかるんだ地面に滑り、体が持っていかれた。

滑落し、ずるずると木々の間を落ちていく。

山本は細い木を握ろうとするが、うまくつかめない。勢いのついた山本の体は転がり、岩でバウンドして跳ね上がった。

制御不能のまま、木の幹に胸を打ちつけた。

息を詰め、木の根元に落ちる。滑落は止まったが、背負っていたリュックははるか下へ転がって消えた。

上着もズボンも破れ、太腿や腕には無数の擦り傷や打ち身ができた。血も出ている。

山本は胸をさすり、木の幹にもたれた。胸部には鋭い痛みと鈍痛が交互に走った。

肋骨をやったか……。

山本は胸の状況を確かめるように、大きく息を吸った。顔が上がる。周囲が見える。

途端、呼吸を止め、目を見開いた。

「なんだ、これは……？」

周りの木々が即席麺のように丸まっていた。一見、不規則に見える変形木だったが、よく見るとアーチのようになっていて、山の斜面に沿って煙霧の先へと延びている。

地面に目を凝らす。倒木や雑草、腐葉土に覆われていた急斜面はここから平らで、整備されたサッカー場の芝のような草がアーチの中へ続いていた。

山本は痛みも忘れ、立ち上がった。

胸を押さえ、曲がりくねった木々のアーチを進んでいく。アーチは明るい方向へと続いている。

煙霧が少しずつ晴れていく。

山本はアーチを抜けた。

仁王立ちし、瞠目した。

山の中に忽然と都市が現われた。校舎のような建物や城のような建築物がある。舗装された道路もあり、路肩には車も数台停まっている。道路や建物の隙間には青々と茂った芝庭や一軒家もある。

アメリカ郊外の町並みを見ているようだ。

しかし、奇妙な点も多い。街頭や町の建物にまっすぐ立っているものはない。すべて大なり小なり湾曲している。そこらじゅうにガウディの建築物が並んでいるようだ。

道の先には商店や飲食店も見えるが、人が出入りしている気配はない。しかし、ひと気は感じる。

「夢か？」

胸元を押してみた。全身に痛みが走り、たまらず腰を折る。二、三度咳き込んで呼吸を整え、上体を起こした。

改めて、町に目を向ける。

「私は、どこへ辿り着いたんだ……？」

町に踏み入ろうとした。

『何者だ？』

突如、頭の中に男の声が響いた。

山本は周囲を見回した。人影はない。

『何をしに来た？』

また声が聞こえる。

耳から入ってきた音ではなく、直接、脳の聴覚野で声を認識している感じだ。正直、不快だった。

「君は誰だ？」

声の主に語りかけてみる。

『誰でもいい。すぐに来た道を戻れ。さもないと強制排除する』

話しているという感覚はないが、コミュニケーションは取れている。

「君は神か？」

問いかける。

声の主は答えない。

「ここはどこなんだ？」

問うが、またも返答はない。

声は気のせいだったのか……。

不可解な出来事に首をかしげつつ、再び、町へ踏み入ろうとした。

『立ち去れと言ったはずだ』

男の声に怒気がこもる。

「教えてくれ。ここはどこだ」

大声で問う。

背後で風が吹いた。ぞくりとして振り向く。

人が立っていた。

ほっそりとした長身の男性だ。歳は三十から四十の間といったところか。髪を肩まで伸ばし、右目を前髪で隠している。

男は左目でじっと山本を見つめた。

「どこから出てきたんだ？」

「ずっと、おまえのそばにいた」

男は答えた。声は、脳に直接語りかけてきたものと同じだった。

幽霊か……。

背筋が震える。

「幽霊ではない」

男が答えた。

山本は驚いて目を丸くした。

「思ったことがわかるのか……？」

「さあな。そんなことはどうでもいい。今すぐ、来た道を戻れ。二度とここへは来るな。この場所のことも忘れろ」

男は言い、体を左に開いた。左手で木々のアーチを指す。

あきらかに何かがおかしい。この男も木々のアーチもこの町も。自分はとんでもない場所を発見したのかもしれない。

山本はにやけそうになった。あわてて、笑みを噛み殺す。

男は心理を読む技術を持っている。ここで喜べば、再びここへ来ますと言うようなものだ。ここはいったん撤収して、改めて——。

「残念だな」

男が言った。

「なんのことだ？」

「私は二度とここへ来るなと言ったはずだ。この場所も忘れろと。しかしおまえは、いったん撤収して、改めてここへ来ようと思った。私を欺《あざむ》いて」

男は確信のある口調で言った。

「そんなことは思っていない」

山本の顔が強《こわ》ばる。

この男、私の心が読めるのか？

「この男、私の心が読めるのか？」

男は山本が思ったことをそのまま口にした。

「一言一句、そのまま聞こえるのか！」

山本は蒼ざめた。

「その通り。おまえたちのような劣種の心の声を聞くことなど、私には造作ないことだ」

「君は、もしかして本物の……」

「そう。超能力者」

男が片笑みを覗かせる。

本当にいたのか、こんな人間が。ということは、ここが養成施設なのか？

いや、この男が本物だとは限らない。そもそも、これほど明確な超能力などあるわけが――。

『あるのだよ』

男は脳に直接語りかけてきた。

山本は頭を抱えた。

『おまえたちは目に見えるものしか信じない。科学で証明できないことはまやかしだとのたまう。実に愚かだ』

「やめろ。やめてくれ！」

山本は頭を抱えたまま、しゃがみ込んだ。

『私の忠告に素直に従い、すぐさまここを出ていけば、夢物語程度の話は語れただろうに。おまえたちは劣種のくせに、好奇心が強すぎる。尊大な好奇心は自らの死を招く』

男が両腕を広げた。右手のひらを前に差し出す。

「レビテーション」

男が右腕をゆっくりと上げた。

地面に丸まっていた山本の体がふわりと宙に浮き上がる。山本は驚いて、手足を伸ばした。眼下に浮いた足が映る。

男が指を開いた。

山本の両腕が真横に開いた。両脚もハの字に開く。腕と脚を閉じようとするが、動かない。

男はにやりとし、左手のひらを天に向けた。

「アポーツ」

男が唱えると、手のひらにナイフが現われた。

「テレキネシス」

男は左手のひらを振った。

ナイフが宙に浮いた。切っ先を向け、山本の喉元に飛んでくる。

山本は短い悲鳴を放ち、目をつむった。少しして、やおら目を開く。ナイフの切っ先は山本の喉の前で浮遊し、止まっていた。

自分の身に起こっていることが信じられない。が、確かに自分の体は宙に浮き、壁に磔《はりつけ》にされたように動けなくなり、切っ先を向けたナイフが喉元を狙っている。

「た……助けて……」

「おまえの心がけ次第では、助けてやらなくもない」

男が左手を揺らす。ナイフが縦にゆらゆらと揺れる。

「ここの存在を誰に聞いた？」

「友人のライターだ」

「名前は？」

「成田《なりた》義春《よしはる》」

「他には？」

「私が聞いたのは、成田君からだけだ」

「どんな話を聞いた？」

「昔、超能力者の養成施設があったという話だ」

「そんな話、いくらでもあるだろう。なぜ、興味を抱いてここまで来た？」

「それは……」

言おうか言うまいか迷い、口ごもった。

「もういい。しゃべるな。アスポーツ」

左手を振る。山本の前からナイフが消える。

男は右手のひらを自分に向け、引き寄せた。

宙に浮いた山本の体が男の前まで移動する。山本にはなす術《すべ》がない。

男は山本の頭に右手を当てた。目を閉じ、手のひらを頭に這《は》わせる。

山本は奇妙な感覚に見舞われた。頭蓋骨にストローを刺され、脳みそを吸われているような気持ちの悪い感覚だ。

男はしばし目を閉じていたが、やがて、頭から手を離し、顔を上げた。

「そういうことか。厄介な噂が出回っているな」

右手を振る。

急に重力を感じた。体が地面に落ちる。山本は地面に両手を突いてうなだれた。

「SG」

男がつぶやいた。

山本は男を見やった。

男の周りに軍服のような制服を着た男たちが、一人、また一人と宙から姿を現わした。

「テレポーテーション……か？」

山本がつぶやく。

男は山本に目を向け、ほくそ笑んだ。

「こいつの思念を読み取り、我々の存在を知っている者とそいつらが持っている資料を徹底して処分しろ」

「わかりました」

男たちは一斉に山本の頭に手を当てた。

「うわ……うあああ……!」

山本はたまらず呻《うめ》きを漏らした。

脳みそすべてが吸い取られそうな勢いで、何かが読み取られていく。魂まで根こそぎ持っていかれそうだ。常識では考えられない感覚刺激が全身を這い回った。

山本の手足の先が震える。開いていた両眼は半分白目になり、涎《よだれ》を流して痙攣《けいれん》した。

SGと呼ばれた男たちが手を離した。

山本は電池の切れた玩具のように、地面に伏せた。

SGの男たちが姿を消した。

また、男と二人きりになる。

「何をする気だ……」

山本が訊く。

「聞いた通りだ。我々を知る者すべてを処分する」

「処分とは？」

山本は男を見上げた。

男は微笑むだけだ。

山本は男の冷酷な眼光にぞっとした。

「そうだ。せっかくだから、おまえにいいものを見せてやろう」

男は言い、少しの間、目を閉じた。

目を開く。と同時に、男の前に軍服様《よう》の制服を着た若者が一人、姿を現わした。

「おまえが今日の当直だったんだな？」

「はい」

若者が答える。

「なぜ、こいつの侵入を許した？」

男が山本を見る。

「すみません、交代時に席を外した隙に侵入されました」

「完全に交代するまで思念を切るなと、私は口を酸っぱくして言っていたはずだが」

「承知していますが……」

「私が気づいたからよかったものの、もし誰にも気づかれずこいつがこの町の存在を知り、元の社会に戻ったらどうなったと思う？　こいつはマスコミの人間だ。社会に我々の存在を知らしめただろう。この百年、守ってきたものが一瞬にして崩れ去るんだ。おまえにはそうした危機意識がないのか？」

「すみませんでした。以後、気をつけます」

「次はない」

男はいきなり、両手のひらを突き出した。拳を握る。

若い男が苦悶に顔を歪め、悲鳴を放った。

山本は若い男を見た。二の腕に見えない指が食い込んでいる。

男が両腕を上げた。若い男の体が浮き上がっていく。若い男は両脚をばたつかせた。

「テレポート！」

若い男が叫ぶ。一瞬、若い男の姿が消えたように見えた。

「アポーツ！」

男が声を張った。

若い男の二の腕は、再び、男の見えない手の中に収まった。男は二の腕を締め上げた。腕の肉が潰れていき、骨の軋《きし》む音までする。すさまじい力だ。

男は左手のひらを若い男の首あたりに向けた。握る。若い男の首筋に、指の形のくぼみが現われる。若い男は喉を掻き毟《むし》った。

男は右腕を広げた。にやりとし、若い男を睨んだ。

「パイロキネシス」

右腕をはばたく鳥のようにふわりと動かした。手首が揺れる。

右手に炎が現われた。男は火の玉をサイドスローで若い男に投げた。火の玉がふわふわと飛んでいく。その間に炎が大きくなる。

「バーニング！」

男が右手のひらを強く突き出した。

火の玉が若い男にぶつかった。

瞬間、炎が激烈に爆《は》ぜ、若い男を包み込んだ。

炎の中から絶叫が轟《とどろ》いた。

山本は顔の前に右腕をかざし、熱風を防いだ。

炎の中で、若い男の体がみるみる焼けていく。炭化した細胞が火の粉と共に空に舞い上がる。

「アスポーツ！」

男が左手を振り上げた。

若い男は炎と共に宙から消えた。

山本は右腕を上げたまま、肩で息を継いだ。あまりの出来事に理解がついていかない。

「どうだった？」

男は何事もなかったような涼しげな顔をして訊いた。

「殺したのか……」

「そういうことになるかな」

「仲間を殺したのか？　わずかなミスで」

山本は男を見上げた。

「そうだ。蟻《あり》の一穴が命取りになる」

男は左手のひらを山本に向けた。

山本は両手首を握られ、手のひらを地面に押しつけられた。動こうともがくが、立つこともできない。胸元が開き、肋骨が痛い。

それでも、もがく。必死にもがき、逃げ出そうとする。

男は静かに微笑んだ。

「最期に技を見せてやろう」

男が右手のひらをゆっくりと山本の胸に向けた。

「我々の思念は、物質を自在にすり抜けることができる。ゆえに、こういうことも可能になる」

右指を軽く閉じる。

「ぐわっ！」

山本が目を剝《む》いた。

心臓を握られている。鼓動が乱れ、耳の奥で激しく鳴っている。

「まあ、ここまでの技術を習得するには、天性の素質が必要なのだが」

男はゆっくりと山本の心臓を絞る。

山本の息はますます苦しくなり、こめかみから脂汗が噴き出した。

「私にはそれがあった。最上級のＣＰの技であの世に送ってもらえるのだ。感謝しろ」

「やめ……やめて……」

涙があふれる。死の恐怖で全身が震える。

「悪いな。我々は百年間、こうして自らを守ってきた。例外はない。さらばだ、生きる価値のない蟻よ」

右腕を伸ばす。

「クラッシュ」

男が右指を握り締めた。

山本の心臓がどくんと弾んだ。山本は双眸を見開いた。目、鼻、口から血があふれ出す。まもなく心臓が完全に停止し、開いた山本の両眼から光が消えた。

軍服様の制服を着た男が現われた。

「こいつのリュック、乗ってきた車と共に、こいつの自宅近辺に放置しろ。それと、こいつの自宅に行って、こいつが集めた資料をすべて処分して来い」

「わかりました」

男は息絶えた山本の襟首を握った。

そして、山本と共に姿を消した。

男は肩にかかった髪の端を指で後ろに払い、一瞬でその場から消えた。


山本浩紀の遺体が自宅付近の駐車場の壁に激突した車の中で発見されたのは、それから二日後のことだった。

死因は衝突時のショックによる急性心臓発作と断定された。

山本の死以降、山本に関わった者たちが次々と行方不明になった。

中には、遺体で見つかった者もいる。

当初、山本の死と超能力者養成施設との関連がオカルトマニアの間で噂されたが、一年を過ぎた頃には山本の存在自体も忘れ去られ、養成施設の話は風化した——。

第1章　発現

1

左木陽佑《さきようすけ》はスマートフォンを出して、時間を見た。午前八時を回っている。

「急がなきゃな……」

自分に言い聞かせるが、足取りは重い。

緑に囲まれた歩道には、左木と同じ青いブレザーの制服を着た生徒たちがあふれている。男子も女子も小走りだった。

左木は顔を上げた。木々の隙間に、煉瓦屋根の白い校舎が覗く。左木が通っている国立悠《ゆう》世《せい》学園だ。

校舎を目にし、周りの生徒たちの足取りをよそに、左木の歩みはさらに遅くなった。

休もうか……とも思うが、休んだところで担任か生活指導の教師が寮にやってきて、さらなる小言を食らうだけだ。

左木は深いため息をついて、立ち止まった。

と、後ろからいきなり、肩を叩《たた》かれた。

びくっとして振り返る。

「何やってんだ。遅れるぞ」

短髪で精悍な顔つきの少年がいた。

糸川啓次《いとかわけいじ》だ。幼なじみで、幼稚舎から小中高とほとんどの学年でクラスも同じといった腐れ縁の親友だった。

「おまえに言われたくはないよ」

左木は口角を下げた。

糸川は小学校の頃から遅刻魔だった。月のうち、三分の一は八時十五分の始業時刻に間に合わない。

本人いわく、他人が定めたルールで根拠がないものには従わない、ということらしいが、その実、ただ単に朝が弱いだけだ。

教師たちは散々、糸川に注意をしてきたが、この頃はもうあきらめ、登校してくるだけで十分といった扱いになっていた。

本来なら、そうした特別扱いは許されない。だが、常に学年でトップ3に入る成績を残していることから、学校側も糸川の自由な行動を黙認しているのが現状だ。

「朝から浮かない顔をしてんな。何かあったか？」

「別に……」

「別にって顔じゃねえだろ。話してみろ」

「ほんとに、何もないって」

左木が笑みを作る。

「なんだよ。親友が悩みを聞いてやろうってのに、つれない態度だな。まあ、いい。しゃべらないなら、読むまでだ」

糸川は右手を上げた。手のひらを立て、左木の額に向ける。

「やめろよ」

左木は目を閉じた。すぐさま、脳の表面にイメージを被せる。

「おっ、そりゃ沖縄の万座毛《まんざもう》だな。イマージュガード、うまくなったじゃないか。だが、甘い」

糸川は五指に力を込めた。力を手のひらの中心に集める。

左木の脳内に糸川の思念が潜り込んできた。イメージした情景の隙間から思念がするすると入ってくる。留め損ねた写真の端から風が吹き込んでくるような感覚だ。

左木はイメージを再構築しようとした。が、その隙に糸川の思念は深く潜った。シナプスを摘まれ、引っ張られるような気持ち悪さが脳みその奥を這い回る。

「やめろって！」

左木は頭を振った。

糸川の思念が脳の表面を撫《な》で、スッと頭の中から消えた。

「おまえの波動、強くて気持ち悪いんだよ」

左木は頭を押さえて何度か振り、糸川を睨《にら》んだ。

「おまえがさっさと話さないからだ。まあでも、何を気にしてるかはわかった」

糸川はにやりとした。

左木は深く息を吐いて、うなだれる。

「三時限目のテレポの実習が嫌なんだろ？」

「まあ……そうだ」

「こないだの件を気にしてるのか？　おまえも気が小せえな」

糸川は笑った。

「笑い事じゃないだろう。ヘタすりゃ、異空の果てまで飛ばされて、バラバラになるところだったんだぞ」

左木は糸川を睨んだ。

三日前のことだ。

左木たちはテレポーテーションの実習授業を行なっていた。

これまでは、自分の教室から廊下や隣の教室といった短い距離での瞬間移動をしていた。が、高校二年となり、より実践的な実習が行なわれるようになった。

テレポーテーションは、空間の歪みを利用して、分子化した自分の肉体を瞬時に別の場所へ移動させる超能力の一種だ。

かつては、歪んだ時空の入口のような一点を見つけなければ、瞬間移動は成功しないと言われていた。

しかし、近年はテレポーテーションの原理も解明されてきて、歪んだ時空の波長に自分の身体の波長を合わせれば、体が勝手に吸い込まれることもわかってきた。

ただ、正確に出たいところに出るには、思念で自らの細胞を分子レベルでコントロールする必要がある。

距離を伸ばし始めて最初に行なわれたのは、教師の力を借りて、遠方へ瞬間移動することだった。

近距離と遠距離の移動は、原理は同じでも、身体にかかる負荷がまるで違う。

近距離では、体が丸ごと移動したような感覚でいられるが、距離が長くなるほど、体が一度引き裂かれ、塵のようになった自分が再び構築される感覚が強くなる。

最初はこのまま思念だけを残し、肉体は消え去るのではないかと不安になったほどだ。テレポーテーションの授業が苦痛となり、学園を去った生徒もいる。

左木はなんとか耐え、授業を受け続けた。そして、ようやく身が引き裂かれる感覚に慣れてきた頃、今度は教師の手助けなしで遠方へテレポートする実習が始まった。

サポートがない場合、波動の調整、肉体の分子化、再構築、思念の制御など、テレポーテーションに必要な技術をすべて、自身で行なわなければならない。

それはまた、次元の違う領域だ。

左木は恐れをなし、クラスメートが次々と遠方への瞬間移動を成功させる中、なかなかできずにいた。

そして、三日前。意を決して、遠方移動を敢行した。

ところが、肉体が分子化を始めたところで思念に不安が混ざり、制御が不安定になった。

瞬間、肉体が時空の歪みに吸い込まれた。

すべてがねじれ、闇の渦に吸い込まれていくような感覚には、すさまじい恐怖を覚えた。

自分では完全に制御できなくなり、異空間へ飛ばされそうになった。

それを受け止めたのが、学園都市全体を囲うエリアガードだった。エリアガードは、力を持った教師や職員たちの思念で固められている目に見えない頑強な壁だ。

四散した左木の肉体分子はエリアガードに弾かれ、元の場所に戻ってきて再構築された。おかげで、事なきを得て、今もこうして生きている。

「さすがに、あれを一度でも味わうと、おまえでも怖くなるって」

左木は小さく震えた。

「ビビりすぎなんだよ。だから、途中で不安がよぎる。体が分子化を始めたら、無になればいいんだ。思念の制御すらいらない」

「おまえはできるからいいよな」

「オレだって、最初からできてたわけじゃねえよ。けど、先輩やら先生ができてんだ。オレにできないわけがないと思ってな」

「うらやましいな、その自信……」

左木は情けなくなり、自嘲した。

「うらやましいのは、オレの方だよ」

糸川が思いがけないことを口にした。

顔を上げ、糸川を見やる。

「なぜだ？」

「あの一件の後、職員室前で御船《みふね》が職員と話しているのをチラッと聞いたんだけどな。おまえの肉体分子、エリアガードを突き破ろうとしていたらしい」

「エリアガードを？　僕にそんな力はないよ。啓次も知ってるだろう？　幼稚舎の頃から、ごくごく平凡な力しか持ってないことを」

「そうなんだけどな。御船の言っていたことが本当だとしたら、おまえ、発現が始まったのかもしれないぞ」

「僕が？　ないない」

左木は顔の前で右手を立て、振った。

発現とは、超能力者がある日突然、その能力を百パーセントに近い割合で開花させることだ。

世に知られている超能力者の多くは、一度発現を体験し、その後、自分で力をコントロールできるようになった人たちだ。発現した能力を常に完璧な状態で制御し、使いこなす者を〝完全発現者〟というが、その数は多くない。

普通の超能力者は、自身が持っている資質の三十パーセントも開花すればいい方で、ほとんどが発現しないまま一生を終える。

また、発現するには、元々の資質が必要だとする研究報告もある。

「啓次が発現するならわかるけど、僕には発現の資質自体がないよ。そこまでの資質があったら、テレポーテーション一つでこんなに苦労はしない」

「まあ、普通に考えりゃそうだが。もし、発現が始まったとしたら、オレはおまえに勝てなくなるな」

「だから、それはないって」

左木は苦笑した。

校舎からチャイムが鳴り響いた。左木は手に持ったままのスマートフォンを見た。

「ヤバい！　十五分になってる」

駆け出そうとする。

「おまえも急げ」

糸川を見やる。

「もう遅刻確定なんだ。ゆっくり行こうぜ」

糸川はポケットに手を突っ込み、あくびをした。

「僕らは、おまえみたいに遅刻を許しちゃもらえないんだよ。先に行くからな」

「じゃあ、後でな」

糸川はのんきに手を振る。

左木は呆れて背を向け、走り出した。

なんだかんだで、結局は登校することになった。気乗りはしないが、仕方がない。

左木は息を切らせ、ダッシュで校門を駆け抜けた。

2

悠世学園の会議室では、緊急ミーティングが行なわれていた。

廊下側の壁沿いと窓側に長いテーブルが二台、平行に並ぶ。右手奥の壁沿いにも短いテーブルが長テーブルに付けて設《しつら》えられていた。

右手奥のテーブルには、三人の男性が座っていた。

中央には、白髭《しらひげ》を口元に蓄えた和服姿の初老の男性がいた。悠世学園の理事長、山内源三郎《やまうちげんざぶろう》だ。御年七十五歳になる山内は、学園内では絶対的権力を誇っている。

向かって右にいる眼鏡の紳士は、河西誠《かさいまこと》学園長だ。今年五十九歳になる。山内の腹心で、学園の運営を仕切っている。

左手に座るのは、警備局長の緒形充信《おがたみつのぶ》だ。額や目尻に皺《しわ》があり、頭も薄く、しょぼっとした雰囲気の朴訥《ぼくとつ》とした小柄な中年男性だが、その実、最上級の超能力者である。年齢もまだ五十歳になったばかり。見た目が六十代後半に見えるのは、能力を使いすぎたせいだという噂もある。

三人の後ろには、悠世学園の学園章が掲げられていた。

ホームベース形で、中には大きな松の木が描かれ、その真ん中に右目が描かれている。シュールレアリスムの絵画を思わせるような紋章だ。悠世学園の制服にも、同じ学園章が縫い付けられている。

壁沿いには歴代の理事長と学園長の肖像画が飾られている。

理事長や学園長は、必ずしも超能力者である必要はない。現に、今の山内理事長、河西学園長は非能力者であった。

左右の長テーブルには、学園の役付きの教師や文部科学省の職員などが並んでいる。

国立悠世学園は、創立百年となる。第一次世界大戦の最中、軍部主導で設立された。

当時、各国の軍部は超能力の軍事転用を考え、競うように研究を行なっていた。日本も御多分に洩れず、秘密裏に研究機関を設け、その訓練校として創設された。

やがて、兵器の近代化が進み、超能力研究は衰退していくが、資源のない日本ではひそかに続けられている。

国立と定義されているのは、そうした背景があるからだった。

場所は、百年前から今と同じく、滋賀県犬上郡多賀町霊仙の中腹で、東京都区部の四分の一の広さを持つ学園都市が形成されていた。が、その存在は知られていない。

外部から学園都市へは、数カ所ある時空路からしか入れない。これは、わざと時空を歪めたトンネルのことで、超能力者であれば時空の歪みを整理して入ることができるが、非能力者には、ただ靄《もや》のかかった森にしか見えない。

しかし、理事長や学園長のような非能力者が学園都市に入ることもあるので、時空路は警備部によって管理され、非能力者が通る時は時空の歪みを整理する。その時だけ、非能力者にもトンネルが見える。

山内も今日は、緒形の案内で時空路を越え、学園を訪れていた。

学園長の河西は、テーブルを見回し、出席者が全員揃ったのを確認して、おもむろに口を開いた。

「本日はお忙しいところ、緊急で集まっていただき、ありがとうございます。議題は、ある生徒の〝発現〟についてです。詳細は、警備部長の奥谷《おくたに》君から」

河西が窓側右奥の席に座るほっそりとした長髪の男に目を向けた。

「はい」

奥谷は立ち上がり、資料を手に取った。

奥谷文智《ふみとも》は、緒形直属の部下で、学園警備の実働を指揮命令する。三十八歳になる次期警備局長候補だった。

「お手元の資料をご覧ください。三日前、高等部の二年生が遠距離テレポーテーションの実習を行ないました。その際、左木陽佑という生徒が我々が設置したエリアガードを破らん勢いの思念を発動しました。突然で爆発的な力だったので抑え込むのに苦労しましたが、警備部の精鋭を集めてなんとか抑えた次第です」

「それはすばらしいことじゃないか」

山内が言う。

「その事実だけを見れば、喜ばしいことです。が、人物が問題です。資料の二ページ以降をご覧ください」

奥谷がページをめくる。

出席者が紙をめくる音が室内に響く。

「この左木ですが、一般資質者で入学してきた者です。これまで、悠世学園百年の歴史で、一般資質者が発現した例はありません」

「特異資質というわけかね？」

山内が訊いた。

「海外では、何例か一般資質者の中で特異資質を持つ者が発現したという例はありますが、発現者全体のコンマ一パーセントにも満たない確率です。また、特異資質の発現者の能力も、ほとんどの場合、血統資質の能力より劣るものです。しかし、先日、左木が発動した力は、私がこの学園で働くことになって以来感じたことのないほど強力なものでした。一瞬でしたが、緒形局長の力にも匹敵すると感じたほどです」

奥谷は緒形に顔を向けた。

緒形はちろっと奥谷を見ただけで、表情を崩さず資料に目を戻した。

悠世学園に集められる子どもたちは、すべて、社会へ出た悠世学園卒業生によって選別される。

卒業生は社会に溶け込み、各地に根を張り、ネットワークを形成している。そこで資質がありそうな子どもを推薦し、理事会が書類選考し、資質者を入学させる。

入学は強制だ。親や子どもに選択権はない。ただ、幼稚舎から高等部までの教育費、生活費も含めて一切は国が出すことになっていて、高等部卒業後もほとんどの生徒が一流大学へ進学し、一流企業の社員や国家公務員として活躍していることから、逆らう親は少ない。

万が一、逆らう親がいても、抗《あらが》えなくする手立てはある。

資質を持つ子どもたちは、家族歴によって一般資質者と血統資質者に分けられる。

一般資質者というのは、特に能力を有する背景を持たない者。血統資質者は、親や親戚の中に超能力者がいたり、悠世学園の卒業生がいたりする者のことを指す。

毎年、五、六十名の子どもが入学するが、その八割は血統資質者であり、発現者はこれまで百パーセントの確率で血統資質者から出ていた。

「さらに問題は、この生徒がミレニアムベイビーだということです」

奥谷が言う。

室内が多少ざわついた。

「本当かね？」

山内が資料を見つめる。

「間違いありません」

奥谷は強く頷《うなず》いた。

毎年、各学年から発現者は一割程度出るが、西暦二〇〇〇年生まれ、いわゆるミレニアムベイビーと呼ばれる子どもたちの中から出る発現者は特別視されていた。

それは予言に由来する。

最も有名なのは、ノストラダムスの〈恐怖の大王〉であるが、ノストラダムスだけでなく、多くの予言者が世紀末に邪悪な〝何か〟が出現するという記述を残している。

無事に世紀末を越えた今、そうした予言は忘れ去られているが、超能力を研究する者たちにとって、世紀末に出現したはずの〝何か〟は人類を揺るがす脅威であることに違いはない。

悠世学園では、ミレニアムに生まれた子どもたちを注視していた。

世紀の境に生まれた者たちの中に〝何か〟を持つ者が現われるかもしれないからだ。

多くの悠世学園の関係者は、発現するなら幼少期で、幼い頃から信じられないほどの圧倒的な力を持つ者だろうと考えていた。

しかし、実際は例年と変わらず、現在までの発現者は二名だけだ。それも血統資質者でその力も想定の範囲内でしかない。

山内を始めとする学園幹部も、ミレニアムベイビーに関する心配は杞憂かと思い始めていた。

「この左木陽佑という生徒が、予言者が口を揃えた〝何か〟を持つ者ということか？」

河西が訊いた。

「まだ、わかりません。偶発的に思念が爆発しただけかもしれませんが、それにしても、一般資質者が発動するには強大すぎる力でした。なので、いち早くご報告をと思い、局長を通じて、臨時の緊急ミーティングを招集いたしました」

奥谷は一通りの報告を終え、一礼して座った。

文部科学省の職員が手を挙げた。

「理事長。もしこの少年が〝何か〟であれば、どうなさるおつもりですか？」

「わしとしては、我々に、ひいては日本国に有効に利用したい。〝何か〟の思念力は、現代科学をもってしても開発できないと言われておる。その〝何か〟を持った少年を手元に置いて研究できれば、我が国の超能力研究は抜きん出ること間違いなしだ」

「ですが、〝何か〟は元々コントロールできない力だとも言われています。我が方で使えれば有益ではありますが、暴発すれば、我が国の存立危機を招きかねません」

「我々もその点を危惧しています」

手を挙げたのは、防衛省幹部だった。

「強大すぎるエネルギーは諸刃の剣。誰もが望むものではありますが、手にした途端、破滅と背中合わせで日々を生きることになります」

「君はどうしたいのかね？」

山内が防衛省幹部を睨んだ。

「完全な発現をする前に、処分すべきでしょう」

防衛省幹部の言葉に、周囲がざわめく。

「私も同感です。万が一、我が国に不利な状況を生み出すことがあれば、百年続いた研究を打ち切らざるを得なくなるでしょう。今、我が国の超能力研究は、世界をリードしています。たった一人の特異な能力のために研究を断たれることになれば、それこそ国家の損失。ここは、コントロールできるうちに処分してしまう方が得策かと」

文科省職員も同意した。

「これだから、役人は……」

山内が奥歯を噛みしめる。

「お言葉ですが、理事長。研究費、この学園都市の運営費用も含めて、国税を投入しているのです。国家財政が厳しい折、本来であればとっくに予算を打ち切られていてもおかしくない状況だということは、お含みいただきたい」

文科省職員は淡々と言った。

山内は職員を睨みつけた。本来であれば、震え上がるほどだ。が、このところ、山内を取り巻く状況は決してよろしくなかった。

国家プロジェクトとして始まった超能力者の発掘、養成は、国家の礎の一つを確立するためのものだった。

誰もが真剣に、国家のため、研究に没頭した。

しかし、世代が替わり、国家に対する価値観や超能力に対する見方が大きく変わるにつれ、悠世学園を軸とする研究を擁護する者は少なくなっている。

何もかもが解明されたかのような世の中だからこそ、より不可思議な事象を研究することが大切だ。一見、酔狂とも思える研究が明日の国家を開く土台となり得る。

合理化の名の下、大局観を持てない近頃の役人には辟易していた。

河西が口を開いた。

「行政側の意見は拝聴しました。とりあえず、まだこの左木君が発現したと決まったわけではありません。もう少し、様子を見ることにしませんか？〝何か〟の力を持たずとも、警備部長が驚くほどの思念力を爆発させる一般資質者がいるかもしれないというのは、これまた研究に値する事象です。過度に憂慮して、この現象を解明しないままなきものにしてしまうのは、これまた百年の研究を無にする行為だと思いますが、いかがでしょう？」

河西は文科省の職員と防衛省幹部を交互に見やった。

損得を勘定すれば、河西の言うことにも一理ある。

「あなた方のご意見を忖度《そんたく》することもできますが」

河西が片笑みを浮かべる。

つまり、彼らの意見を聞き入れて、後に有用であろう研究をやめざるを得なかったという形にすれば、責任を取らされるのは職員と幹部の二人だ、ということを突きつけた。

職員と幹部は顔を見合わせ、渋い顔をした。

「わかりました。もう少し、様子を見ましょう」

文科省職員が言った。

「ありがとうございます」

河西は笑みを作り、軽く頭を下げた。

「奥谷君。問題ないとは思うが、万が一、発現が暴発してはいけない。気を抜かず、警備にあたってもらいたい」

「承知しました」

奥谷は深く頭を下げた。

「これでよろしいですね、理事長？」

「ああ……」

山内は渋々返事をした。

無難な落とし所だ。行政の顔を立てるとなれば、ここしかないだろう。

絶対的権力を誇っていた自身の神通力が通じなくなってきていることを感じ、内心苦々しい思いだった。

河西は山内の胸中を察しつつ、涼しげに笑みを浮かべていた。

3

二時限目の終了チャイムが鳴った。教師が教室を去る。これから十五分間の休憩だ。

「はあ……」

左木は深いため息をつき、机に伏せた。

と、いきなり背中をバチンと叩かれた。

「いたっ！」

背を反らして、起き上がる。

「しっかりしろよ」

糸川だった。

「痛いなあ……」

背中に手の甲を回して、シャツの上からさすする。

その様子を見て、一番前の窓際の席にいる長い黒髪の女子がくすっと笑った。左木は頬を赤らめ、うつむいた。

彼女は、高馬《たかま》さくらという同級生。糸川と同じく、幼稚舎の頃から同じクラスだった幼なじみだ。

糸川が耳元に顔を寄せた。

「ビビってねえで、発現して、さくらにいいところ見せてやれよ」

小声で言う。

「何言ってんだ」

顔が熱くなる。

その様を見て、糸川が笑う。長尾《ながお》翔太《しょうた》も左木の席にやってきた。

「どうしたどうした？　ついに、陽佑君がさくらちゃんに告白するのかな？」

「やめろよ！」

左木は耳まで熱くなった。

さくらを一瞥する。さくらはすでに、手に持った本に目を向けていた。

ホッとする傍ら、少し残念な気持ちも広がる。

「おっ、やっぱ、さくらに見てもらいたいんだな」

糸川が思考を読み取り、言った。

「勝手に読むなよ！」

「おまえが抜けてんだよ」

「まあ、しょうがないよ。陽佑はさくらのことになると、能力もクソもなくなるからな。幼稚舎の時から」

長尾がチャチャを入れ、笑う。

「いい加減にしろよ！」

左木は立ち上がって、右手を握った。

長尾のシャツの胸ぐらに皺が寄る。

「おー、やるか？」

長尾は右手を開いて、左木に向けた。

と、隣の席の天然パーマの男が机を叩いた。

「うるさいな！　静かにしてくれよ！」

怒鳴って、眼鏡を押し上げ、睨む。

喜代田《きよた》幸司《こうじ》だった。糸川や長尾と同じく、左木の幼なじみの同級生だが、喜代田はあまり周りとは交流しなかった。

よくいえば、孤高。悪くいえば、付き合いの悪い偏屈者だった。

「左木。こないだ、発現しかけたから、いい気になってんだろ」

「発現なんてしてないよ」

「余裕だな。おまえなんて、時空の歪みに消えちまえばよかったんだ」

「なんだと！」

左木が詰め寄ろうとする。

長尾が腕を伸ばし、左木を止めた。テレパシーで語りかけてくる。

『気にすんな。喜代田、こないだのテレポ、肉体の分子化もできなかったから、嫉妬してんだ』

長尾の言葉を呑み込み、深呼吸して怒りを静める。

糸川が肩を叩いた。

「まあ、今日は落ち着いてやれ。大丈夫だから」

「そうそう。おまえはできる子！」

長尾も腕をポンと叩き、自席に戻った。

左木は腰を下ろした。机に両肘を置き、うなだれつつ、さくらを見やる。

糸川や長尾が言う通り、幼稚舎の頃から、さくらのことが気になっていた。

さくらは決して美人ではない。友達と騒ぐわけでもなく、いつも教室の片隅で本を読んでいるような女の子だった。

ただ、さくらがまとった静寂が、左木の目にはとても清らかなものに映り、見るほどに惹かれていく自分がいた。

しかし、さくらが自分に振り向いてくれるとは思っていない。

さくらは物静かだが、血統資質者で、学年で一番早く発現した超能力者だ。

その力は教師たちも認めるほど安定していて、しっかりとした強さを持つものだった。

ついでに頭も良く、常に学年トップを争っている。

左木にとっては高嶺の花すぎて、告白することすら考えられなかった。

チャイムが鳴った。机の中から〈テレポーテーション理論〉の教科書を出す。教科書を見るなり、左木はまた深くため息をついた。

テレポーテーションの授業を担当している御船吉正《よしまさ》が入ってきた。教卓に教科書を置き、両端に手を突く。

「日直！」

「起立！」

号令がかかる。生徒たちが立ち上がった。

「礼、着席！」

号令に合わせ、一礼をして座り直す。

「はい、今日は遠距離テレポーテーション実技の二回目だ。おさらいするぞ。喜代田、教科書の五十七ページ、手順を読め」

「はい」

喜代田が立ち上がる。

「まず、思念の安定化を図って、テレポートする場所を具体的にイメージする。次に、肉体の分子化を始める。細胞の分子化は結合タンパク質を溶かすイメージで一つ一つの細胞を切り離していくこと。同時に、時空の波動を感じ取り、分子、できればその奥にある量子の波動を時空波動に合わせ、同調させていくこと。シンクロし、体が吸い込まれる感覚を抱いたら、思念の塊を移動したい場所へ先に送る。その際、戻る場所にも思念を残しておくこと。あとは同調を崩さないようにリラックスして、時空の歪みに入り、移動先へ出現すると同時に元いた場所の思念を回収し、テレポートを完了する」

喜代田は読み終え、座った。

「そういうことだ。左木」

「はい」

いきなり呼ばれ、背筋を伸ばした。

「前回、失敗したな。なぜ、そうなったかわかるか？」

「途中で不安を覚えて、怖くなってしまったせいで、思念が不安定になったためかと」

「その通りだ」

御船は言い、全員を見回した。

「思念というのは、固定化が難しい。ちょっとした気持ちの揺れ、集中力の途切れで、すぐに不安定化する。恐怖心はもっともだ。細胞内の量子まで震えだすと、全身がばらばらになるような気がする。思念が壊れれば、肉体分子も再構築する軸を失い、散らばったままになる。諸君は、中等部、高等部一年の課程で近距離テレポーテーションは成功している。つまり、思念を軸にした肉体分子の再構築はできているということだ。少々感覚は違うかもしれないが、距離が長くなっただけで同じことをしている。すでにできているということを忘れず、恐怖心に打ち克《か》って、実技に臨んでほしい。さて、先日は各自の席で行なったが、今日は二人一組で行なう」

「二人一緒に飛ぶんですか？」

「いや、一人は残って、肉体分子の戻る場所を作ってほしい。相手がいると、その場に思念が残りやすいからな。少なくとも、前回の左木のような暴走は起こらない。左木」

御船が左木を見やった。

「今日は安心して、実技に臨め」

「はい……」

御船の配慮はうれしいが、自信はない。

「では、組み合わせを言うので、どちらかがどちらかの席へ移動するように。糸川と喜代田」

「マジかよ……」

糸川は小さくため息をついて、席を立ち、ポケットに手を突っ込んで、喜代田の机の脇に立った。

「まあ、よろしく」

糸川が言うが、喜代田は目を合わせようともしなかった。

「長尾と五味《ごみ》」

「おー、五味ちゃんか！」

五味伶花《れいか》という女の子だった。

長尾はいそいそと机の脇まで行く。

「よろしくー」

伶花の肩を叩く。

「触んないで！」

怜花は長尾を睨んだ。

『そりゃ、ないよ……』

思考がテレパシーで伝わり、笑いが起こる。

次々と組み合わせが決まっていく。相手を見て、クラスメートが喜んだり残念がったりし、教室内はにぎやかになった。

「左木」

「はい！」

「高馬とだ」

「えっ」

左木はさくらを見た。

「やったじゃん」

横に立っていた糸川が腕を叩く。

「早く行けよ」

糸川が言う。

左木は席を立とうとした。が、動揺して、教科書と筆箱を落としてしまった。

「おい、左木……。実技前なんだから、もう少し落ち着け」

御船が苦笑する。

「すみません」

あたふたと落ちた物を拾っていると、影が差した。顔を上げる。

さくらが立っていた。

「よろしく」

「うん」

左木は赤くなる頰を隠すようにうつむいて、落ちた物を拾い集め、机の上に置いた。

「座ったら？　左木君の席なんだし」

「ああ、そうだな」

促され、着席する。

「よし、組み合わせはわかったな。では、これよりグラウンドに出る。前回、成功した者がグラウンドに残り、相手の思念を固定化させておくこと。前回失敗した者も、今日はペアを組んだ相手を信じ、恐れることなく、実技に臨んでほしい。では、十分後にグラウンドへ集合だ」

御船は言うと、先に教室を出た。

すぐさま、長尾が左木の下に駆け寄ってくる。肩に手を当て、テレパシーで話しかけてきた。

『やったな、陽佑！　この際だから、残した思念で告白しちまえ』

『何言ってんだ』

左木が長尾を睨む。

『こんなチャンス、二度とねえぞ』

長尾がにやりとした。

と、糸川の声が割り入ってきた。

『おまえら、思考が漏れてんぞ』

言われ、左木と長尾はさくらを見た。

さくらは素知らぬ顔をしている。

「まあ、がんばれよ」

長尾は左木の肩を叩いて、バツが悪そうにそそくさと伶花の下へ戻った。

左木は真っ赤になってうつむいた。

ペアとなった生徒たちが次々と出ていく。

「左木君」

さくらに声をかけられた。

「あ、はい！」

声がひっくり返る。顔を上げた。

「私たちも行きましょう」

「あ、そうだね」

左木は立ち上がり、さくらの後ろについて、教室を出た。

4

「それでは、今日はこのあたりで」

河西が緊急ミーティングを終えようとした。

と、奥谷が右手を小さく挙げた。

「待ってください。今、当該生徒が校庭でテレポーテーションの実習を行なっています。みなさんでご覧になりませんか？」

「うむ、そうだな。奥谷君のレポート通りの特異資質なのかどうか、検証するにはいい機会だ。よろしいな」

山内が言う。

理事会メンバーは元の場所に戻った。腰を浮かしていた文科省の職員や防衛省幹部も渋々席に戻った。

奥谷が部下にテレパシーを送る。部下はすぐさま校舎の屋上へ飛んだ。校庭に目を向け、そこから念を飛ばす。

山内たちが座る上座とは反対の白い壁に映像が映し出された。

念写の一種だ。念写は離れた場所に思念を飛ばし、脳内に映った映像を写真にして再現するものだが、研究が進み、念写能力に長《た》けた者が自分の見たものを特定の相手や空間に飛ばすことができるようになった。

テレポートグラフィーと呼ばれる能力だ。動く監視カメラのようなこの能力を持つ者は、諜報機関や捜査機関で特に重宝されている。

超能力者同士であれば、そのまま直接、脳内で思念を受け取れるが、山内たちのような非能力者は受け取れる領域がまちまちなので、大勢で映像を見たい時は、思念をスクリーンに投影していた。

白壁には鮮明な映像が映っている。しかしこれも、エリアガードに仕切られ、磁場が安定しているからできることで、学園都市を出た空間では、磁場の乱れの影響を受け、今、全員が見ているほどの鮮明な映像にはならない。

そこはまだ、研究段階だった。

御船の号令の下、次々とペアを組んだ生徒たちが遠距離テレポーテーションを成功させていく。

「なかなか優秀だね」

河西が満足げに頷く。

「まだ、発現者の数こそ少ないですが、この世代の生徒たちは安定した能力を発揮しています」

「なぜ、二人一組で？」

文科省職員が訊いた。

「先日の一件がありましたので、実技を行なわない生徒に思念を残すようにしました。人に取り憑《つ》く思念は、ただ漠然と宙に残す思念より強いですから、暴走しかけてもすぐに引き戻せます。事故を起こさないための安全措置です」

奥谷が答える。

「左木という生徒を見せてくれ」

山内が言う。

奥谷がテレパシーを送る。部下が左木に目を向けた。ズームしていく。

「なんだ、この間抜けな男は……」

山内が怪訝《けげん》そうに片眉を上げた。

「これが、左木陽佑です」

奥谷が答える。

「本当にこんな少年が発現したというのか？」

防衛省幹部が口を開く。

左木は他の者の実技を見るわけでもなく、顔を時々上げては、隣にいる女の子を見て、真っ赤になってうつむき、もじもじとしていた。

「これは、何かの間違いでしょうな」

文科省職員が失笑する。

山内が睨んだ。顔をうつむけるが、肩は揺れている。他のメンバーも多くが失笑していた。

山内は不機嫌そうに仰《の》け反り、腕を組んだ。

が、河西と緒形だけは、感情を表に出すことなく、じっと映像に目を向けていた。

5

生徒同士のペアがそれぞれ距離を取り、グラウンドに散らばっていた。

テレポーテーションの実技は始まっていた。今日は、学園都市の南端にある陸上競技場まで瞬間移動する予定だった。

御船の号令で、次々と生徒たちが遠距離テレポーテーションを試していく。

うまくいく者もいれば、やはり、思念が揺らぎ、失敗する者もいた。

「次、長尾と五味！」

「はい！」

長尾が元気よく、返事をする。伶花は不満げに口を尖らせ、そっぽを向いた。

「この間、長尾は成功しているから、実技は五味だな。五味、長尾と両手を握れ」

御船が言う。

伶花は渋々、両腕を伸ばした。

「やらしいこと考えないでよ」

「当たり前だろ」

長尾が両手を握る。一瞬、やわらかくすべすべとした手の感触ににやりとする。

伶花が睨む。

「わかってるって」

長尾は苦笑し、一度目を閉じた。深呼吸をし、ゆっくりと目を開く。

普段はお調子者のチャラけた両眼が、落ち着いて涼しげな印象に変わった。伶花はその目に吸い込まれるように両手を堅く握った。

「五味。何かあれば、俺が必ずここへ戻してやるから、安心して飛べ」

「うん」

伶花の顔が強ばる。長尾はやわらかな笑顔を向けた。

「大丈夫」

伶花の手を優しく握り締める。

伶花の顔に笑みが浮かんだ。瞳を閉じて天を仰ぎ、二度、三度と深呼吸をする。息を大きく吐いて、目を開け、まっすぐ長尾を見つめた。

「行くね」

長尾は強く首肯した。

伶花が再び目を閉じた。

伶花の体が細かく震え始めた。振動が衣服に伝わり、スカートや上着の裾が震えだす。やがて、伶花の輪郭が霧のように散り始めた。

物質の分子化が始まった。

テレポーテーションの初期は、裸で行なう。思念の構築が、自分がまとった衣服にまで伝播しないからだ。

が、今残っている生徒たちは、近距離テレポーテーションの実技で、身にまとった物まで思念を行き渡らせる術は得ていた。

遠距離テレポーテーションの実技で、移動先に飛んだはいいが、半裸状態で現われたという者もいたが、ほとんどの成功者は、着ていた物までを思念化でき、消えた時のままの姿で現われていた。

伶花の衣服は空気に溶け、霧のように舞い上がっていた。着ている物までの思念化に成功しているという証左だ。

立ち上った分子に陽光が当たり、虹ができる。

伶花の髪の毛が先端から消え始めた。長尾が握った手の指も溶け始める。薄まっていく伶花の残像を陽の光が貫いた。

瞬間、伶花の姿が消えた。宙の一点に霧状の分子が渦を巻いて吸い込まれた。

長尾は自分の両手を握り締めた。手の中にかすかな温もりが残っている。伶花が置いていった思念だ。

五秒後、長尾の手からスッと伶花の温もりが消えた。

「おお、うまくいったな！」

長尾が満面の笑みを浮かべる。

御船が陸上競技場で待機している副担任原田《はらだ》のテレパシーを受け取った。

「五味は成功だ」

御船が言う。

残っていた生徒たちから拍手や歓声が上がった。

「やっぱ、俺のサポートがよかったんだよな」

長尾が周りの生徒を見やる。

「五味の実力だ」

御船は長尾の頭を、ボードで叩いた。

笑いが起こる。

「次、糸川、喜代田！」

御船が糸川たちの下に歩み寄る。

「わかってます。僕が前回、失敗しました。糸川君は成功しましたから」

眼鏡の奥から上目遣いに睨む。

「大丈夫だ。おまえも成功する」

糸川は微笑み、両手を差し出した。

喜代田がゆっくりと腕を伸ばし、糸川の両手を握った。

糸川は苦笑した。

「喜代田、そんなに気負うな」

「気負ってなどいない」

「伝わってきたぞ。絶対、成功させるんだって思念が」

「悪いのか？」

「悪くはないが、その後、失敗したら恥ずかしいと思っていただろう？」

糸川が言う。

喜代田は糸川の両手を振り離した。

「勝手に思考を読むな！」

「おいおい……。オレたちは思念を通わせなきゃならないんだぞ。おまえが思念を解放する

「ここは——」

だけじゃなくて、オレも無防備に解放するんだ。お互い様だろう」

「おまえだけ、解放しろ！」

「おまえなあ……」

糸川は両手を腰に当て、ため息をついてうなだれ、顔を横に振った。

御船が割って入る。

「喜代田。思念を解放しなければならないのはおまえの方だ。糸川を信じて、思念を預けろ」

「僕は一人で大丈夫です！」

喜代田は言うと、いきなりテレポーテーションを始めた。

拳を握り締める。天然パーマの髪の端が揺らぎ、眼鏡が上下に小刻みに揺れ始める。だが、分裂は始まらない。

「飛べ！　飛ぶんだ！」

喜代田は怒鳴り、奥歯を嚙みしめた。

髪の端がちりちりと分子化を始めた。が、御船が散った分子を手のひらでサッとかき集め、喜代田の頭に手を載せた。

喜代田の体の振動が止まる。

「思念が散らばりすぎだ。今のままテレポートすれば、時空の歪みに飲み込まれる」

「そんなことはありません。もう一度——」

喜代田は再び、念を強めようとした。

糸川が近づき、肩に手を回す。

「先生。喜代田はどうしても遠距離を成功させたいようなので、一度体験させます」

微笑むと、喜代田の肩を強く握った。

糸川の髪の毛が逆立った。喜代田の天然パーマも浮き上がる。喜代田は急激に肉体が溶けていくのを感じ、強ばった。

「力を抜け。でないと、二度と太陽を拝むことはなくなるぞ」

糸川が言う。

さらさらと二人の輪郭が霧状になり始める。

「う……うわあああ！」

喜代田が糸川の手を振り払った。

糸川を突き飛ばし、地面に両膝を落とす。両手を突き、肩で息を継ぐ。顔中から冷や汗が噴き出し、校庭の砂に垂れ落ちて染みた。

糸川はテレポートをやめ、実体に戻った。

御船はため息をついて、喜代田を見下ろした。

「喜代田。おまえは近距離からやり直せ。感覚は近距離でも遠距離でも同じだ。分子化する肉体を意識して、その感覚を恐れないようになるまで、鍛錬しろ」

そう言い、糸川と喜代田を包むように、思念でエリアガードを作った。

「糸川、悪いがこの空間で、喜代田を指導してやってくれるか？」

「仕方ないな。わかりました。喜代田、やるぞ」

声をかける。

喜代田は四つん這いになり、うつむいたままだ。

「ほら、立て。飛ばしちまうぞ」

糸川は喜代田の腹の下の地面に右手のひらを向けた。砂が渦を巻き始める。磁場が反発し始める。

「わかった、わかったよ！」

喜代田はあわてて立ち上がった。

糸川が右手を閉じた。砂の渦がふっと消える。

「喜代田、授業だからな。サボるんじゃないぞ」

御船は言い、立ち去った。そのまま左木とさくらの下へ行く。

「次、左木と高馬」

御船が告げた。

左木は顔を上げた。糸川や長尾がにやにやと左木たちの方を見ている。

「テレポートするのは左木だな」

「はい」

「よし、二人、腕を伸ばして」

御船が言う。

左木はさくらと向き合った。顔を見る。が、すぐに照れて、うつむいた。

「左木、早く手を伸ばせ」

御船に促される。

左木はそろそろと両手を伸ばしていく。と、さくらが左木の両手を握り、引いた。すべすべとしたやわらかいさくらの指の感触に、顔が熱くなる。

「よし、始め」

御船が号令をかけた。

左木はうつむいたまま、もじもじしていた。

「左木君、私を見て」

さくらが言う。

左木は顔を上げた。澄んだ瞳がまっすぐ左木を見つめていた。

「あなたは私が守るから」

静かだが、心の奥に響く力強さがあった。

左木の緊張がすーっと解けていき、穏やかな気分が指の先にまで広がった。リラックスした空気感が、触れたさくらの肌と一体化していく。

左木の顔に思わず笑みがこぼれた。

『行ってくる』

テレパシーで話しかけていた。

『うん』

さくらが微笑んだ。

左木は特に念も込めなかった。テレポートすると決めた瞬間、独りでに肉体が分子化を始めた。

あまりに自然だった。呼吸をするようだ。

左木はさくらの温もりに思念を残しつつ、転送先である陸上競技場を思い浮かべた。

陸上競技場のイメージが鮮明になった。思念がうまく転送先へ届いている証拠だ。

いい感じだ。

自分でもそう思えるほど、順調だった。

時空の揺らぎも感じ始めた。分子の奥で波動がシンクロしていくのを感じる。順調すぎて怖くなるが、目の前には常にさくらの微笑みがあり、彼女の笑顔を認めるたびに心は落ち着く。

輪郭が白んできた。霧状になった肉体に陽光が透過する。

もうすぐ、飛ぶな。

さくらの手の感触が薄らいできた時だった。

突然、思念に見知らぬ場所がよぎった。

なんだ、今のは？

思念を陸上競技場に戻そうとする。分子化した肉体が渦を巻いて時空の隙間に吸い込まれていく。

と、再び、見知らぬ場所がフラッシュした。ぱっ、ぱっと花火が弾けるようにイメージが浮かび、止まらなくなった。

さらに、人の影のイメージも浮かんできた。若奥様ふうの女性の影だった。知らない女性だ。

女性の唇が大きく映った。

『おかえり、陽佑』

母……さん？

思念が大きく揺らいだ。

瞬間、地面が鳴動した。

御船や糸川たち、校庭にいた生徒たちは、突然の地震に足を取られ、よろけた。

宙に大きな穴が空いた。どす黒い渦を巻き、ものすごい勢いで、左木の肉体分子を吸い込んでいく。

「左木君！」

さくらは、手に残る思念を強く握り締めた。両脚を踏ん張る。

さくらの髪が舞い上がり、髪の端が渦に吸い込まれていく。体まで時空の歪みに引き込まれそうになる。

「高馬！　思念を離せ！」

御船が叫んだ。

が、さくらは離さなかった。

「左木君！　戻ってきて！」

さくらは黒い渦を見据えた。

6

「なんだ、この生徒は」

防衛省幹部は喜代田の実技を見て、呆れた。

教務担当の職員が口を開く。

「ああ、喜代田幸司ですね」

「今、高二だろう。高二でこのレベルでは、とてもこの先のカリキュラムにはついていけないのではないか？　なぜ進級させた？」

幹部が言う。

「彼自身は、進級レベルに達していないのですが、彼の父は喜代田章良《あきら》なのです」

「ほお、あの喜代田君かね」

河西が言う。

教務担当の職員が頷いた。

喜代田章良は、悠世学園の卒業生の中でも世に名の知れている超能力者だった。

メディアにも露出し、かつての超能力ブームを牽引した人物だったが、週刊誌やマジシャンなどからインチキ扱いされ、バッシングされた後に世間から干された。

もちろん、喜代田章良は偽物ではない。卒業生の中でも一割に満たない完全発現者だ。その実力は、悠世学園の教諭をしていてもおかしくないほどだ。

が、喜代田は自分の能力に対し、いわれのない罵倒を受けたことから、超能力者という肩書を捨てた。

今は、メディアや育成からは完全に離れ、市役所の職員を務めながら、発掘者として学園に協力している。

「発現者の中でもさらに少ない完全発現者の子どもで、なおかつミレニアムベイビーですので、その血統を重視して進級させています」

教務担当職員が言った。

「しかし、もう一人の糸川という生徒の方があきらかに優秀ではないか」

文科省職員が言った。

「彼もまた、あの糸川啓五郎《けいごろう》の孫です」

「おお、あの糸川先生の」

文科省職員が大きく頷く。

糸川啓五郎はリーディングのスペシャリストで、日本における予言の先駆者でもあった。

「彼の父である公伸《きみのぶ》氏は残念ながら発現までには至りませんでしたが、糸川啓次は祖父の能力を感じさせる実力を備えています。発現も間近でしょう」

「同じ血統資質で、こうも違うのか。まだまだ研究の余地はありそうだな」

河西は言い、文科省職員を見た。

職員は予算に直結するような話を向けられ、顔を背けた。

話していると、奥谷が割って入った。

「みなさん、例の生徒がこれから実技を行ないます」

声をかける。

全員が投影された映像に目を向けた。実技が始まろうというのに、まだ煮え切らない様子で、もじもじしている。

「この生徒がねえ……」

文科省職員が首を傾け、体を斜めに向けて映像を見た。

御船に促され、相手の女の子に手を差し出す。女の子から手を握られ、左木はますます照れて顔をうつむける。

「うらやましいほど、純朴ですな」

防衛省幹部が失笑する。他のメンバーからも嗤《わら》いが漏れた。

山内は口角を下げた。しかし、笑われるのも無理のない光景だ。

が、女の子と二、三度やり取りをすると、左木は驚くほどに落ち着いた。

「彼女は？」

これまで一度も口を開かなかった緒形が訊いた。

「高馬さくら。この学年の最初の発現者です」

「バランサーか」

緒形はつぶやいた。

超能力者の中には、相手の能力を安定させ、コントロールする者がいる。なぜ、そうした者が現われるのかは定かでないが、バランサーは相手の能力を高めることも鎮めることもできる。

バランサーの特徴は、超感覚系の能力から念力、サイコ系の能力に至るまで総合的に高い能力を持つところだ。発現が早いのもバランサーにみられる特異な点だった。

緒形は実技の様子を見ていた。

左木は静かに立ったまま、自然に肉体の分子化を始めた。始まったと言っていいのかもしれない。

霧状になった分子はゆらりと真上に立ち上っている。思念が安定している証拠だ。

「いいバランサーだね」

河西が言った。

緒形は小さく頷く。

今日は、先日のような事故は起こり得ないな。

緒形がふっと目を伏せた時だった。

強力な磁場の歪みを感じた。ぞわっと腕に鳥肌が立つ。その直後、地震が起こった。

床が沈み込むほど、建物が揺らいだ。机が傾き、壁の一部が剝げ落ちる。

「なんだ！」

文科省職員が床に屈み込んだ。防衛省幹部や他のメンバーも机を握り、周囲を見回す。

映像が途切れた。

緒形はさらなる磁場の歪みを感じた。

「いかん！」

緒形の姿がふっと消えた。

「なんだ！　何が起こっているのだ！」

山内は壁に張りつき、天井を見上げ、声を張り上げた。河西も立ち上がり、山内の横で壁に背を当てていた。

奥谷が駆け寄った。

「理事長、学園長！　私につかまって！」

奥谷は両腕を伸ばした。

山内と河西がそれぞれ左右の腕をつかむ。瞬間、奥谷はテレポーテーションをした。

7

「左木君！　戻ってきて！」

さくらは必死に思念をつかんだ。

黒い渦は大きくなり、吸引力を増していく。さくらの髪の毛が渦に飲み込まれた。瞬間、髪の毛が黒い空間に溶けた。

「高馬！　思念を離せ！」

御船が怒鳴り、近づこうとする。が、引力が強すぎて、近づけない。

「嫌です！」

さくらは腰を落として両脚を踏ん張った。が、地面を削るほど強く引きずられる。

「さくら！」

糸川が駆け寄ろうとした。

その前に人影が現われた。

「近づくな！」

緒形だった。

「御船君！　生徒たちを避難させろ！」

「わかりました！　みな、陸上競技場までテレポートしろ！　未成功者は成功者の腕をつかめ！」

御船は言い、喜代田の下へ駆け寄った。

喜代田は突然の出来事に腰を抜かし、座り込んでいた。怯《おび》えた様子で黒い渦を見つめている。

「何も考えるな」

御船は耳元で言うなり、テレポートを始めた。喜代田の体と共に肉体が分子化していく。

他の生徒たちも次々とテレポートしていく。

「啓次！」

長尾が糸川の下に駆け寄った。

「君たちも早く行け！」

緒形が怒鳴る。

「オレたちも何か――」

糸川が言いかける。

「君たちにできることはない！　ここを離れろ！　学園ごと飲み込まれるかもしれん！」

緒形の迫力に、糸川も長尾も蒼ざめた。

「私がなんとかする！　行け！」

緒形が声を張った。

「啓次、行こう」

長尾が肩を叩いた。

「ああ……。お願いします。陽佑を助けてやってください」

糸川は頭を下げた。隣で長尾も頭を下げる。頭を上げると同時に、二人は姿を消した。

「君も早く！」

緒形がさくらに声をかけた。

「嫌です！　いえ、ダメです！　左木君の思念は、私の手の中にしか残っていない！」

さくらは歯を嚙みしめ、引力に抵抗した。

「わかった。そのまま握っていろ！　飲み込まれるな！」

「はい！」

　さくらは爪が皮膚に食い込むほど強く、両手を握った。

　緒形は目を閉じ、念じた。さらさらと分子化し、一つの光る球体となった。光球は黒い渦に飛び込んでいった。

　緒形は時空の歪みで思念を半実体化させた。実体化といっても、時空の中では亡霊のような姿にしかなれない。が、強力な歪みの中では、思念を半実体化して固めておかなければ、ばらばらに飛び散ってしまう。

　緒形は時空の中で目を開いた。

「なんだ、これは……」

　闇の中に赤いオーロラが漂っていた。宇宙の果てまで続くような長さで、龍のように縦横無尽にうねっている。

　発現者の思念と似ている。発現者の思念は時空の歪みの中でオーロラのような光の帯となり、実体を保つ。

　しかし、今見ているものは、緒形が能力を発現して以降、一度も目にしたことのない光景だった。

「左木君！　どこだ！」

緒形が叫ぶ。声は闇と赤いオーロラに吸い込まれる。

「左木君、戻ってこい！」

緒形は強く念じ、左木の思念の断片を探そうとした。

が、強力な磁場が緒形の念を遮る。

『邪魔するな』

緒形の脳裏に声が飛び込んできた。少年の声だが、澱《よど》んでいる。

「左木君！　思念を保て！」

『邪魔するな！』

ラジオのノイズのような濁声《だみごえ》が轟いた。途端、強烈な磁場嵐に見舞われた。

緒形は腕をクロスし、思念をまとめ、嵐に耐えた。

こいつは、〝何か〟かもしれない――。

嵐の中、緒形は直感した。

ここで潰すしかないな。

意を決し、両眼を見開く。

感じたことのない力だ。時空の歪みで戦えば、自分の思念も分離して消失するかもしれない。

しかし、この強大な力を野放しにすることはできない。

「左木君、すまない」

緒形は時空の中にあるもう一つの歪みをつかんだ。今、空間を席巻している歪みの頂点に、つかんだ歪みの頂点を引き寄せる。

二つの時空の歪みが衝突すると、すさまじい爆発が起こる。ブラックホール同士が衝突するようなものだ。その爆破が起こると、二つの時空は一瞬にして消え去る。

コンマ数秒の余裕しかないが、爆破力が臨界に達するまでのわずかな時間で、今いる時空から抜け出せれば、思念は飲み込まれない。が、少しでもタイミングを誤れば、肉体分子と共に思念も霧散する。

霧散した思念と肉体分子は、二度と一つになることはなく、時空を漂う。つまり、意識がどこかに残っているまま永遠の死を迎えるということだ。

超能力者として、最も苦痛にまみれた〝死〟だった。

緒形は時折襲ってくる磁場嵐に飛ばされそうになりながらも思念を固定し、時空の歪みを引き寄せた。

もう少し……もう少しだ。

歪みの頂点が近づいていく。歪みを握った緒形の思念の手のひらに、もう片方の歪みの磁場を感じた。

緒形は大きく息を吸い込んだ。短く息を吐くと同時に眉尻を吊り上げ、磁場の頂点を重ねた。

一瞬、光が収束した。緒形は思念を外へ飛ばした。直後、光の点が一気に闇に広がった。白い光が赤いオーロラを飲み込み、時空の果てに広がっていく。すさまじい磁場嵐が起き、白い空間に稲妻が走った。

緒形はグラウンドに転がり出た。

黒い渦の奥から白い光が湧き、円が肥大した。さくらはまだ、時空の縁で左木の思念を握っていた。

「手を離せ！」

緒形はさくらに駆け寄ろうとした。

瞬間、黒い渦から白い光が噴き出した。凄烈な光と磁場の突風が緒形を弾き飛ばした。

グラウンドも建物も白い光に包まれる。校舎の窓ガラスは一瞬にして吹き飛び、学園都市を囲ったエリアガードも吹き飛ばした。

緒形は地面に伏せ、嵐をやり過ごした。

やがて、磁場嵐は収まり、視界も戻ってきた。緒形はむくりと上体を起こした。

校舎の煉瓦屋根は吹き飛んでいた。グラウンドにあったゴールポストやネットが飛ばされて、裏山も山肌が剝き出しになっている。

時空の渦は消えていた。

さくらの姿もなかった。

緒形は固く目を閉じ、さくらに心で詫びた。

これであの〝何か〟が消えてくれればいいが……。

緒形は願いつつ、ゆっくりと立ち上がった。

8

左木は波の音で目を覚ました。

うつぶせに倒れていた。両手を突き、体を起こす。ひと気のない浜辺だった。沈みゆく陽が水面を茜《あかね》に染めている。

「どこだ、ここは……」

立ち上がった。体が軋む。頭が割れるように痛い。

体が分子化し、時空の歪みに入ったところまでは覚えている。

しかし、そこで思念に何かが混ざり、乱れたあたりから、覚えていない。

思念に混ざった何かも、よく思い出せない。

「母さん……」

ふとつぶやいた。

しかし、自分のつぶやきが何を意味するのかわからなかった。

制服に付いた砂を払い、海岸線をあてもなく歩く。

と、先の方に、砂浜に寝転がっている人がいた。ゆっくりと歩み寄る。

途中で、左木は目を見開いた。

「さくらちゃん……！」

砂地を蹴り、駆け寄った。

さくらだった。険しい顔をして、横倒しになっていた。脇に屈んで抱き上げる。長い髪が、
半分ほど千切られたように短くなっていた。

「さくらちゃん。さくらちゃん！」

揺さぶってみる。

と、さくらが短く呻いた。うっすらと目を開ける。

「左木君……戻ってこれたんだ。よかった」

さくらは力なく微笑むと、再び気を失った。

「さくらちゃん、しっかり！」

左木は周りを見た。小屋がある。

左木はさくらを抱き上げ、小屋へ運んだ。

第2章　変異

1

高馬さくらが目を覚ましたのは、翌日だった。すっかり陽は昇り、小屋の隙間からは幾筋もの陽光が射し込んでいた。

「左木君……」

左木の顔を見て、小さく微笑む。まだ弱々しいが、顔にはずいぶん赤みが戻ってきていた。

さくらが体を起こそうとした。左木はさくらの背中を支えた。さくらは上体を起こして、肩にかかった左木のブレザーをかけ直し、壁にもたれた。

「かけてくれたの？」

「うん。僕は寒くないから」

左木が微笑む。

「ありがとう」

さくらは笑みを返し、左木のブレザーを握った。

左木はさくらの横にもたれ、両膝を立てた。

「ごめんな、巻き込んでしまって」

前を見たまま言う。

「ううん。守るはずの私が、左木君を守れなかったせい。私の力がまだまだ足りなかったせいだから」

さくらが言う。

「いや、僕は守ってもらったよ。こうして生きているのが、その証拠だ」

左木は笑みを向けた。が、すぐ真顔になった。

「さくらちゃん……」

呼びかける。さくらは首を傾け、左木を見つめた。

「何があったんだ？」

「覚えてないの？」

「分子化が始まったくらいまでは記憶にあるんだけど、時空の歪みに入ってからのことはまったく覚えていないんだ……」

左木は目を伏せ、自分の膝を見つめた。

「何があったのか、私も詳しいことはわからない。ただ、左木君の肉体分子が時空の歪みに吸い込まれた瞬間、ものすごい磁場の乱れを感じたの。その後、時空の穴が膨張し始めて、周りのすべてを吸い込みそうになってた。私は時空の縁で左木君の思念を捕まえていたの。離したら二度と、左木君が戻ってこない気がして。そこに緒形局長が現われた」

「緒形って……警備局長の？」

左木の問いに、さくらが頷く。

「緒形さんが時空間へ入っていったら、さらに引力が強くなって、緒形さんが時空から出てきたと思ったら、あたりが真っ白になって。そこからは私も覚えてない……」

「緒形さんが出てくるほどの事態だったのか……」

左木はぶるっと震えた。

緒形局長は二、三度見かけた程度で、言葉を交わしたこともない。年のわりに老けた印象の小柄な中年男性だが、伝え聞く話だと、かつて外国勢の超能力者と戦ったとか、ＣＩＡの超能力捜査官だったとか、タイムトラベラーで実年齢は千歳を超えているとかといった冗談のようなことまで噂される人物だ。

実像はわからないが、完全発現者だという事実はあり、学園の警備を一手に取り仕切っているという現実をみると、その力は本物と考えざるを得ない。

その緒形をもってしても止められなかった暴走とはどのようなものなのか――。

想像すればするほど怖くなる。

「学校、大丈夫かな」

「わからない」

さくらは顔を小さく横に振った。

「ともかく、ここでじっとしていても仕方ないから、帰らないと」

さくらが言う。

「テレポートはできそう？」

左木が訊く。

「ここからは無理。思念がどうしても学園に届かないの。こんなこと、初めて……」

普段は感情を表に出さないさくらが、めずらしく弱々しく動揺した顔を覗かせた。

「どこまで飛ばされたんだろう……。外国かな？」

「それはない。日本国内だよ」

さくらが言う。透視したようだ。

「何か、場所がわかるようなものが見えない？」

「ちょっと待って」

さくらは目を閉じた。

「島……」

「えっ？」

「どこかの島。ガジュマルが見える」

「ガジュマルって……。沖縄？」

「わからないけど、南の方には違いないみたい」

さくらは目を開いた。

「僕たち、千キロ以上も飛ばされたってことなのか」

「もし、ここが奄美《あまみ》や沖縄なら、そういうことになる」

「なぜ、そんなところに……」

左木は首をかしげていたが、ハッとして目を開いた。

イマージュガードで思い浮かべる風景は、万座毛だったり、喜屋武岬《きやんみさき》だったりと、なぜか沖縄が多い。

沖縄には住んだこともないし行ったこともない。テレビで見ただけだ。特に憧れもないのに、とっさにフッと浮かぶ風景は沖縄だ。

「何か、今回の暴走と関係あるのかな？」

　さくらは左木の思考を読み取り、つぶやいた。

「あ、ごめん。勝手に読んじゃって」

「漏れてるのが聞こえただけだろう。常にガードするというのがどうにも苦手だ」

　左木は苦笑する。

「ともかく、人がいるところに出たいね。民家は見えた？」

「ありそうなんだけど、なんだか透視もうまくいかない」

「さくらちゃんがうまくいかないなら、僕にも難しいな」

　自嘲し、立ち上がった。

「暗くなると移動が難しくなるかもしれないから、今のうちに動こうか。テレポートできそう？」

「ううん、磁場が不安定だから、歩いた方がいいと思う」

「歩ける？」

「大丈夫」

　さくらは首肯し、立ち上がった。

「ブレザーは着てていいよ。行こう」

左木は小屋のドアを開け、陽光に目を細めた。

2

悠世学園都市では、エリアガードの再構築や校舎、近隣住居、インフラ施設の復旧が急ピッチで行なわれていた。

中等部以上の授業は中止され、生徒たちも復旧作業を手伝っていた。

ただ、事故当時、授業に参加していた生徒全員と授業を担当していた御船、副担任の原田は、学園都市西端にあるビルにいた。

ガラス張りの瀟洒《しょうしゃ》なビルは七階建てで、セミナールームやコンサートホール、大会議室などがある多目的施設だ。五階から七階は宿泊施設にもなっていて、生徒や御船たち教師は、事故後、そこで寝泊まりしていた。

食事は出るし、部屋の移動は自由だ。が、五階より下のフロアへの移動は禁じられていて、生徒や教師以外の他者との接触やテレパシー交信も固く禁じられている。

ちょっとした軟禁状態でもあった。

糸川と長尾は同じ部屋で寝泊まりしていた。

遠距離テレポーテーションで疲れているのだが、左木やさくらの心配や自分たちが目にしたものへの漠然とした恐怖や不安がない交ぜとなり、ほとんど眠れなかった。

長尾と糸川は、それぞれのベッドに寝ていた。

「なあ、啓次。陽佑たち、大丈夫かな」

長尾は横を向き、テレパシーでなく、言葉にした。

今は能力を使いたくない。糸川も同じ思いのようで、脳には黒い布のようなイマージュガードを被せていた。

「さくらがいるから大丈夫だ、きっと。陽佑一人だと頼りないがな」

「もっともだ」

二人で笑い合う。が、その笑みもすぐに消える。

「なあ、啓次……。俺たちが見た、あれ、なんだったのかな……」

長尾は口にした。

聞きたくないし、知るのは怖い。だが、そのままにしておくのも不安でたまらない。

「やっぱ、噂されてた〝何か〟だったのか？」

「わからん。けど、見たくないものを見たのは確かだよな」

糸川は両手を頭の裏に敷き、天井を見つめた。

また二人して押し黙る。言葉が続かない。それぞれが自分たちが目にしたものをどう理解すればいいのか、混乱していた。

ドアがノックされた。

「はい」

糸川が声をかける。

長尾がベッドから下り、ドア口へ走った。ドアを開ける。

喜代田が立っていた。

「なんだよ」

長尾が見据える。

「五階の会議室に集合だ」

「それだけか?」

「悪いか?」

喜代田は眼鏡を押し上げて睨み返し、エレベーターホールへ向かった。

「啓次、集合だってよ」

部屋の奥に声をかける。

糸川は気だるそうに体を起こし、スニーカーを履いてドア口に来た。

長尾は糸川と一緒に部屋を出た。廊下を進む。エレベーターの前には伶花もいた。

長尾は伶花に歩み寄った。

「大丈夫か？」

「うん、ありがとう」

伶花は微笑むが、力はない。

他の生徒も一緒にエレベーターに乗り込み、五階へ降りる。会議室の前には他の生徒もいて、御船に促され、中へ入っていった。

長尾たちが近寄る。御船はそれぞれの顔を見て、人数を確認した。

「おまえたちが最後だな。中へ入って適当に座ってろ」

御船が言う。

一番前の列しか空いていなかった。長尾が真ん中に座る。左に糸川、右に伶花が座り、残りの生徒も最前列の空いた席に腰を下ろした。

正面には小さな演台があった。御船が入ってきた。中にいた原田がドアを閉じ、座る。

御船は前に来て、演台のマイクのスイッチを入れた。

「あー、あー。えー、みんな。昨日は大変だったな。眠れたか？」

御船は長尾を見た。

長尾は片笑みを見せ、顔を横に振った。

「まあ……眠れなかったと思う。私も正直、眠れなかった。こんな事態は初めてなのでね。そこで、君たちには今回の件をきちんと話しておくことになった。話してくれるのは、この方だ」

奥のドアが開く。小柄な中年男性が姿を現わした。

生徒たちがざわついた。

緒形だった。滅多に生徒の前には姿を現わさない警備局長の登場に、室内に緊張が走った。演台の前に立った緒形は、長尾と糸川に目を向けた。二人は緊張した面持ちで見つめ返す。

緒形は小さく頷き、生徒たち全員を見回した。

「警備局長の緒形です。みなさん。このようなところに隔離して、不安にさせてしまい申し訳ない。このまま何の説明もないのでは、君たちの不安を助長してしまうかもしれないとの判断から、昨日起こったことを包み隠さず説明することになった。私がだらだらと話しても、君たちの不安が払拭できるかどうかわからないので、問答形式で話を進めよう。質問のある者は、挙手を」

緒形が言う。

真っ先に糸川と長尾が手を挙げた。

「陽佑とさくらは？」

長尾は指される前に訊いた。

「残念ながら、現在も見つかっていない」

緒形はまっすぐ長尾を見て答えた。

「時空に飲み込まれたということですか？」

糸川が訊く。

「それもわからん」

「何があったんですか？」

糸川はストレートに訊いた。他の生徒たちが息を呑んだ。

「彼は異質な時空の中にいた。私はそこで彼の思念を探したが、強力な磁場が私の活動を妨げた。それは邪念と言ってもいいような禍々《まがまが》しくもすさまじい力だった。その力が彼のものなのか、別の〝何か〟かはわからない。が、そのままにしておくわけにはいかなかった。私は二つの時空の歪みを衝突させ、異質な時空間を消滅させた」

「それじゃあ、左木は消滅したんじゃないですか？」

後方の席から喜代田が言う。

「何言ってんだ、こら！」

長尾は立ち上がり、振り返った。喜代田を見据える。

「だって、そうだろう？　時空間が消失したんだ。肉体分子が時空の歪みに残っていれば、時空間の消失と共に左木の肉体分子も消滅する。あるいは、異空の果てに飛ばされたかも」

喜代田は眼鏡を押し上げた。

長尾には笑っているように見える。

「適当なこと言ってんじゃねえぞ、喜代田！」

長尾が右手のひらを広げた。手のひらの中央で風が起こる。小さな竜巻は赤みを帯びてきた。

分子同士が衝突し、熱を帯び始めた証拠だ。このまま竜巻を加速させれば、炎が立ち上がる。パイロキネシスという火を起こす能力だった。

緒形は演台に立ったまま、右手の人差し指と中指を重ね、縦に振った。指先の空気が揺れ、波動が伝播する。

波打つ空気は長尾の手のひらの竜巻の根元に滑り込んだ。瞬間、空気の回転が途切れ、赤く色づいた空気の渦はフッと立ち上り、霧散した。

『長尾君、座りなさい』

強力なテレパシーがニューロンを揺さぶる。

長尾は立ちくらみしたように脱力し、膝を折った。糸川がとっさに立ち上がり、長尾を支えて座らせた。

「すまん……」

長尾は頭に手を当て、二、三度振った。

「長尾君、手荒な真似をしてすまなかった。ここは学園都市内だが、今、余計な騒ぎは困るのでね」

緒形は言い、喜代田を見据えた。

喜代田はばつが悪そうに顔をうつむけた。

「喜代田君の言ったことは、残念だが可能性の一つとしては残っている。しかし、彼の肉体分子が時空と共に消滅したとは考えていない」

「どうしてです?」

別の女子生徒が訊いた。

緒形はその女子生徒に顔を向けた。

「高馬君が最後まで、左木君の思念を握っていたからだ。高馬君も姿を消したが、彼女の思念が消えた感覚はなかった。彼女の思念が生きていれば、その手に左木君の思念も残り、そこに肉体分子が収束している可能性も高い。あるいは、肉体分子の再構築が完全でなく、左木君になんらかの障害が残っていることも考えられるが、高馬君は早期発現者で質の高いバランサーだと聞いている。彼女の能力が左木君を助けているのではないかと、私個人は考えている」

緒形の言葉は力強い。生徒たちの顔に多少の安堵がこぼれる。

「局長」

糸川が手を挙げた。

「どうぞ」

緒形が顔を向ける。

「陽佑とさくらを飲み込んだものなんですが。ミレニアム生まれの者から出現すると予言されていた〝何か〟ですか？」

糸川の問いに長尾や生徒たち、御船の顔まで強ばった。

「わからないが、私も初めて感じるほどの強大な力だった」

緒形は表情を変えず、言った。

「もし、局長が見たものが〝何か〟であれば、陽佑とさくらの生存の確率は？」

「限りなくゼロに近い」

和んだ空気が一転、重くなった。

「だが、もう一つの見地がある」

緒形は演台の両端をつかみ、身を乗り出した。

「左木君そのものが〝何か〟である可能性だ」

緒形の言葉に、室内がざわつく。

「陽佑が〝何か〟だって？　それは飛躍のしすぎじゃあ――」

長尾が笑ってごまかそうとする。

「君も感じただろう？　あきらかに次元の違う力を」

緒形は長尾を見た。

長尾の笑みが引きつり、固まった。

「私は左木君の肉体分子が散った時空の中で血のように赤いオーロラを見た。そして、左木君のものではない声を聞いた。実像はわからなかったが、あれはおそらく〝何か〟の断片ではないかと私は感じた。その上で、考えられることは二つ。一つは左木君自身が〝何か〟である。もう一つは、左木君の無意識の中に〝何か〟がある。後者の場合、左木君は〝何か〟が内在していることに気づいていないだろう。私が見たものが〝何か〟であるとすれば、私は、後者ではないかと考えている。左木君自身が〝何か〟であり、そのことに気づいているなら、能力をコントロールできるはずだからだ。しかし、彼の力は暴走した。彼自身を消失させかねないほどに。もし、〝何か〟が内在するものだとするなら、一刻も早く左木君を見つけ出し、〝何か〟を取り除く必要がある。でなければ、彼は〝何か〟に心も肉体も飲み込まれるだろう」

緒形は淡々と語った。

糸川や長尾たちは、緒形の話が看過できないものであることをひしひしと感じていた。

「局長。さくらと左木君を捜すには、どうすればいいんですか？」

伶花が訊いた。

「君たちにできることはない」

緒形は一刀両断した。

伶花が唇を噛みしめてうつむく。

「落ち込むことはない。言い方を変えよう。今は、左木君と高馬君の捜索は我々に任せてもらいたい。私個人は二人は生きていると思っているが、喜代田君の言うように時空と共に消滅した可能性も拭えない。また、彼らを見つけたとして、また左木君の能力が暴走することがあれば、その場にいるこの中の誰かが異空の果てへ飛ばされることも考えられる。学園の責任者の一人として、そのようなリスクを負わせるわけにはいかない。君たちにできることは一つだけ」

緒形はぐるりと生徒たちを見回した。

「もし、〝何か〟と戦う時が来れば、学園の力を総動員することになる。来《きた》るべき時に備え、各々の能力を高め、一人でも多く発現してほしい。今日、御船先生に頼んで、わざわざこの席を設けたのは、外でもない。このことを君たちに伝えるためだ。他の生徒たちにはできない。左木君と高馬君の友人であり、エリアガードを消散させてしまうほどの暴走を目の当たりにした君たちだからこそ、〝何か〟と本気で戦える。〝何か〟は地球を滅ぼすと予言されているが、世界を救おうなどと考えなくていい。友人を救う。その一点のみ考え、精進してもらいたい。頼む」

緒形は演台に手を突き、深々と頭を下げた。

生徒たちは頷くことしかできなかった。

3

山内と河西は、内閣官房長官・小松原和正《こまつばらかずまさ》に呼び出され、官邸の応接室へ来ていた。防衛大臣・泉田修史《いずみだしゅうじ》と文部科学大臣・君津義彦《きみつよしひこ》も同席している。

小松原が口を開いた。

「山内さん、昨日、悠世学園都市で起こった生徒の能力暴走事案ですが、報告を見る限り、左木という生徒に発現した力は〝何か〟だと思われます。現場で体験された理事長としての見解をお聞かせ願いたい」

「官房長官。我々は、体験したと言いましてもですね――」

河西が割って入ろうとする。

「学園長には後ほど伺います」

小松原は大きな目をぎょろりと剝いて、河西をひと睨みした。

そのまま山内に顔を向ける。

山内は小松原を見返した。

「個人の意見でかまわんか？」

「ええ」

「わし個人としては、あれは〝何か〟の力だと思った」

山内が答える。

河西は山内を一瞥し、かすかにため息をついた。

泉田が口を開く。

「学園を襲った力が〝何か〟だとすれば、かなり強力なものですね」

「そうだな。正確な数値はわからんが、中性子爆弾以上、場合によっては反物質の臨界をも超えるかもしれん」

「制御不能のエネルギーですね」

泉田が大きな口の口角を下げ、腕を組んで唸《うな》った。

「現在の科学をもってしても、原子力すら正確かつ安全に制御できていません。その状況下において、反物質の臨界を超えるようなエネルギーを放置しておくのは、いささか危険ではないですか？」

君津が眼鏡を押し上げた。

「だからこそ、わしらの研究が必要だ。超能力は超能力で制する。違うかね？」

山内は君津を睨んだ。

君津は、しらっとして目線を逸らした。

「〝何か〟の正体はつかめたのですか？」

小松原が訊く。

「つかめていれば、〝何か〟とは言わん」

山内は小松原も睨み、鼻息を荒くした。

河西が割って入る。

「事態の収拾にあたった緒形警備局長の話では、その〝何か〟と思われる力は、強力な磁気嵐を引き起こしていたそうです。これまでの研究で、超能力には人という物体が発する磁気の強さも深く関係していることがわかっています。エリアガードをも消失させてしまうような強大な磁場を発生させる力が〝何か〟だとすれば、〝何か〟は、局所的に発生する太陽風のようなものなのではないかと、私は考えます」

君津が失笑を交える。

「一人間の個体がフレアを発生させるというのか？　それはあまりに突飛な見解だ」

「その〝あまりに突飛なこと〟が、我々の目の前で起こったのだ」

山内はひと睨みした。

君津がまた目を逸らした。山内は仏頂面で腕を組んだ。

「山内さん。仮に、〝何か〟がそれほどの力であれば、悠世学園が有する能力を結集して制御できるとお考えですか？」

小松原が訊く。

「〝何か〟の全容がわかったわけではないので、無責任な発言はできんが、少なくとも、現代の科学力では止める術はなかろう。科学者はすべてをわかった気でおるが、科学が解明したことなど、コンマ数パーセントに過ぎん」

君津を睨む。

君津は顔をうつむけ、聞こえないように舌打ちをした。

「わかりました。とりあえず、現時点では研究を続けていただきたい。そのための予算は確保しましょう」

「話がわかる官房長官でよかった。この頃は大局観のない小役人が多すぎるからな」

山内は腕を解き、太腿を叩いて立ち上がった。

「園部《そのべ》君にもよろしく伝えておいてくれ」

山内が言う。総理大臣園部康夫《やすお》のことだった。

「承知しました」

小松原が軽く頭を下げた。

山内は頷き、官邸の応接室を出た。河西も立ち、三人に深々と頭を下げ、山内に続いた。

君津は、山内と河西の姿が見えなくなると、ソファーに深くもたれ、肘掛けに腕を置いて脚を組んだ。

「長官。本当に予算を確保するおつもりですか？」

君津が不服そうに訊く。

「今回は仕方がない。強力な電磁波は近隣のレーダーや衛星で観測され、時空消失の際、地震波も測定されたことから、諸外国から今回の件について問い合わせが殺到している」

「大震災を懸念しているということですか？」

泉田が訊いた。

「それもある。特に、三・一一を経験している在日米軍は、自分たちの基地の存続にも関わることだからな。今は、地震の兆候ということで説明しているが、エリアガードが一定の時間壊れてしまい、その時間帯に悠世学園都市が衛星写真に撮られている可能性がある。その施設を観測されれば、彼らは、日本が核実験をしているのではないかと疑うだろう。そうした疑念を払拭するために、地震研究関連予算として悠世学園への特別会計を計上した記録を残す必要がある」

「つまり、悠世学園は地震の研究所というわけですね」

「そういうことだ」

泉田を見て、小松原は頷いた。

「そういうことであれば、仕方ありませんが」

君津は渋々認めたが、話を続けた。

「ですが、このまま予算を出し続けるというのはいかがなものかと。現在、世界の最先端技術開発はＡＩ化に集中しています。日本は正直、この分野で出遅れています。このままだと米国だけでなく、中国にも後れを取り、日本の技術立国としてのスタンスは瓦解します。私としては、無駄な予算は削るだけ削って、量子コンピューターの開発に特化すべきだと思います。この分野は日本が一歩リードしています。量子コンピューターの開発で抜きん出れば、次世代の技術開発の大きなイニシアチブを得ることにもなりますからね。不確かな能力に夢を見るよりは、山内さんの言葉を借りれば、それこそ国家百年の計だと思いますが」

山内に皮肉を込める。

「私も君津大臣の意見に賛成ですね。これからの軍事はＡＩの優位性が雌雄を決すると思います。無人操作爆撃機の開発はもちろん、量子コンピューターが完成すれば計算速度が格段に上がり、軍事に転用できる素材も次々と開発できるでしょうから。場合によっては、コンピューター内の計算で核爆弾が造れるでしょう」

泉田が追随する。

「わかっている。私も本音ではそうしたい。しかし、一方で〝何か〟の力には可能性を感じる。断わっておくが、私は夢を見ているわけではない。今回のことがなければ、予算は凍結する予定だった。が、君たちも現場にいた者の報告は見たろう。もし、反物質の臨界にも匹敵する力が〝何か〟にあるなら、それこそ、兵器開発は必要なくなる。むろん、〝何か〟が制御可能なものであれば、という前提だがね」

「それは我々を縮小するという話ですか？」

泉田が怪訝そうに組んだ腕に力を込める。

「表向きには縮小となるが、内実は拡大だ。軍縮に取り組んでいる姿勢を見せ、平和国家としてのイニシアチブを取りつつ、最強の軍隊を装備する。もしこれが具現化するなら、世界の覇権を取ったも同然。わずかな可能性ではあるが、もう少し、この夢物語に懸けてみるのも悪くない」

「財務省が黙っていませんよ」

君津が言う。

「それは君の方で学術的見地の資料を作ってもらいたい。説得し得る資料をね」

「難しい話ですね……」

君津が渋る。

「君津君。厳しいことを言うようだが、このくらいの絵図を通せないようでは、次はない。このまま閣内に留まり、次期総理候補として躍進するか、一線から退くか。君にとっても正念場だ」

小松原がジトッと見据える。

君津の眦《まなじり》がかすかに引きつった。

「私は、君が次期総理を目指すなら、派閥を挙げて応援するつもりだ。期待に応えてくれるとうれしいのだがね」

小松原は笑みを覗かせる。

あからさまに飴《あめ》と鞭《むち》を提示され、君津としても、できません、とは言えなくなった。

「泉田君は、悠世学園で今回の件を体感、目撃した者からの証言を取って、何が起こったかを正確に把握してほしい。そして、分析をしてくれないか。少年が見せた力が〝何か〟であってもなくても、未知のエネルギーであることには違いない。研究は無駄にならんだろうから」

「わかりました。しかし、長官。我々が分析した結果、そのエネルギーがとても制御し得るものではないと結論付けられた場合は、どう対処しますか？」

「その時は――」

小松原は泉田と君津を交互に見やった。

「抹殺だ」

恐ろしく冷淡な表情に、泉田も君津も腹の奥で震えた。

4

左木とさくらは小屋を出て歩きだした。砂浜は少ししかなく、波に浸食された切り立った岩が続いた。

岩場を越えると、椰子《やし》のような高木とガジュマルが群生している林に入った。獣道を歩き進む。

まもなく、視界が開けた。

左木とさくらは思わず立ち止まった。

ブッシュに囲まれた白い砂地の一直線の道が、雲一つない青空に延びている。胸のすく絶景だった。

「映画みたいな場所だね」

さくらがつぶやく。左木は風景に見とれ、頷くだけだった。

「行こう」

左木が歩きだす。さくらも横に並んだ。

静かだった。

すれ違う人もいない。時折、海から吹いてくる風に揺れる草の音が聞こえるだけ。天国への道を歩いているようだった。

二人はしばらく黙って、ただただ歩いた。

東屋《あずまや》を見つけた。

「少し休もうか」

左木が言う。

さくらは頷いた。

二人で並んで、ベンチに座る。目の前にはどこまでも続く青い海が広がる。

時がとてもゆっくりと流れている。昨日の出来事すら忘れてしまいそうなほどだ。

ゆったりとした時の流れに身を置くと、心身が多少癒やされる。

左木の腹が鳴った。

「あ、ごめん……」

左木は赤くなって、腹を押さえた。

さくらが小さく笑う。

「何も食べてないもんね。ちょっと待って」

さくらは目を閉じた。右手を頭上に掲げ、指先を動かす。

何かを引っ張り出すような仕草を見せる。

物質を引き寄せるアポーツという能力を使っているのがわかった。

学園外でアポーツを使うことは禁じられている。アポーツで引き寄せる物質は、どこかに存在するものだ。それを勝手に引き寄せることは、窃盗にも等しい。

しかし、今は緊急事態。さくらはあえて禁を犯そうとしていた。

が、突然、顔をしかめ、手を引っ込めた。

「どうした？」

左木が訊く。

「わからない。確かに飲み物のペットボトルはつかんだはずなのに、弾かれた」

さくらは右手の指先を左手で揉んだ。

「どんな感じだった？」

「静電気が弾けたみたいな感じ。その瞬間、能力が消された」

「消された……」

左木の表情が険しくなる。

「どうなってんだ、この島は？」

海から陸地までを見渡す。

「わからないけど、この島自体が力を持っているような気がする」

さくらが言う。

「民家を見つけるしかないか。でも、ここに人がいるのかな」

再度、見渡していると、不意に背後に人影が現われた。ビクッとして身を強ばらせる。

さくらも気配に気づき、振り向いた。

痩せた小柄な老婆が立っていた。目尻に深い皺を刻み、左木とさくらに微笑みかけている。

「今、異力を使ったのはお嬢さんかね？」

後ろで手を組み、問いかける。

「はい。すみません」

さくらは素直に詫びた。

「お婆さん、能力がわかるんですか？」

左木が訊いた。

「この島の者は、みな、異力を感じる力を持っておる。特に、女性はな。お嬢さんの能力は純粋なものだ。問題はないが――」

老婆は左木に目を向けた。

「にーにーからは、邪気を感じる」

老婆が小さい目を見開く。優しげな空気が一変し、息苦しくなるような威圧感が瞬時に迫ってきた。

左木とさくらの顔が引きつった。

「いやいや、すまないね」

老婆は柔和な笑みを浮かべた。威圧が消え、ゆったりとした空気が戻ってくる。

二人は大きく息を継いだ。

「ここはどこなんですか？」

さくらが訊いた。

「久高島《くだかじま》。ご存じか？」

老婆が言った。

さくらは目を見開いた。

「知っています。ニライカナイにつながると言われている神の島ですね」

さくらが言うと、老婆はゆっくり頷いた。

「内地で超能力と呼ばれる力は、ここでは〝異力〟または〝神力〟と言われる。この島で神の力を使っていいのは、神女だけじゃ」

「知らなかったとはいえ、すみませんでした」

さくらが深く頭を下げる。

老婆は小さく顔を横に振った。

「それよりも、わしゃ、驚いておる。この島では、能力を持つ者でも、島に入った途端、能力は封印される。つまり、使おうとしても能力を発動できんのじゃ。じゃが、お嬢さんは途中までとはいえ、能力を使いかけた。神女でもそこまでの能力を有する者は少ない。ちょうど一週間前のこと。わしが神事を行なっている時、神の啓示があった。ノロが現われると」

「ノロってなんですか？」

左木が訊く。

さくらが答えた。

「久高島には、イザイホウという儀式があるの。ニライカナイから来た神々を迎えて、神々を送り出す儀式。その時、ナンチュと呼ばれる女性司祭は神々の承認を受ける。ノロは神事のすべてを取り仕切り、神の訪れる場所、御嶽《うたき》を管理する人」

「よく知っているね」

老婆は満足げに頷いた。

「本で得た知識でしかありませんけど」

「島の女でもないのに、それだけ知っていれば十分じゃ」

「では、さくら……彼女がそのノロというわけですか？」

左木が訊いた。

「わしもそう思ったんじゃが、違うようだね。お嬢さんのは異力ではあるが、神力ではない」

「ということは、啓示されたノロはまだ現われてないのですね」

「そこなんじゃが……」

老婆は困惑したように顔の皺を歪めた。顔を上げ、左木を見つめる。

「にーにーからは邪気も感じるが、神力も感じる」

「僕がノロ？」

左木が目を丸くする。

「それはないよ」

さくらが言う。

「琉球で神に仕えるのは女性のみ。男性は神聖な地に入ることも許されない」

「その通りじゃ。その通りなんじゃが、神力は間違いなく、お嬢さんではなく、そっちのにーにーから感じる。こんなことは初めてなもんで、正直、少々戸惑っておる」

老婆は二人を交互に見つめた。

「ともかく、島の者に見つからない方がいい。わしと共に来てくれるか？」

「お婆さん。僕たち、本土……いや、内地か。内地に戻りたいんですけど」

「すぐにとはいかんが、必ず手配しよう」

老婆が言う。

左木とさくらは顔を見合わせた。さくらが小さく頷く。左木も頷き返した。

「では、少しの間、お世話になります」

さくらが言う。

老婆は頷いた。

「こっちじゃ」

老婆が歩きだした。

左木とさくらは少々不安を抱きつつ、老婆についていった。

5

緒形は自らが本部長に立ち、左木陽佑、高馬さくらの捜索班を編成した。

メンバーは五名。いずれも、緒形が認める能力者ばかりだ。年齢も性別も様々だが、緒形は河西や山内に自信を持って申請した。

捜索班の本部は、学園都市東端にある平屋に設置された。

ここは、ただの平屋ではない。一見、廃墟となった家のようだが、学園都市と外界が接する境界にあり、エリアガードに近づく一般人の監視所としても使われていた場所だ。

外観からは想像できないほど、家の中もきれいに整備されていた。

通信設備も整っている。テレパシーやテレポートグラフィーが使えない場合、通常の通信機器で連絡を取り合うことも必要だ。千里眼が使えない事態も想定し、レーダー機器も装備している。ちょっとした秘密基地の様相だ。

平屋といっても、敷地面積は三百坪を超える大邸宅だ。部屋数は十五を数え、通信設備を整えたオペレーティングルームもあれば、ミーティングに使えるリビング、食堂、トイレとシャワーが完備された居室もある。

緒形は、リビングルームにメンバーを集めた。学園での打ち合わせを済ませた緒形がドアを開ける。

広々とした空間の真ん中に猫脚のオーバルテーブルがあり、一人掛けのソファーがテーブルの縁に沿って並べられている。

メンバーはすでに集まっていた。

緒形は窓際へ歩き、一人掛けのソファーに腰を下ろした。

「諸君、急な招集で申し訳ない」

「いつも急じゃねえか」

向かって右端にいる髭もじゃの大男が言った。七宝法師《しっぽうほうし》と呼ばれている男だ。

眉も濃く、大きな両眼は対峙する者を威圧する。年季の入った法衣を身にまとい、白檀《びゃくだん》で作った大きな宝珠を首にかけている。

以前は密教系の僧侶だったという話もあるが、詳しい経歴は定かでない。年齢も四十代と言われることもあれば、七十を超えていると言われることもある。

七宝法師の年齢や経歴が不確かなのは、彼が幻術の達人だからだ。

幻術は奇術の一種とも言われるが、実は、強力な念波を操れる超能力のことだ。他人の頭の中に強力な念波を送り、ニューロンを支配して思い通りのイメージを信じ込ませてしまう。

この能力は、学園内である重要なことに使われている。

「黙ってな、じいさん」

七宝法師の対面にいる女性が言った。

ショートボブの黒髪で、タイトなワインレッドのワンピースに身を包んでいる。腰はくびれ、胸と尻が張り、見事なスタイルだ。

女性は腕組みをして脚を組み、切れ長の目で七宝法師を睨みつける。

女性は、紋紹《もんろ》つぐという。心霊系の力に長けた女性で、幽体離脱や死者との交信ができる。特に能力を発揮するのは、アポーツやアスポーツといった物体の取り出しや消失だ。また俗に言われている心霊治療もこなせる。

「おまえの方がばばあじゃねえか。もうとっくに百を超えてんだろ?」

七宝法師が鼻で笑った。

実際、つぐは八十に近い老女だった。が、見た目は三十代前半の女性にしか見えない。一説には、霊力を吸い取ることで細胞寿命を延ばしているのではないかと言われているが、原理はあきらかになっていない。

不老不死の研究者には貴重な素材だった。

ただ、つぐは自分の年齢を指摘されることをことのほか嫌がった。

「その口、利けなくしてやるよ」

つぐが右手のひらを七宝法師に向けた。七宝法師が数珠《じゆず》を握る。

二人の手がさらに動こうとした時、まるで枷《かせ》を嵌《は》められたように動きが止まった。

「まあまあ、二人とも。今日はケンカしに来たわけじゃないんですから」

緒形の正面にいる若い男が笑顔で両腕を広げていた。左右の手のひらはつぐと七宝法師に向いている。

黒沢光一《くろさわこういち》という青年だ。まだ三十歳手前でありながら、念動力に関しては緒形に匹敵するほどの能力を有する。オールラウンダーであるAPと対極にある専門能力者EPの中では、突出した若手だった。

黒沢は念動力でビル一棟を動かしたこともある。また、空中浮遊も得意で、テレポーテーションを使わなくても、千キロ近くの距離を移動できる。

黒沢が手のひらを下ろした。七宝法師とつぐの両手が自由になる。二人は共に睨み合いながら、思念で握られた手首を回した。

「相変わらず、すごいね、君の力は」

右隣にいるスーツ姿の白髪頭の紳士が言う。

「僕は、まだEPです。真雲《まぐも》さんのようなサイコメトリーの能力を得て、APとなり、最上位のCPへの道に進みたいんですけどね」

黒沢が言う。

「君ならそうなるよ」

紳士が微笑んだ。

今年、五十五歳となった真雲国章《くにあき》は、サイコメトリーのEPだ。思念を探索することに長けていて、その能力を発揮し、数々の難事件を解決に導いている。

一時期、超能力捜査官が世間を賑わせた。が、インチキだと騒がれ、表舞台から姿を消した。

真雲も当初は警視庁などで捜査協力をしていたが、世間体を気にした当局からやんわりと排除された。

真雲自身、そのことを恨んではいない。

特殊能力を持つ者は、常に一般社会から排除される。真雲も年少の頃から、嫌というほどの差別を味わった。

当局との関係も深い河西から、悠世学園の話を聞き、教師としての職を提示された時は、正直ホッとした。

同じような能力を持つ仲間のいるこの学園都市こそ、真雲にとっての安住の地だった。緒形から今回協力を打診された時は、一も二もなく引き受けた。

「そろそろ、本題に移ってもらってもよろしいですか？」

黒髪の女性が顔を上げた。色白の華奢《きやしや》な女性だ。巫女《みこ》装束に身を包んでいる。

彼女は南条千鶴《なんじようちづ》という。千里眼の持ち主で、遠隔視の能力は最上級CPの能力をも凌ぐ。

念写や透視も得意で、霊仙山にいながら、地球の反対側まで見通せるほどの超感覚を持っていて、予知能力もある。

物静かだが、彼女の漆黒の瞳に見つめられた者は、心の隅々まで覗かれるような畏怖を覚えた。

「君たち、学園随一のEPに集まってもらったのは他でもない。先日、時空と共に消えた左木陽佑と高馬さくらを捜索してもらうためだ」

「時空が消失して、生きてるのかねえ」

つぐが赤いマニキュアを塗った爪を研ぎながら言った。

「私が知る限り、時空消失で生きて戻ったヤツは見たことないよ」

「さすが、生き字引だな」

七宝法師がにやりとする。

つぐが睨み返す。が、すぐに目を逸らした。

「戻ってきた者はいる。私だ」

緒形が言う。

テレパシーの念波がざわついた。

「時空を消失させたのも私だ。コンマ数秒のタイムラグで逃げ果《おお》せた」

「すごいね、あんた」

つぐは目を丸くした。

「その時空の中で見たものは、すでに聞き及んでいると思うが」

「〝何か〟ですね？」

千鶴が言った。

「おそらく。実に禍々しい深紅の思念だった」

「生きているとする根拠は？」

真雲が訊く。

「死んでいるとする論拠がないからだ」

「いわゆる、悪魔の証明をしろということですね？」

黒沢が言う。

「見方によっては、そういうことになるな」

緒形は認めた。

ないものをないと証明することが、この世で最も難しい。

「でもよ。そんなめんどくせえ話なら、あんたの下の上級ＣＰにやらせた方がよくねえか？」

七宝法師が言う。

「僕も法師に同意します。専門能力を集めるより、総合力の高い人たちで捜した方が、それがたとえ悪魔の証明であっても、早く解決できると思いますが」

　黒沢が続いた。

「これが〝何か〟でなければ、私もそうした」

　緒形が言う。語気に力がこもった。

「君たちスペシャリストを呼んだのは、私が感じた強大な力には一人では対抗できないと踏んだからだ」

「局長でもダメですか？」

　真雲が訊く。

　緒形は頷いた。

「最上級ＥＰの力を結集して初めて、私が感じた力と対等に戦えるかもしれない」

「協力しろって言うの？」

　つぐが七宝法師を睨んだ。

「俺もごめんだな」

　七宝法師は睨み返した。

「死にますよ、みなさん」

千鶴が目を閉じて言った。

「禍々しい何かが私たちを飲み込む情景が、私の脳裏に浮かんでいます」

千鶴は淡々と、しかし確かな口調で言う。

緒形以外の四人は息を呑んだ。千鶴の予知能力は知っている。近未来であれば、外すことはない。

「南条君。何か見えるか？」

緒形が訊いた。

「局長の言う思念に届きそうなのですが……」

千鶴は突然、顔をしかめた。

瞳を開き、小さく息をつく。

「どうした？」

七宝法師が訊く。

「すごい力で弾かれました。邪悪なもののような、神々しいもののような。感じたことのない力です」

「局長。高馬君か左木君の私物はありますか？」

真雲が訊く。

緒形は右手のひらを上に向けた。

「アポーツ」

スッと手元にビニールに包まれた男女の体操服が現われる。

緒形は体操服をテーブルに置いた。

「二人の着ていたものだ。浄化はしていないから、思念は残っていると思う」

「そのようですね」

真雲が立ち上がった。

テーブルに二つの体操服を並べ、左右の手のひらをビニールの上から置く。

目を閉じた。

真雲は衣服に残る二人の思念の欠片《かけら》を指先で探った。欠片にはその人の遺した思いや目にした情景、耳にした音などが断片的に残る。

真雲は二人の思念を捉えた。さくらは揺るがない感情で静かに学んでいる。一方、左木はことあるごとにさくらを見ていた。

左木の恋心が手に取るようにわかり、微笑ましかった。思わず、真雲の口元に笑みがこぼれる。

が、次の瞬間、思念が闇に包まれ、赤い稲妻が走った。その稲妻は、二人の思念を通じて、真雲の脳を侵食しようとする。

真雲はあわてて手を離した。同時に、手のひらを上に向け、思念を発散する。

わずかな思念だったが、室内にいた者は霧散する前の思念を感じ取り、真顔になった。

「なんです、今のは……」

黒沢がつぶやく。

「わからん。私も、このような思念は感じたことがない」

真雲の額の生え際に脂汗が滲む。

「ただ、服に宿った思念は生きていた。二人が生きている可能性は確かにありますね」

真雲が言う。が、すぐに頭を振る。

「いや、今のは生きた思念なのだろうか……」

困惑した様子で、腰を下ろす。

つぐが爪やすりを置いて、右手のひらを体操服に向けた。霊的波動、世間ではオーラと呼ばれている波動を体操服に放つ。

オーラは色彩を帯びるというが、それは可視化されているだけのこと。実際は、微妙に異なる周波数の波動が層となっているのだった。

体操服に宿る思念の波動と、自分の手から放つ波動の一致点を探る。

つぐの瞳が開いた。

「生きてるねえ。生者の波動だ」

言い、すぐに手のひらを下ろす。

「もう少し、探ってみろよ」

七宝法師が言う。

「バカ言うんじゃないよ。生者の波動ではあるけど、他の連中も言ってるように禍々しい。死者の世界にもない波動。生き霊の波動に近い。それもかなり強い。私は、あの世とこの世を行き来できるが、あの世に行ったきりにはなりたくないんだよ」

つぐが言う。

「そこまでの思念か……」

七宝法師が宝珠を握る。

つぐとは反りは合わないが、実力は認めている。何事にも物怖じしないつぐが、恐怖をあらわにするだけでもめずらしい。

つまり、それほどまでの禍々しい思念が左木陽佑や高馬さくらに取り憑いているということだ。

「つぐ、一時休戦だ」

「そうだね」

七宝法師の提案を、つぐは二つ返事で受け入れた。

「しかし、思念を追えないとなると、厄介ですな」

真雲が腕組みをして唸る。

「私の千里眼も、今は利きそうにありません」

千鶴が言う。

「思念が飛んだであろう方向だけはわかる」

緒形がメンバーを見た。

「どっちだ？」

七宝法師が訊いた。

「おそらく、南西」

「なぜ、わかるんだい？」

つぐが訊く。

「高馬君の思念が離れていく瞬間だけはわかった。その思念の向きを思い出すと、南西方向だろうと判断できる。むろん、それが正しいとは限らんが、手がかりの一つではある」

緒形の話を聞きながら、黒沢がタブレットを取り出した。

地図を表示し、霊仙山から南西方向を見てみる。

「沖縄から台湾、フィリピン、マレーシアあたりでしょうか」

自分が見ている映像をテレパシーで個々の頭に送り込む。

「いや、もしそうであれば、先島諸島は越えない。国境にはエリアガードがかけられている。もし、彼らが国境のエリアガードを破ったのであれば、諸外国の監視機関が騒ぎ始めるはずだ」

「まだ、騒いでいないんですか？」

黒沢が訊いた。

「実は、諸外国の機関が時空消失の波動を、電磁波と地震波という形で探知している。今のところ、巨大地震の兆候だとして誤魔化してはいるが、他国もひそかに超能力の研究は続けている。早晩、気づく者は気づくだろう。〝何か〟の発現を現実のものと認めた場合、彼らは我々より先に、左木君たちを拘束するか、さもなくば、処分する。その前に、なんとしてでも彼らを見つけたい」

「猶予はないというわけですね」

真雲が言う。

緒形はまっすぐ見つめ、頷いた。

「わかりました」

黒沢はタブレットをアスポーツで手元から消し、立ち上がった。

「まずは、僕が先島諸島まで飛行して、様子を見てきます。みなさんが感じるほどの禍々しい思念。もし、近づけば、僕も感じるでしょう。場所が大まかにでもわかれば、そこを丹念に。わからなければ、また別の捜索方法を考える。その方が効率的でしょう」

「それもそうだね」

真雲が頷く。

「黒沢君、頼めるか？」

「ええ。往復二千五百キロ超なんで、最速でも三日はかかると思います。僕が戻ってくるまで、みなさん、休んでおいてください。では」

黒沢がスッと姿を消した。

エリア外に出て、そのまま飛行を始める。千鶴は千里眼で捉えた黒沢の飛行風景をテレパシーで送った。

「では、黒沢君から報告が上がってくるまで、それぞれの部屋で休んでいてくれ」

緒形が言うと、メンバーは席を立った。

6

左木とさくらが案内されたのは、古民家だった。周りに家はない。ひっそりとした茂みの奥にある小ぢんまりとした家だった。

玄関を上がる。柱はあるが、それぞれの居室に境はない。縁側から流れてくる潮風が、部屋を駆け抜ける。

「戸締まりを手伝ってくれるか？」

老婆が言う。

左木とさくらは返事をし、老婆についていった。

「端の雨戸を引いて、中から閂《かんぬき》をかけてくれればいい」

老婆が廊下の端を見た。

『大丈夫かな、ここ……』

左木がテレパシーで話しかけた。

『悪い人には見えない。助けてくれたんだから、悪く言うのはいけないよ』

『そうだね。雨戸閉めてしまおうか』

『うん』

左木とさくらは分かれ、古びた木製の雨戸を一つ一つ引いていった。かなり古い雨戸で、木が反っている。壊さないよう、少しずつ引き、雨戸を閉じて、中から閂をかける。

四方の縁側の雨戸を閉じると、中は真っ暗になった。

老婆はロウソクを灯し、部屋の四隅や机の上に置いた。

「腹が空いているだろう。たいしたものはないが、持ってきてやるから待ってなさい」

老婆は言い、居間から出ていく。

左木とさくらはテーブルを挟んで座った。

壁がないせいか、広々としていた。欄間《らんま》には数枚の写真が飾られている。冠を被って白装束を身にまとい、勾玉《まがたま》の付いた首飾りをかけた女性が写っている。手には肘から指先までの長さはある大きな扇子を持っていた。

「これ、お婆さんかな？」

「似てるけど、こっちの人はちょっと違うよ」

さくらが横の写真を指差す。

みな、白装束をまとった年配女性だが、確かに少しずつ違う。写真もまだ新しそうな白黒写真もあれば、赤茶けて端々がひび割れている古い写真もある。

老婆がすぐに戻ってきた。汁椀と茶碗を盆に載せている。

「作り置きのもんだけどね。食べなさい」

老婆が二人の前に汁椀と茶碗を置いた。

汁椀には缶詰のサンマのような黒い塊が入っていた。

「これ、なんですか？」

左木が箸で摘まむ。

「イラブーの燻製さ」

「イラブーって？」

「ウミヘビだよ」

老婆が言う。

左木の顔が強ばった。

「イラブー汁は島の伝統料理だ。昔は、ノロしか作れなかった高級品さ。疲れているようだが、これを食べれば一発で元気になる」

老婆が言う。

左木は黒い塊を見つめた。ウミヘビなど食べようと思ったこともない。だが、老婆がわざわざ出してくれたもの。しかも、島の伝統料理だ。口にしないわけにはいかない。

覚悟を決めて、塊にかぶりついた。

生臭さが鼻腔《びこう》を抜ける。が、その後から鶏肉を燻製にしたような濃厚な甘みと旨みが口の中に広がる。想像以上にジューシーだ。

「これ、おいしい！」

「そうかい。でも、イラブーの燻製は食べなくていいんだよ。それは出汁《だし》を取るものだから」

老婆は笑った。

さくらもお椀を取って、汁を啜《すす》った。

「ん……おいしい」

思わず、口元がほころぶ。

緑色のツブツブのついた海藻が載っているごはん茶碗も手に取り、ごはんと海藻を口に入れる。塩っ気のある粒がプチプチッと口の中で弾け、ごはんと混ざり合う。

「おいしいですね、これも」

「それは海ぶどうさ。沖縄では当たり前の食べ物だね」

老婆が言う。

さくらの顔を見て、左木は海ぶどうとごはんをかき込んだ。絶妙な塩気と空腹が相まって、手が止まらなくなる。

　左木とさくらはあっという間に食べ終えた。

　老婆が二人の食べっぷりに目を細める。

「おかわりしていいですか？」

「ちょっと、左木君！」

　さくらが睨む。

「あはは。いいさいいさ。若い人は食べないとね」

　老婆が空になった茶碗を盆に載せ、台所へ行く。

『少しは遠慮しなさいよ』

　テレパシーで伝える。と、戻ってきた老婆が言った。

「遠慮はいらないよ」

　まっすぐ、さくらを見た。

　左木とさくらは驚いて、老婆を見た。

「聞こえたんですか？」

　左木が訊く。

「ああ。さっきから、あんたらが話していたこともね」

老婆は言いながら、茶碗を左木の前に置いた。

左木の頬が熱くなった。

「すみません……」

「いいんだよ。誰だって、いきなり家に案内されれば、気味の悪いもんさ」

老婆は優しい口調で言った。

「あれ、お婆さんですか？」

さくらは欄間の一枚の写真を指差した。

「ああ、そうだよ」

「でも、他の写真は違うような……」

左木が遠慮がちに訊く。

「他は歴代のノロだよ」

「お婆さんもノロだったんですか！」

さくらが驚く。

「今でもノロだ。一度、ノロになった者は、終生神に仕えるんだよ。ただ、私で終わりだね」

老婆の眦が淋しげに翳《かげ》る。

「どうしてです？」

　さくらが訊いた。

「ノロとなるには、それなりの資質が必要さ。特に、神と交信できる、今、あんたらが持っているような能力は不可欠さ。けどね。文明が進んで、そうした能力を持っている者がいなくなった。誰でもいいから引き継げばいいというものではないからね。私が死ぬまでに見つかればいいが、それも望めないね」

「神事というものは、引き継いでいくことが大事なのではないんですか？」

「近頃はどの神事もそうした風潮だね。儀式として残すことにも意味はあるのかもしれん。実際、島の若い者の間では、そこまでしても儀式を残そうとする向きもある。しかしね。ノロを受け継ぐには、霊格が必要さ。しっかりとした霊格を持った人間がお迎えしないと、それこそ神様に失礼さ。私はね。ノロが現われなくても、それはそれでもいいと思ってる」

「どうしてです？」

　左木が箸を止めて訊いた。

「人が神様を必要としなくなったということだからね。もしくは、神様が人間を見捨てたとも言うべきか。哀しむべきことだが、それも世なら受け入れねばなるまいね」

　老婆は微笑んだ。気負いはない。

「そういえば、お婆さんの名前を聞いてなかったですね。僕は左木陽佑。彼女は高馬さくらです」

左木が言う。

「ノロはノロ。名前はないんだよ。仕えるというのはそういうことさ」

老婆は笑みを濃くした。

なぜか、老婆の言葉は左木の胸の奥を揺さぶった。

すべてを捨てて神に仕えてきたこの老婆は、幸せだったのだろうか……と思う。

「幸せとか、そういうことではなくてね。これが私が生を受けた意味なんだよ」

老婆は思念を読み取り、答えた。

「本当にそれでよかったんですか？」

左木が訊く。

「ああ。後継者を育てられなかったことは残念だが、幸せだね」

老婆が言うと、突然、左木がうつむいた。

「どうしたの？」

さくらが問いかける。

が、左木はうつむいたまま、震えだした。

「左木君！」

さくらは妙な波動を感じ、立ち上がった。

「近寄るんじゃない！」

老婆が叫んだ。

さくらが立ち尽くす。

老婆は祭壇にある勾玉と扇子を取った。

「神などいらないだろう……」

左木の口から声が漏れる。が、それはおどろおどろしく、濁った声だった。

「この能力は神のものではない。神という名で誤魔化すんじゃない！」

左木が顔を上げた。

目が真っ赤だった。口を開く。その奥には赤い稲妻の走る異空の闇が広がっている。

「おまえらが私を抑え込んできた！　人間の分際で、私を抑え込むとは何事か！」

左木が怒鳴った。

空気が震えた。衝撃波のようなすさまじい波動が、四方の雨戸を吹き飛ばした。

さくらも吹き飛ばされ、縁側から転げ落ちた。

老婆はまだ、左木の前にいた。

ていた。


「お婆さん！」

さくらは床にしがみついた。

左木を取り囲むオーラが赤黒く揺れる。髪の毛は逆立ち、鬼気せまる形相で老婆を見据えていた。

「私の邪魔をするな！」

左木が吼《ほ》えた。

「アマミキヨー！　この魂をニライカナイに連れていけ！」

老婆は勾玉を持った右腕を左木の口に突っ込んだ。

左木の口が大きく開き、黒い渦が空間に広がり、老婆を呑み込もうとする。

「お婆さん！」

「グソーへ去れ！」

老婆は扇子で横から渦を払った。

赤い稲妻が家中に走った。雷鳴が鼓膜をつんざき、赤い光が視界を奪う。

家ごと吹き飛びそうなほどの旋風が起こった。さくらはたまらず、地面に伏せた。

まもなく、猛《たけ》り狂う嵐は収まった。

恐る恐る顔を上げる。左木が畳の上に倒れていた。老婆は左木を見下ろすように立っている。

「お婆さん！　左木君！」

さくらは老婆の下に駆け寄った。

途端、両手で口を押さえた。

老婆の右腕がなかった。

「お婆さん……」

「腕一本など、どうということはありゃせん。ここが御嶽内で助かった」

「ごめんなさい。私たちがついてこなければ……」

「いやいや、わしからすれば、これが野放しになってなくて幸いじゃったというところじゃ。壮烈な力じゃな。さくら、じゃったな」

「はい」

「わしゃ、御嶽に結界を張る。それまで、このにーにーの手を握っていなさい。あんたを感じていれば、このにーにーも暴走せんじゃろうから」

老婆は言い、外へ駆け出した。

さくらは左木の脇に座り込んだ。死んだように仰向けになっている左木の右手を握る。

「左木君……。あなたの中で何が起こっているの？」

さくらは右腕を取り、胸元に抱いた。

第3章　結界

1

黒沢は飛行し、四国から九州の太平洋沿いの海岸線を南下していた。そろそろ、宮崎市の上空に差し掛かる。

先島諸島まであと千キロ強。時々、陸地に降り、休憩を挟みながら飛んでいた。

一気に飛行できないわけではない。が、エネルギーは残しておきたい。

万が一、自分も感じた〝何か〟に遭遇した時のために――。

真雲の手のひらから霧散した〝何か〟らしき思念の断片は、これまで感じたことのない荒々しい邪気にまみれた念だった。

しかも、つぐの話では、それは生者のものだという。

今でも、真雲やつぐの見立てが正しいのか、半信半疑ではある。が、黒沢自身も認める数少ない発現者の言に嘘があるとも思えない。

仮に、真雲やつぐ、緒形の話が誇張ではなく、事実をそのまま伝えているのだとすれば、〝何か〟の持つ力には敵わない。

エネルギーを残しておきたいのは、戦うためではなく、いざという時にその場から離脱するためだ。得体のしれない力に一人で挑む気はない。

「そろそろ、休むかな……」

黒沢は上空から降下場所を探した。

この先、鹿児島以南は、特に注意して進む必要がある。

緒形が弾かれるほどのエネルギーで飛ばされたのなら、鹿児島以南の島々のどこかに移動した可能性が高い。

生者の思念が残っていたということは、海に落ちたとも考えにくい。

どこかの島に辿り着いたと考えた方がいいだろう。

そしてそこには、〝何か〟が存在する可能性もある。

その前に英気を養うつもりだった。

が、降下を始めたその時、異質な波動を感じた。

肌や髪の端まで震え、安定していた思念がふっと途切れる。強力なレーザー光線で念波を切り裂かれた感じだ。

黒沢の体は浮力を失い、落下を始めた。

黒沢は目を閉じた。手のひらを上に向け、思念をまとめる。両手のひらに丸い光が浮かんだ。光の玉が大きくなり、手のひらの真ん中からスッと体の中に吸い込まれる。

落下が止まった。逆さになっていた黒沢の体はゆっくりと宙で止まり、脚が下がって、立位になる。

「なんだ、今のは……？」

再び、浮上する。

浮遊しつつ、気配を探った。

異波動を感じる。その方向に目を向けた。

――何かありました？

千鶴の声が脳に届いた。

千鶴は千里眼で黒沢の飛行を監視している。急な落下を認め、テレパシーを送ってきたようだった。

――異波動を感じました。

黒沢が返す。

――どんなものだ？

七宝法師の声が聞こえた。本部の屋敷にいる全員が黒沢のテレパシーを受信しているようだ。

――そこで感じた思念に似ていますよ。禍々しくて強力なもの。その波動に僕の念波を切り裂かれまして。で、落下しかけたというわけです。

――弾けなかったのかい？

つぐが訊いてきた。

――違和感を覚えてすぐ、瞬間的に入ってきました。あれだけ不意に来られると、ガードのしようがないですね。不意打ちでなくても弾けたかは微妙ですけど。

――黒沢君、大丈夫か？

緒形の声だった。

――はい、少々驚きましたが、問題はありません。

――とりあえず、異波動の出所を探ってくれ。だいたいの位置でいい。特定にこだわるな。それがわかり次第、いったんこっちへ戻ってきてくれ。

――わかりました。

黒沢は交信を断ち、飛行を再開した。

2

老婆が結界を張って戻ってきた。一人で吹き飛んだ雨戸を直す。右腕を失い、片腕での作業は心許《こころもと》ない。

さくらも手伝おうとしたが、左木から離れるなと言われ、手を握ったまま老婆の作業を見つめていた。

老婆は最後の一枚を残し、ロウソクに火を灯した。部屋がまた、黄赤色の明かりに照らされる。

老婆は残った一枚の雨戸を閉めた。その後、雨戸の合わせ目に札を貼っていく。

「何をしているんですか？」

さくらが訊いた。

「さっきのが再び暴走を始めた時のために、封印しとるのじゃ。御嶽にも結界を張ったが、それだけでは安心できんのでな」

老婆は言い、札を貼り終え、戻ってきた。

左木の傍らに座る。

「どうじゃ？」

「眠ったままです」

さくらは左木を心配そうに見つめた。

「お婆さん」

「おばあでいい。こっちのもんはみな、年寄りはおじい、おばあと呼んどるからな」

「じゃあ。おばあ、右腕は……」

さくらが老婆の腕に目を向けた。

「これは心配ない。何日かすれば元に戻る」

「再生するんですか！」

驚いて、目を丸くする。

「食われたわけじゃない。魔の空間で塵《ちり》になっとるだけじゃ。わしら神女は、それを集める方法を知っとる」

「ああ、テレポーテーション理論の思念と肉体分子の回収と同じですね」

「そのナントカ理論というのはわからんが、わしらは神の力で肉体をよみがえらせるセジ、霊力を持っとるだけだ。むろん、魔の空間で塵をも破壊されていれば、元には戻らんがな」

老婆は顔を傾け、右腕の付け根を見やった。

「おばあ。左木君の中にいるのは何なんですか？」

さくらは訊いた。

「わからん。最初はヒヌカンが怒気をまとったものだと思うたが」

「ヒヌカンって？」

「火の神じゃ。家を守る守護神のことだが、霊界の入口におる神で気性も激しい。わしが御嶽によそ者を招き入れてしもたでな。それで怒りを買ったのかと思うたが、そうではないな」

「じゃあ、いったい……」

「グソー、あの世のことじゃな。グソーへ行けず、守護神になれんかった祖霊にも似ておるが、対峙した何かには意思を感じた。生者の意思じゃ。ひょっとすると、生き霊かもしれんのお」

「生き霊が左木君に取り憑いたというんですか？」

「そこなんじゃが……」

老婆が眉根を寄せる。

「取り憑くという感じではなくてな。このにーにーの中に〝おる〟という感じなんじゃ」

「中にいる、ということですか？」

さくらの問い返しに、老婆が頷く。

「それも、昨日今日の話ではなく、何年何十年、いや何百年とそこにいる感じがしたさ」

「左木君は、私と同じ十七歳ですよ」

「そうじゃが、そうでないものをわしは感じた」

老婆はなくなった右腕の付け根に左手で触れた。

さくらは寒気がして震えた。

「にーにーが生まれる前から存在している何かが、今、この子の中におる。そう考えると合点がいく」

「何百年も生きている何かが、彼を支配していると？」

「そこがまた微妙ではあるんじゃが……。何百年と生き続けている念と現在も生きている念、もしくは近々まで生きていた念が混合しておる。ということは、もしかすると、代々受け継がれたものかもしれん」

「つまり、左木君のご両親やおじいさん、おばあさんも彼の中にいる何かに取り憑かれていたということですか？」

「取り憑かれていたのか……。あるいは、そのものなのか……」

老婆は眉根を寄せた。

「ともかくじゃ。今は、にーにーとその中にいるものをここから出しちゃいかん。少なくとも、何かを制御できるようになるまでは」

「そんなことができるんですか？」

「受け継いできた者にはこの何かが内在し、それを抑え込んでいた。必ず方法があるはずじゃ。さくら」

「はい」

「にーにーはわしが引き受ける。あんたは自分のいた場所に戻っていいぞ」

「いえ、私にも手伝わせてください。私はここにいないと」

さくらは老婆を見つめた。

老婆は小さい目でさくらを見つめ返した。

しばし、沈黙が続く。

やがて、老婆は頷いた。

「御嶽によそ者を入れるのは、本来御法度じゃ。島のもんに知れても困る。にーにーが自分の中の何かを抑えられるようになるまで何年かかるかわからん。それまでここから一歩も出ることはならんが、それでもいいんじゃな？」

「はい」

さくらは強く首肯した。

老婆はさくらの決意に満ちた瞳を見て、再び深く頷いた。

「わしの名はウトという。これからはウトさんと呼びなさい」

「わかりました」

「長くなる。今夜はもう休もう。布団が裏座《うらざ》にある。わしの分はいいから、にーにーとあんたの分を持ってきて、ここへ敷きなさい。あんたはにーにーの横で寝ること。わしは隣にいる。少しでも異変を感じたら、すぐに呼びなさいね」

「はい。じゃあ、布団を取ってきます」

さくらは左木から手を離し、立ち上がった。

ウトは裏座へ行くさくらを見て、目を細めた。

3

糸川や長尾ら生徒たちは学校に戻った。しかし、元いた寮には戻れなかった。

学校敷地内の西端に新しい校舎と寮ができていた。

そこは糸川たちが学び親しんだ本校舎とは強力なエリアガードで隔絶されていた。

自分たちの扱いが学内でどうなっているのか、糸川たちにはわからない。外界の情報は一切入ってこなかった。

あの日、授業を担当していた御船と原田も、この隔離されたエリアにいた。

そのまま糸川たちの授業を担当するということだったが、見方を変えれば、当日、左木の暴走を見た者たちはすべて、学園から切り離されたということに他ならない。

生徒たちの胸中に、不安と戸惑いが揺れる。といって、この特別なエリアから抜け出る術もない。

新エリアへ移動させられて、三日が経っていた。

糸川と長尾は、寮を出て新しい校舎へ向かっていた。

「なあ、啓次。今日は何すんのかなあ」

長尾が言う。

「さあな」

糸川は両肩を少し上げた。

エリアは変わったが、日々は変わらず、毎朝、新校舎に登校していた。

そこでは、御船と原田が交互に授業を行なっていた。

授業といっても、テキストを読む程度だ。時間が余ると、御船や原田の雑談を聞かされている。

　本来なら、進級、卒業へ向け、実技を続けているところだ。が、御船らが実技を再開する気配はない。

「俺ら、ひょっとしてこのまま、学校内で飼い殺しにされるんじゃないか？」

　長尾が不安をそのまま口にする。

「それはないだろう。いくらなんでも、一生オレたちを隔離することはできないよ」

　糸川が笑う。

「ほんとにそう思うか？」

　長尾は糸川の顔を覗いた。

　糸川の笑みが固まる。

「学園にとっちゃ、こないだの暴走は知られたくない事実でもあるだろ？　ミレニアムな〝何か〟でないにしても、力が暴走して、エリアガードを破っちまったのは事実なんだ。それも、発現者じゃない者が。学園側が、その不都合な真実を抹消するために、俺たちを封じ込めることもあるんじゃないか？」

「らしくないな、翔太。推理小説の読みすぎなんじゃないか？」

　糸川が言う。

「ふざけてるわけじゃねえよ。緒形は、俺たちに鍛えろみたいなことを言ってたけど、あれも本心か、わかんねえぞ。俺たちを閉じ込めるための口実かもしんねえ」

「おいおい……物騒なこと言うなよ」

糸川の頬が引きつる。

「ただの杞憂ならいいけどな」

長尾が先を歩く。

糸川は長尾の背を見つめ、顔を小さく横に振った。

長尾は、普段はいつも調子よくチャラけている。愚にもつかない冗談を口にして、勝手に笑っていることもある。

が、たまに、大真面目な顔をして話すこともある。

長尾なりの〝勘〟のようなものが働く時だ。

この〝勘〟が意外と的中する。

最初の頃は、調子のいいわりに小心なところもあるので、単なる臆病者かと思っていた。

しかし、歳を重ねるごとに、長尾のつぶやきが的中するようになった。

糸川は、長尾に予知能力があるのではないかと感じている。

だがそれは、長尾がなんらかの不安を抱いた時だけだ。平時に何かを感じ取るということはない。

それだけに、長尾が不安を抱いた時の〝勘〟には一抹の畏怖を覚える。

糸川と長尾は教室に入った。

生徒たちが顔を揃えていた。伶花もいれば、喜代田の顔もある。

ただ、一様に空気は重い。にぎやかだった教室は、お通夜のようにしんとしていた。

糸川と長尾も自席に着いた。周りの生徒たちに小声で挨拶をする。声をかけられた生徒も小さく返す。それで言葉が途切れる。

座って少し経つと、糸川の頭に周りの声が聞こえてきた。

不安のせいか、生徒たちのイマージュガードが安定せず、心の声が漏れていた。

みな、自分たちの先行きを心配していた。

糸川は自分の脳に厚いイマージュガードをかけた。

イマージュガードは、自分の心中や思考を漏らさないだけでなく、相手からの念波をブロックする役割も果たす。個人規模のエリアガードみたいなものだ。

糸川も現状が不安だった。だからこそ、同級生たちの不安の声は聞きたくなかった。

チャイムが鳴った。すぐさま、ドアが開く。御船が入ってきた。教壇に立つ。

「おはよう」

無理に笑顔を作り、声をかけるが、生徒たちは返さない。

御船は多少の戸惑いを浮かべ、咳払いをし、笑顔を作り直した。

「えー、今日から新しい先生が、このクラスの専任になる」

御船が言う。

教室内が思わず漏れた声とテレパシーでざわついた。

「静かに！」

御船がパンパンと手を叩く。

「紹介する。奥谷先生だ」

御船が声を張った。

原田がドアを開ける。原田の後ろから長い前髪で片目を隠した男が現われた。

再び、教室がざわつく。

『おい、これ、警備部長だろ？』

長尾の声が糸川の脳に届いた。

『そうだ』

糸川は正面に目を向けたまま、息を呑んだ。

奥谷は、緒形の後継者と言われている男だ。その手腕は、エリアガードの構築を任されていることからもわかるように、最上級ＣＰそのものだ。

奥谷が教鞭を執ったという話は聞いたことがない。

いや、奥谷の姿をまともに見た生徒もほとんどいない。

奥谷はゆっくりと教壇へ歩いた。御船が教壇を空ける。教壇に立ち、生徒たちと対峙した奥谷は、天板に両手のひらを叩きつけた。

瞬間、空気を裂くような念波が四散した。

長尾も糸川も、他の生徒も、たまらず顔をしかめた。ニューロンを切断する刃物のような念波だった。

「諸君。このたび、君たちの専任講師を任された奥谷だ」

声は低音と高音が混ざり、脳波と内臓を同時に揺るがす。

伶花が手のひらで口を押さえ、背を丸めた。

「吐くな！」

奥谷が怒鳴る。

伶花はビクッとして喉元に込み上げたものを飲み込んだ。

「このぐらいの念波に体調を崩されてどうする。おまえらが遭遇した〝何か〟らしきものに接すれば、数秒と持たんぞ。顔を上げて、座り直せ！」

奥谷が強く言う。

伶花は二度、三度と口の中の唾を喉に流し込み、深呼吸をしてなんとか体を起こした。

奥谷は必死にでも座り直した伶花をまっすぐ見て、強く頷いた。

「それでいい」

奥谷の言葉に安堵する伶花の吐息が、教室にいる全員に伝わった。

奥谷は改めて、全員を見回した。

「緒形局長が話したように、君たちは〝何か〟らしきものに接した貴重な人材だ。中にはこのような事態を望んでいなかった者もあろう。しかし、望むと望まざるとにかかわらず、君たちは選ばれた。〝何か〟と対峙するという役に。これまでのような生半可な授業では、到底その役割は果たせない」

『御船先生の授業が生半可だったと言いたいのか？』

長尾の思いがこぼれた。

クラス中に伝わる。

「長尾」

御船が前に出ようとする。

奥谷は右手を上げて、御船を止めた。

「長尾君だな。俺は別に、御船先生の指導が生半可だと言っているわけではない。学園のカリキュラムは、全体に合わせたもので、個々の能力を特化するためには作られていない。総合的な教育をすることで発現を促すためのものだ。が、その指導法では〝何か〟とは戦えない。一分一秒でも早く、個々の特性を見いだし、その能力を特化する。そうしなければ、次に〝何か〟が暴発した時に、全員殺《や》られる」

奥谷は長尾を見据えた。

長尾は睨み返した。

「あんたはすでに、陽佑の中にあったものを〝何か〟と表現してるけど。〝何か〟らしきものじゃなかったのか？　そう決めつけて、学園に不都合な事実を知ってしまった俺たちをここに監禁したいんじゃないのか？」

長尾は奥谷を睨みながら言った。

止まらなかった。不安もある。それ以上に、自分たちの与《あずか》り知らぬところで、方針が次々と変えられていくのが気に入らなかった。

「ほう、見事な邪推だな」

「邪推だといいがな」

「邪推じゃなかったとしたら、どうするつもりだ？」

「ここから出るに決まってるだろ」

「できるか、おまえごときの小僧に」

奥谷は片笑みを滲ませた。

長尾は奥歯を嚙み、立ち上がった。

『よせ！』

糸川が念動力を飛ばし、長尾の腰を押さえようとする。長尾は拳を振って、糸川の念波を弾き飛ばした。

怒りが、長尾の力を増幅させていた。

弾かれた念波が、喜代田の首に巻き付く。喜代田はたまらず目を剝いた。糸川はあわてて、念波を解除した。

「何すんだよ……」

喜代田は喉を押さえ、咳き込んだ。

「すまん」

糸川が苦笑する。

長尾は小さな騒ぎに見向きもせず、奥谷を睨んだ。

「やめろ、長尾！」

御船が右手のひらを向けた。その手を奥谷が弾いた。

「ちょうどいい。君たちがこれからどのような訓練をするのか、しっかりその目に焼き付けておけ」

奥谷が左腕を大きく振った。

一陣の風が巻き起こり、生徒たちが机ごと、教室の四方に飛ばされた。御船と原田がとっさに四方の壁にガードを築く。

生徒たちはガードにふわりと受け止められ、椅子に座ったままの姿勢で壁際に降りた。

気づけば、教室の真ん中に円形の空間ができていた。コロシアムのようだ。その中に奥谷と長尾だけがいて、対峙している。

「おまえの実力を見せてもらおうか」

奥谷はにやりとした。

長尾のこめかみに汗が流れた。今の突風を起こした波動ですら、吹き飛ばされそうだった。

最初からわかってはいたが、圧倒的な能力の差を感じる。

長尾は手のひらを広げ、腰を落とした。しかし、そこから先、動けない。

「どうした？　何もしないまま、白旗か？」

奥谷が見下すように顎を上げた。

長尾は眉間に皺を立て、奥谷を睨みつけた。その時、声が聞こえた。

『まあ、この程度の小僧は、かかってきた瞬間に風で吹き飛ばせばよい』

なんだ、この声は……。

長尾は脳裏に走った言葉を反芻《はんすう》した。

『いや、小生意気な小僧だから、少々痛い目を見せてやるか』

また声が聞こえた。

奥谷の声だ。

もしかして、俺の念波が奥谷のイマージュガードを破ったのか？

長尾は思った。

奥谷がイマージュガードを弛《ゆる》めるようなミスを犯すはずがない。しかし、確かに奥谷の声が聞こえてくる。

長尾は右手のひらを上に向けた。思念を回転させ、空気中の分子を衝突させる。小さな旋《せん》衡風《こうふう》は熱せられ、赤みを帯び始めた。

『ほお、パイロキネシスか。おもしろい。こっちへ飛ばそうとした瞬間、根元から消してやろう』

奥谷がまたにやりとした。

本当に聞こえているのか？　だったら、試してみるまでだ！

長尾は右腕を大きく後ろに引いた。背に回った手のひらで、旋衡風が炎の旋風と化す。

長尾はそのまま腕を振り、炎の竜巻を投げつけようとした。

瞬間、奥谷は右手の人差し指と中指を束ね、短く振った。鋭い波動が手のひらに当たった。

竜巻の根元を念波が弾く。

右手のひらにあった赤い竜巻は霧散した。

「パイロキネシスとはたいしたものだが、まだまだだな」

奥谷が余裕を見せる。

が、長尾は内心、ほくそ笑んだ。

聞こえている。

奥谷の思考が読める。

どういうわけかわからないが、奥谷のイマージュガードを突破している。

覚悟しろよ。

長尾は再び、右手に炎の旋風を起こした。

「学習能力のないヤツだな。それは俺には効かん」

「やってみなきゃ、わかんねえだろ」

長尾が右腕を引く。

『どれほど大きくしても無駄なんだがな。わかるまで付き合うしかないか』

奥谷のため息まで聞こえてきた。

余裕かましてろ。

胸の内でにやりとする。

長尾は、パイロキネシスを囮《おとり》にするつもりだった。右腕を振り、奥谷が旋風を消そうとした瞬間、超短距離テレポーテーションで間合いを詰め、懐に生の左拳を叩き込む。奥谷の声が読める今、可能な作戦だった。

しかし、相手は最上級ＣＰ。そう簡単に倒せるわけじゃない。

再思考してみる。と、脳内でフラッシュが瞬いた。

瞬時に移動した自分が、奥谷の腹に左拳を叩き込んでいる姿が見えた。奥谷は身をよじり、長尾を睨みつけている。

予知かもしれない。

長尾は感じた。未来のことが見える時、同じように脳内でフラッシュが瞬き、白い光の奥に自分や他人の言動が映る。

見えたままの状況が起こることは少なかったが、おおむね近い状況にはなる。

いける。

長尾は腰を落とした。右手のひらに炎の旋風を立たせる。

「食らえ！」

右腕を振った。

奥谷が束ねた二本指を振る。念波が飛んだ。

長尾は腕を途中で止め、炎の旋風を体内に吸収した。逆流するエネルギーで肉体を瞬時に分子化した。

長尾の姿がふっと消えた。

教室内で驚きの声が上がる。

一秒後、長尾は奥谷の目の前に姿を現わした。握った左拳を奥谷の腹に叩き込もうとする。拳が奥谷の腹部をまさに抉《えぐ》ろうとした時だった。

「ロック」

奥谷がつぶやいた。

拳は奥谷の腹の手前で止まった。どころか、長尾の体まで、パンチを打とうとする格好のまま、固まってしまった。

「なんだ、こりゃ……」

長尾は体を動かそうとした。が、びくともしない。

「おまえがパイロキネシスを囮に、俺に殴りかかることはわかっていた」

「なんだと？　そんなわけは……」

「おまえはこう思ったはずだ。俺は、おまえを舐《な》めて、何度となく放ってくる炎を払えばいいとタカを括《くく》っている。だから、その裏をかいてやると。なぜなら、俺の思考が読めていたからだ」

奥谷は淡々と説明する。

「しかも、おまえは予知映像を見た。数秒後に俺の腹に拳を叩き込んでいる映像を」

長尾は双眸を見開いた。

「なぜ、それを――」

「簡単なこと。その映像は、俺が見せたものだからだ」

奥谷の言葉に、長尾の顔が強ばった。

「おまえが聞いていた声は、俺が流したフェイクボイスだ。そこからおまえのイマージュガードに穴を開け、侵入した。次に俺の脳内で作った映像をおまえの頭に流した。予知でもなんでもない、俺が勝手に作った想像図だ。しかし、おまえはそれを現実の予知かもしれないと感じた。まあ、俺が感じさせたんだがな。これを幻術という」

奥谷が言う。

「幻術は腕を上げれば上げるほど、相手を意のままに操る有力な術となる。そして、幻術に惑わされた者は、こうして相手の術中に嵌まる。さらに、相手の手に落ちた者はこうなる」

奥谷は右手を広げた。四指を合わせ、まっすぐ伸ばす。

奥谷は指を長尾の胸に当てた。

「透過」

ずずっ……と指先が長尾の胸に入った。

指はどんどん長尾の胸元に潜り、手のひらまでめり込んだ。

「うわっ……うわああ！」

長尾はたまらず叫んだ。

見ていた生徒たちも、御船や原田まで、そのおぞましい光景に絶句した。

長尾の胸に手首まで入った。

「これが心臓か」

奥谷が軽く握る。

「あああああっ！」

長尾は絶叫した。

奥谷は手を抜いた。右手の甲を外に振り、長尾を拘束していた念波も外す。

長尾はその場に崩れ落ちた。

「翔太！」

糸川が駆け寄った。ぐったりとして、顔中から汗を噴き出している長尾を抱きかかえる。

「しっかりしろ！」

「心配するな。殺してはいない」

「これが教師のすることですか！」

糸川は奥谷を睨み上げた。

「もし俺が〝何か〟なら、こいつはとっくに死んでいる」

奥谷が淡々と返す。

糸川はそれ以上反論できなかった。

奥谷は全員を見回した。

「いいか！　君たちがこれから立ち向かう相手は、俺ごときの比ではない！　この程度の能力でやられていては、太刀打ちどころか、針の先程度の抵抗もできないということだ！　各人、今一度、肝に銘じてほしい。君たちが戦う敵は、途方もない力の持ち主だということを！」

奥谷の声が教室に響く。

教室にいる誰もが、自分たちの想像の範疇《はんちゅう》を超える出来事が起こっていることを噛みしめざるを得なかった。

4

ウトが左木の中にいる何かと戦い、三日の時が過ぎていた。

左木はまだ目を覚まさない。三日間、眠り続けている。さくらは、食事の用意などの手伝いをしつつ、左木のそばに付いていた。

雨戸が一枚開いた。陽の光が射し込む。さくらは少し目を細めた。

ウトが食材を入れた籠を持って、戻ってきた。

さくらは駆け寄り、ウトから籠を受け取った。野菜が詰まった籠は重い。

「にふぇー・どー。にーにーは？」

ウトが訊く。

さくらは小さく首を横に振った。

ウトは小さくため息をつき、雨戸を閉じ、封印をした。陽光が遮られ、部屋がまたロウソクの明かりに包まれる。

「もうそろそろ、表に出たいじゃろ。少しなら、陽の光を浴びてきてもいいぞ。にーにーはわしが見とるから」

「いえ、食事の準備もありますし。まだ、大丈夫です」

さくらは微笑み、食材を流しへ持っていった。かまどに向かって、手を合わせる。

ウトは少し顔を伏せ、土間を上がった。左木の隣に歩み寄り、座る。

左木は死んだように眠っていた。昨日あたりは眉間に苦しげな皺を立て、呼吸も荒かったが、今朝ほどから顔つきは若干穏やかになり、呼吸も落ち着いている。

ロウソクの明かりがウトの右腕を照らす。うっすら、右腕全体の輪郭が浮かび上がる。しかしまだそれは半透明で、実体化はしていなかった。

さくらは左木の下に戻った。ウトの隣に正座する。

「ウトさん、腕が」

「ああ。にーにーが落ち着いたおかげで、少しは戻ってきとるようじゃが、まだ、すべてが戻るまでには安定しとらんね」

ウトが左木を見つめる。

「いつ、目覚めるんでしょうか」

さくらが問う。

「わからん。にーにーの中におるものが、にーにーの意識をも飲み込んでいるとすれば、しばらくは無理かもしれんの」

ウトの顔の皺が濃くなる。

「まあ、今は待つしかない。にーにーが眠っているうちに、食事作ろうね」

ウトが腰を浮かせた。

「ん……」

左木が呻いた。

動きを止め、左木を見やる。さくらも左木を見つめた。

「母……さん……」

左木は眉根を寄せてつぶやくと、また穏やかな顔に戻り、寝息を立てた。

「左木君」

さくらが呼びかけた。

ウトがさくらの肩に左手を置き、顔を横に振る。

そのまま立ち上がり、台所へ歩いた。さくらはしばし左木の様子を確かめて、台所へ行った。

ウトが流しに野菜を出した。桶《おけ》に水を張り、洗い始める。さくらは並んで、野菜の皮を剝き始めた。

「なあ、さくら」

「なんです？」

ウトに目を向ける。

「にーにーの母親を知っとるか？」

「はい、何度もお会いしたことがあります」

「どんな人ね？」

「どんな人と言われると……。普通にきれいで優しいお母さんですけど」

「おまえらと同じ、異能者ね？」

「いえ。左木君のご両親は、能力を持たない一般人です」

「それは確かかね？」

「はい。私たちは、一般資質者と血統資質者で区別されています。血統資質者というのは親や祖父母、親戚に能力者がいる家系の子どもを指します。私も祖父が能力者でした。けど、左木君は一般資質者として幼稚舎の頃、入園してきました。左木君のご両親も自ら、自分たちには能力はないと話していましたから、間違いないと思います」

「そうかね……」

ウトの手が止まる。

「何か、気になることでも？」

「さっきのな。にーにーのつぶやき。確かに、母さんと言った。あんたも聞いとったね」

「ええ、聞きましたけど……」

「母性というのは強いものじゃ。にーにーが苦境の中で母親の姿を求めたのはわからんでもない。じゃが、あの魔の空間に取り込まれた意識の中で思い浮かべることができる母親像というのは、なかなか力強いものじゃ。並の親子関係では、あの空間に母親の姿を呼び起こすことはできん」

「でも……左木君のお母さんは、本当に普通の人です。私も一応能力を持っているので、能力者はわかります。左木君のお母さんからは、そんな強い力を感じたことはありません」

さくらは思い出しながら言った。

左木の両親は、学園都市内にある居住エリアの戸建てに住んでいる。本来、一般人は入れないエリアではあるが、一般資質者として悠世学園への入学を許された子どもの両親だけは、例外として居住エリアに住むことを許されていた。

さくらの実家も居住エリアにあり、左木の家と近いこともあって、互いの両親は仲が良く、交流もあった。

その中で、さくらはただの一度も、左木の両親が能力者だと聞いたこともなければ、彼らに能力の片鱗を感じたこともなかった。

「妙じゃな……」

ウトがつぶやく。

「何が気に掛かっているんですか？」

「こないだも話したが、にーにーの中におる何かは、何百年もの間、抑え込まれてきた形跡がある。それは代々受け継がれた力によってと、わしは感じたさ。なのに、その母親がまったくの無能力ということは考えられん」

ウトが言う。

と言われても……。さくらは困った。

「さくら。おまえ、人の頭の中を読めるね？」

「思考は読めますが……」

「記憶は？」

「サイコメトリーですね。一応、勉強はしましたが、実際に使ったことはありません」

「試してみるさ」

ウトが左手を拭った。

「今からですか？」

「そうじゃ。今ならまだ、にーにーの中に母親の面影が残っとるじゃろう。その痕跡を追ってみてくれんか」

「私にできるでしょうか……」

「やるのじゃ」

ウトはさくらを見上げた。

「にーにーを助けたいなら、やるのみ。あの禍々しい何者かは、わしが抑える」

「でも、ウトさん、まだ右腕が――」

「今しかないと、わしの霊力が騒いどる。やってくれるね？」

ウトが小さい目を見開く。眼力は強い。

「わかりました」

さくらも覚悟を決め、包丁を置いた。

5

黒沢は、琵琶湖南端の大津市上空を越えたあたりで、捜索班本部として使っている学園都市東端の平屋のリビングにテレポーテーションした。

リビングに現われた黒沢は、少し浮いた位置から一人掛けソファーにストンと落ちた。

肘掛けに両腕を載せ、天井に顔を向けて深く息を吐き出す。

黒沢が座ると、空いていた席に捜索班のメンバーが姿を現わした。誰もいなかったリビングが人で埋まる。

「お疲れ様です」

隣に座った千鶴が右手を上げた。茶の入った湯飲みが手元に出現する。

「どうぞ」

千鶴は湯飲みを黒沢の前に置いた。

「ありがとうございます」

黒沢は湯飲みを取り、茶を啜った。

少し遅れて、緒形が姿を現わす。全員と対面する中央のソファーに座った。

「ご苦労。どうだった？」

緒形が切り出す。

黒沢はもう一度茶を飲んで喉を潤した。湯飲みを両手で包んで、顔を上げる。

「沖縄あたりで違和感のある波動が強くなっていたので、少し丹念に探ってみました。本島ではなく離島です。念波は強いものなので、特定できるかと思いましたが、どうしても確定できませんでした」

「そこまで念波を拾っていて特定できないとはどういうことだ？」

七宝法師がぎょろりとした目で黒沢を見やる。

「理由はわかりませんが、特定できそうになると、念波が切れるんです。いや、強制的に切断されると言った方がいいですかね」

黒沢は茶を飲み干し、湯飲みを宙に放った。湯飲みが空中でパッと消える。

「どのあたりで途切れたんだい？」

つぐが訊く。

「本島の南東海上です」

黒沢が言うと、つぐは胸下で腕を組み、ソファーの背に深くもたれた。緒形に顔を向ける。

「ひょっとすると、久高かもしんないね」

つぐが言う。

緒形だけでなく、黒沢以外のメンバーの表情も険しくなった。

「だとすれば、厄介ですな」

真雲も腕を組む。

「久高って、久高島のことですか？　あの上空も飛びましたが、何も感じませんでしたよ」

黒沢が言う。

緒形が黒沢に顔を向けた。

「君は若いから詳しくは知らないかもしれんが、全国各地には、少数だが、我々が立ち入れない場所がある。正確には、我々の能力を凌駕する力が存在する場所とも言うべきか。結界場と呼ばれる場所だが、久高島もその一つだ」

「神の島と言われる神聖な場所です。神を迎えるノロという神女は、私たちで言うところの最上級CPに匹敵する能力者だったと言われています」

千鶴が付け加えた。

「久高が神の島だとは知っていましたが、それはそれは……」

黒沢が渋い表情を覗かせた。

「だけどよ、そりゃ、考えすぎじゃねえのか？　第一、久高なら、飛ばされたガキどもも入れねえだろう。あそこは島の人間以外の能力者を弾くガードに守られていると聞く。俺らでも入れねえほどのところに、なんで発現もしてねえガキが入れるんだ？」

七宝法師が疑問を口にした。

「高馬さくらは発現していますよ」

真雲が言った。

「なら、なおさら入れねえんじゃねえのか？　あの島が他所《よそ》の異能者を受け入れるなんて話は聞いたことがねえ」

七宝法師は言った。

「確かめてみるしかありませんね」

千鶴が小声で言う。

「じゃあ、僕がもう一度——」

黒沢が腰を浮かせる。

つぐが右手を振った。念波が黒沢の右肩を押さえる。

「聞いてなかったのかい。よその能力者は入れないんだよ」

「気配を消して、観光客を装えば、行けるんじゃないですか？」

「バカだねえ。そんなの嗅ぎ取られるに決まってるじゃないか。あんたみたいなのが何人もチャレンジして、結界場で消えちまってるよ」

「僕の能力では敵わないとでも？」

黒沢が多少気色《けしき》ばむ。

「消えたきゃ、行きゃあいいだろう」

つぐは鼻で笑った。

黒沢の右指が動く。

緒形が左手のひらを向け、握った。瞬間、黒沢の指が動かせなくなった。

「仲間内で争ってどうする」

緒形が握った手に力を込める。緒形の指の形が黒沢の手の甲に浮かび上がった。指の形は手の甲の肉に食い込んでいく。

黒沢が相貌を歪めた。

「わかりましたよ」

たまらず、声を立てた。

ふっと緒形の念波が離れる。黒沢の手の甲にはくっきりと指の形が残っていた。

黒沢は息を吹きかけ、手の甲を揉んだ。

「島の捜索は非能力者にさせよう。南条君、真雲君と共に島全体を監視しておいてくれ。なんらかの妨害波動を感じたら、すぐさま一時的に監視を外すこと。真雲君、頼めるか？」

「ええ、今すぐにでも」

「私も大丈夫です」

二人の返事を聞き、緒形が頷く。

「紋絽君。二人が受け取った思念の中に、君が二人の衣服から感じたあの波動がないか、探ってくれないか？」

「そりゃいいけどさ。あの世に逝きかけたら、外すよ」

「そこは、君の判断で」

緒形は言い、七宝法師に顔を向けた。

「法師は黒沢君と共に沖縄本島で待機していてくれ。これから、非能力者へ協力を仰ぐが、彼らの身に危険が及ぶ事態も考慮しなければならない」

「その時は、俺と黒沢に、島へ入れというのか？」

七宝法師が渋い顔をする。

「怖いんですか？」

黒沢が片笑みを覗かせた。

「おまえは知らないからだ。結界場に入れば、俺たちの能力を無にされることもある。生身であの禍々しい思念と対峙した時のことを考えてみろ」

七宝法師が真顔で返す。

黒沢の笑みが引きつった。

「事態にもよるが、法師の強力なテレパシーで、緊急事態を報《しら》せてくれれば大丈夫だ。すぐさま、待機させているＣＰを動員して、そちらへ向かう。その際、黒沢君は、現場上空へ飛び、状況を逐一法師に報告してほしい。直接、現場の様子を確認できるのは君だけだからな」

緒形が指示をする。

「わかりました。どうします、法師？」

黒沢が七宝法師を見やる。

「仕方ねえ。わかったよ」

「では諸君、よろしく」

緒形は頭を下げた。そして、すぐにその場から消えた。

「まあ、仕方がないねえ」

つぐは脚を組んでやすりを出し、爪を研ぎ始めた。

「では、私と南条さんは、さっそく監視にあたりましょう」

「思念を届けるには、つぐさんの近くにいた方がいいですよね？」

千鶴が訊く。

「大丈夫だよ、どこで監視していても。あんな奇妙な思念、出現すればすぐにわかる」

「では、それぞれの部屋で監視することにしましょう。南条さんもつぐさんも、疲れたら休んでください。長丁場になるかもしれませんから」

真雲は言い、姿を消した。

「では、失礼します」

千鶴も一礼し、ふっと消える。

「あー、めんどくせえなあ。おい、黒沢。俺をつかんで沖縄まで飛んでくれ」

「そんな巨体をつかんでたら、途中で落ちてしまいますよ。先に行ってますから、ゆっくり来てください」

黒沢は言い、パッと消えた。

「こら、待て！　最近の若いもんは、年長者を敬うってことがねえ」

「年配者じゃないのかい、じいさん」

つぐが笑う。

「黙れ、ばばあ」

「殺すよ」

右手のひらを上に向けた。ナイフが現われる。

「おー、ばばあは怖えな！」

七宝法師が口角を上げる。

つぐがナイフを投げた。

切っ先が七宝法師の顔面に迫る。七宝法師は切っ先が眉間を抉りかけた瞬間、笑顔のまま姿を消した。

残像をすり抜けたナイフが壁に刺さった。

「まったく、気分の悪いじじいだよ。少し寝ようかね」

つぐはつぶやき、リビングからふっと姿を消した。

6

河西は緒形からの要請を受け、官邸の応接室で小松原官房長官と会っていた。泉田防衛大臣と君津文部科学大臣も同席している。

河西は左木とさくらが久高島にいる可能性を話し、結界場の件も三人に伝えた。

「そんな場所があるとは……」

小松原が腕組みをする。

「なぜ、我々に報告がなかったんだ？」

君津が眼鏡を押し上げ、河西を睨んだ。

「結界場については、我が学園の研究でもいまだ分析中の事案ですので、論文などは発表していません。こうした事態になったので、概要をお話ししているに過ぎないのです」

河西は返した。

「話はわかった。ともかく、久高島は早急に調べよう。君津君。君のところから人を出してくれんか」

小松原は君津を見やった。

「なぜ、うちから……」

君津があからさまに迷惑げな素振りを見せる。

「沖縄の離島だ。自衛隊の諸君がぞろぞろと島に入るのは県民感情を害する。文科省の学術的調査とすれば、島の隅々まで調べて回っても、島民は疑わんだろう」

「それはそうですが……」

「君津大臣。なんとかお願いできませんか。文科省だけが頼りなんです。この通りです」

河西は両膝に手を置いて、頭を下げた。

「……まあ、そこまで頼まれては、仕方がないですね」

君津は口元を締めた。が、口辺にはかすかに笑みが滲む。

一方、泉田は仏頂面で腕組みをしていた。

「ということで、君津君、すぐ態勢を整えて、調査団を島へ送り込んでくれ。河西君、どのくらいの期日までに必要だね？」

「できるだけ早く願えれば。ですが、急な申し出ですので、一、二カ月以内に調査を完了してもらえればありがたいです」

「うちなら、三日で島を総ざらいしてみせますが」

泉田が言う。

「泉田君。脱柵者を捜索するわけではない。今回、君はおとなしくしておいてくれ」

小松原がたしなめる。

「では、我々の出番は今回はないということでよろしいですね」

泉田は太腿を叩き、立ち上がった。

「失礼する」

君津を睨み、応接室を出ていった。

「これだから、脳みそが筋肉でできている人間は困る」

君津が笑った。

「君津大臣、よろしくお願いします」

河西は立ち上がって、深々と腰を折った。

「官房長官、私も失礼します」

そう言い、応接室を出る。

ドアが閉じると、河西は小走りで泉田を追いかけた。

「泉田大臣」

後ろから声をかけた。

泉田は一瞬足を止め、肩越しに振り向いた。が、河西を認め、また歩きだす。

河西はなんとか泉田に追いついた。

「お気を悪くさせたようで、すみませんでした」

「君のせいではない」

泉田は言うが、目を合わせない。

「市ヶ谷へお戻りなんでしょう？　送らせてください」

「気を遣ってくれなくて結構」

泉田が歩を早める。

河西は横に並び、顔を寄せた。

「少し、お話ししたいこともあるんですが」

「なんだ？」

泉田がちらりと河西を見やる。

「ここではなんですから、車の中で」

河西は言い、泉田を連れて官邸を出た。

待たせていた学園の公用車の後部座席のドアを開ける。先に泉田を乗せ、後から自分が乗り込みドアを閉めた。

「市ヶ谷まで行ってくれ」

運転手に告げる。

車が走り出した。

「話とは？」

泉田が河西を見た。

「少々お待ちください」

河西は右手のひらを開いて、前と後ろの席の空間をスッと撫で上げた。

前後席の間に、曇りガラスのような仕切りができた。

「めずらしい車だな。極薄のスクリーンでも貼っているのか？」

「いえ、思念のガードです」

「おいおい、からかうのはやめてくれ。君は非能力者じゃないか。いくら、悠世学園の学園長だからといって、超能力などというものは訓練して身に付くものでもないだろう」

「そうですね。素質がなければ使えません」

河西はにやりとした。

「私は資質者なんですよ」

いきなり告白し、右手のひらを泉田の頭に置いた。

「何をするんだ。おい……やめ……あ、あああ！」

泉田が突然、双眸を見開いた。悲鳴を上げる。しかし、泉田の声はガードに弾かれ、表に出ない。バックミラーにも、苦悶する泉田の表情は映らない。

河西は思念をニューロンに這わせ、小松原たちとの会合の記憶を探した。

山内と共に小松原と会ったときの記憶を見つけた。自分たちが官邸の応接室を出た後の記憶を読み取る。

「あああああ！」

泉田は叫び続けていた。体は痙攣し、口から涎を垂らす。が、河西はかまわず、記憶の読み取りを続けた。

「ほお、うちは地震の研究所ということにしたのか。賢明だな」

にやつきながら、記憶を読む。

「君津が次期総理だと？　それはない」

声を立てて笑う。

河西は記憶を読み取り、手を離した。

泉田の首ががくりと折れた。首を傾けたまま涎を垂れ流し、肩で息を継ぐ。

「何をしたんだ……」

泉田は声を絞り出した。

「少し記憶を読ませてもらっただけだ。しかし、おまえたちは愚かだな。〝何か〟が兵器として使えなければ抹殺だと？　おまえたちごときの力で、〝何か〟が潰せると思っているのか？」

「貴様……〝何か〟の正体を知っているのか？」

「もちろんだ」

「なんなんだ、いったい……」

「おまえごときが知る必要はない。だが、おまえには一つ頼みたいことがある」

「ふざけるな……」

『ふざけてはいない』

河西は脳内に直接語りかけた。

泉田が目を見開いた。顔がみるみる蒼ざめる。

「本物か……」

『だから言っただろう。私は資質者だ。ひそかに訓練も受けている』

「た……頼みとは？」

「左木陽佑と高馬さくらは、おそらく久高島にいる。うちの最上級ＣＰでも探索困難ということは、たぶん島の中央西側にあるフボー御嶽の近辺にいるのだろうな。そこを爆撃してほしい」

「何を……！」

驚き、絶句する。

「正気か！」

「こんなこと、冗談で頼まない。〝何か〟を覚醒させるために必要なのだ」

「できん……そんなことはできん！」

泉田は気力を振り絞って、河西を睨んだ。

河西は眼鏡を外した。ゆっくりと顔を上げ、泉田の両眼を覗き込む。

泉田は目を逸らそうとした。しかし、顔面に杭《くい》が刺さったように動けない。

河西は再び、脳に直接語りかける。

『私は世界の覇者の僕《しもべ》。君は今、世界の覇者からの命令を受けたのだ。光栄に思え』

「受けん……そんなものは……」

『君は世界の覇者と共に新しい世界を創る我々の仲間だ』

「できん……でき……」

『我々と共に真の秩序を創ろうではないか』

河西の声が脳内で反響する。

泉田の両眼がとろんとしてきた。

『君は覇者に選ばれた僕。君が世界の扉を開くのだ』

「世界の……扉……」

『そう。世界は我々のものになる。君がその先鞭を着けるのだよ。君の名は、次なる世界を開拓した者として永遠に刻まれることとなる』

「私が……開拓者……」

泉田の口元に笑みが滲んだ。

河西は新たな覇者と共に世界中の人々から賞賛を受けている泉田の姿をイメージし、そのイメージを頭に流し込んだ。

泉田の脳内でニューロンがすさまじいスピードで伸びる。新しいシナプスの間を激しく化学物質が飛び交い、みるみるうちにニューロンが太くなる。

『君は新世界の開拓者だ』

「私は新世界の開拓者……」

『君が先鞭を着けるのだ』

「私が先鞭を着ける」

ぼやっとしていた泉田の表情が、きりりと鋭くなっていく。

『君が新世界の始まりだ』

河西は強く言い切り、泉田の脳内から思念を抜いた。

座席間のガードを解く。河西は何事もなかったように泉田の横に座り直した。

右手の中指と人差し指を束ねて、太腿の横で小さく振る。

泉田の目がパッと開いた。

「すまない。寝てしまったようだ」

泉田は頭を振った。

「お疲れのようで」

河西が微笑む。

「話とはなんだ？」

泉田が訊く。

「今回は君津大臣に探索をお願いすることになりましたが、万が一ということもあります。その時は、泉田大臣のお力をぜひお借りしたいと思いまして」

「そんなことか。わざわざ改めて話すことでもないだろう。私は国の一大事とあらば、この身を賭しても国や国民を守るつもりだ。〝何か〟かなんか知らんが、国を滅ぼすなら、私の手で葬る。君たちには申し訳ないがね」

「いえ。そのお言葉を聞けただけで十分です」

「君も大変だな。超能力の研究など辞めて、うちに来んか。ポストは用意する」

「ありがとうございます。その節はよろしくお願いします」

河西は頭を下げ、にやりとした。

7

さくらは眠っている左木の頭に右手のひらを載せ、思念を送り込み、ニューロンに這わせていた。

ウトは扇子を握り、左木の胸元を押さえていた。万が一、禍々しい何かが暴走を始めた時、食い止めるためだ。

左木の体が時々跳ねる。しかし、先日のような強烈な思念が発する気配はない。

さくらは懸命にニューロンを辿った。が、数百億はあるだろう神経細胞の中から、母親の記憶を帯びたニューロンを探すのは至難の業だった。

瞳を閉じ、集中する。自分の念波が強くなっていくのは感じる。

だが、それ以上に、その念波を妨害しようとする思念は強い。

どう辿ればいいの……。

戸惑うと、思念が弱まる。探索は途方もなく、出口のない迷路を彷徨《さまよ》っているようで、不安は増した。

さくらは、左木の母親の顔を思い浮かべ、その顔の記憶を探すことに集中した。

イメージ化できたターゲットを掘り下げていくと、思念がするするとニューロンを滑り出した。

進むほどに、左木の記憶の中にいる左木の母の顔がさくらの脳内に飛び込んできた。

見慣れた顔だ。笑っている顔や左木に怒っている顔もある。いつもの左木の母親の顔に触れ、さくらの口元に笑みがこぼれた。

左木の姿が小さくなっていく。高校生から中学生、小学生――。

左木と左木の母親の記憶が円筒形のスクリーンに映し出され、目まぐるしく移り変わる。

その中で、左木の母の声が聞こえる。

『陽佑さん。陽佑さん』

左木の母は、左木のことを陽佑さんと呼んでいる。これも馴染みの呼び方だった。

自分の息子をさん付けで呼ぶことは他人行儀だという人もいた。が、さくらは優しくて上品な左木のお母さんらしくて好きだった。

左木と左木の母の記憶を小学校一年生の頃まで辿った。

ここから先、幼稚舎に左木が入ってくる前のことは、さくらも知らない。

勝手に同級生の過去を覗くようで、気が引けそうになる。が、ここまで記憶を辿ってきて、今さら引くわけにはいかない。

何より、ウトの違和感を解消せねばならない。

さくらは唇を締め、思念に力を込めた。

ぐんと思念が速度を上げ、一気に幼稚舎の頃の記憶にアクセスした。

瞬間だった。

突如、左木の母の顔が消えた。

ていく。

左木と左木の母の記憶が、急速に萎《しぼ》み始めた。周りから闇が迫ってきて、小さな点となっ

思わず、さくらの口から声が漏れる。

「えっ」

「どういうこと……？」

さくらは小さくなる光の点を追った。

急激に光点は小さくなっていく。さくらは右手首を左手でつかみ、左木の頭に手のひらを強く押しつけた。

速度を上げた思念が光点に追いついた。針の孔《あな》のような隙間から思念が潜り込んだ。

その時だった。

白い光の幕が広がった。その中央に髪の長い美しい女性が浮かび上がった。

『陽佑』

女性は慈愛に満ちた優しい声で、左木の名を呼んだ。

「誰？」

さくらが言葉を発した時だった。

思念が弾かれた。

さくらの体が浮き上がり、後方に弾き飛ばされた。畳を転がり、雨戸に後頭部を打ちつける。

左木が双眸を開いた。

真っ赤だった。

「入るな！」

また、あの毒々しい声が室内に響く。

突風が巻き起こり、雨戸の内側に貼った札が飛びそうになる。

「グソーへ去れ！」

ウトは声を張り上げ、左木の胸元で扇子を振った。

扇子の風と湧き起こる突風がぶつかった。渦が絡まる。一瞬、渦の直径が小さくなり、風が強まった。ロウソクの明かりが消える。

しかし、次の瞬間、風は互いを打ち消し合うように、ふっと消えた。

左木は牙を剝いていた。今にもウトを食らわんばかりの形相だ。

だが、真っ赤だった双眸にかすかに白みが差した。

さくらは瞳を見開いた。

白い光の中で見た女性の眼差しだった。

ウトが扇子で強く、左木の胸元を押さえた。

左木は獣のような雄叫びを上げた。そして、意識を失った。

ウトは大きく息をついた。

「さくら、大丈夫ね？」

「はい、なんとか」

さくらは後頭部をさすり、上体を起こした。

「明かりを点けてくれんね」

ウトが言う。

さくらは暗闇の中、手探りで祭壇を探し、マッチを手に取った。擦って、火を灯す。一つ、また一つとロウソクに火を点ける。

部屋が明るくなった。

さくらは左木を見た。深い眠りに就いている。ウトも無事だった。

ホッと息をつく。

ウトは左木から離れた。

「今回は暴走しませんでしたね」

「そうじゃな」

「結界が効いたんでしょうか？」

「それもあろうが。一瞬じゃが、温かい思念を感じた。さくら、何を見た？」

ウトが訊く。

「女の人。左木君のお母さんじゃない、若くてきれいな人。その人が左木君を『陽佑』と呼んでいました」

「それは、さくらが知っているに―に―の母親ではなかったのじゃな？」

「はい」

さくらは頷いた。

「くらましかもしれんな」

「くらまし、ですか？」

「奇術、幻術ともいう」

「幻術は知っています。他人の脳にイメージを植え付けて、あたかもそれを現実のように感じさせる技ですね。私たちの高等カリキュラムにありました。……まさか！」

さくらはウトを見た。

「その可能性はあるのお」

ウトが扇子を握る。

「なんのために？」

「わからん。じゃが、そうであれば納得はできる。さくらが見た者がにーにーの本当の母であれば、その母性はこの禍々しい何かを封印するには十分な力を持っているであろう」

「でも、もし左木君のお母さんが違う人であるなら、なぜ、その記憶を幻術で隠す必要があったんですか？」

「知られぬため」

ウトがつぶやく。

「本当の母の存在を知られぬために、隠したと考えるのが妥当じゃな」

「なぜ、知られたくなかったんでしょうか」

「それもわからん。さくら、その女の顔は覚えとるな？」

「はい、はっきりと」

さくらは強く頷いた。

「また後日、にーにーの記憶を読み取ってみよう。今はそれしか方法が思いつかん。苦しいじゃろうが、がんばろうね」

「わかりました」

さくらは覚悟を決め、まっすぐにウトを見つめた。

8

泉田は大臣室の受話器を持ち上げた。

「航空自衛隊那覇基地の第九航空団につないでくれ」

泉田は言った。

途端、自分の言葉に驚いていた。

私は、何を話そうとしているんだ……？

自分でもわからないが、電話を離せない。

——第九航空団司令、宮澤《みやざわ》であります。

歯切れの良い声が聞こえてきた。

「泉田だ。久高島東方沖に国籍不明の潜水艦が領海侵犯しているとの情報が入った。島に上陸するとの情報もある。すぐにスクランブル発進。当該敵を殲滅《せんめつ》しろ」

——攻撃命令ですか！

「そうだ。攻撃しろ！」

何を言っているんだ、私は——。

泉田は自分の発言におののいていた。しかし、言葉を止められない。

――しかし、それは戦闘行為となるのでは……。

「事態対処法により、武力攻撃を許可する。速やかに任務を遂行せよ」

泉田は言い切った。

何を言うんだ、私は！

心の奥で叫ぶ。だが、言葉は止まらない。

「速やかに任務を遂行すべし！」

受話器に向かって何度も命令を下す泉田の両眼からは、涙があふれた。

第4章　転移

1

小松原は、総理官邸にある内閣官房長官室で執務を行なっていた。

そろそろ、一強を誇ってきた現与党総裁である園部康夫の求心力も落ちてきた。与党内でも次期総理の椅子を狙う動きが水面下で激しくなってきている。

党内最大派閥を従える小松原は、次期総裁候補の選定を進めていた。

ポイントは、自分が扱いやすい人間かどうかだ。反園部の急先鋒である大場《おおば》がトップになれば、たちまち党内、政府内での権勢を失う。

「やはり、君津か泉田あたりが都合がいいが……」

独り言ち、ノートパソコンのモニターに表示した候補者の名前と顔写真を睨む。

と、北岡《きたおか》内閣情報官がノックもそこそこに部屋へ駆け込んできた。

「失礼します」

北岡はすぐ執務机に駆け寄った。

小松原はノートパソコンを閉じた。

「どうした？」

北岡の様子を見て、小松原の表情も険しくなった。

「泉田防衛相が、那覇基地第九航空団にスクランブルを要請。事態対処法を口実に攻撃命令を出したという報告がありました」

「なんだと……？」

小松原の眉間に縦皺が立つ。

「どういうことだ？」

「泉田大臣は宮澤司令に、久高島東方沖に国籍不明の潜水艦が領海侵犯していて、それを撃沈せよと命令したそうです」

「久高？」

小松原は片眉を上げた。

久高島といえば、今日、河西を通じて、行方不明となっている生徒たちがいる可能性がある場所として伝えられた地名だ。

ただの偶然か……？

思考を巡らせつつ、北岡を見やる。

「領海侵犯の事実はあるのか？」

「確認しましたが、そうした事実はありません」

北岡が言う。

「何を考えているんだ、泉田は！」

小松原は机の天板に握った拳を叩きつけた。

一方で、悠世学園の件が気にかかる。

「対潜哨戒機を配備しているのは第五航空群です。第九航空団からスクランブルできるのはＦ−15です」

「そんなことはわかっておる！」

小松原は怒鳴り、北岡を睨みつけた。

北岡の顔が強ばる。

「まさか、スクランブル発進しているのではないだろうな？」

「もちろんです。すぐに宮澤司令に連絡を入れ、誤報だと伝えておきました。しかし長官。念のためにＰ−３Ｃを飛ばしますか？」

「その必要はない。泉田を呼べ。今すぐ！」

「は、はい！」

北岡は壁際に走り、懐からスマートフォンを取り出した。泉田の携帯電話に連絡を入れる。

しかし、何度鳴らしても出ない。

北岡は防衛副大臣に連絡を入れた。

小松原は北岡の様子を横目で見ながら、ノートパソコンを開いた。電源ボタンを押し、スリープを解除する。マウスを操作して、泉田のファイルを大きく表示した。

「こいつは終わったな」

デリートボタンにカーソルを置く。

クリックしようとした時、北岡の声が耳に飛び込んできた。

「なんだって！」

北岡はスマホを握り締めていた。

「長官！　一機のF－15がスクランブル発進したそうです！」

「何！」

小松原は天板をつかんで立ち上がった。

「パイロットには交信できず！　当該戦闘機、久高島へ向かっているとのことです！」

「交信できないとはどういうことだ！」

「わかりません」

北岡が当惑した表情を浮かべた。

「第九航空団に連絡。当該機を撃墜せよ」

「長官！　パイロットは自衛官ですよ！」

「かまわん！　撃墜だ！　すぐ、宮澤に総理大臣名で命令を出せ！　久高島近海へ爆撃されたら、政権を揺るがす一大事になる。なんとしても、撃墜するんだ！」

小松原のこめかみには血管が浮き上がっていた。北岡は尋常でない迫力に気圧《けお》された。

「は、はい！」

上擦った声で返事をし、部屋を飛び出す。

小松原はすぐさま、自分のスマートフォンを出した。

悠世学園の山内理事長に連絡を入れる。

「もしもし、小松原です。今日お聞きした行方不明の生徒の件で、至急お話が——」

2

「喜代田、もっと集中しろ！　そんなことじゃ、飲み込まれるぞ！」

奥谷の怒鳴り声が教室に響く。

教室内の他の場所では、御船や原田の怒鳴り声も聞こえてきた。

特別授業が行なわれている教室は奥谷ら講師陣の気迫が伝播し、殺気立っていた。

奥谷指導の特訓は容赦なかった。

念動力の訓練では、生徒を一対一で向かい合わせ、今持てる限りの力をぶつけさせる。手を抜けば、奥谷と戦うことを強いた。

一応、講師陣がエリアガードを築いてはいたが、奥谷や一部発現し始めた生徒たちの戦いはすさまじく、怪我人が続出していた。

イマージュガードの特訓では、講師陣は一切手加減をせず、生徒たちの脳内奥深くまでに思念を潜り込ませた。

無数の蟻に脳の中を這い回られるような感覚に、体調を崩す生徒も出た。

テレポーテーションの特訓では、奥谷が創った異空間への移動を強制された。

異空間はブラックホールのような思念の闇で、細部まで意識を集中しなければ、たちまち分子化した肉体の断片はその闇に吸い込まれる。

精神集中できなかった生徒の中には、手足を失いかけた者もいた。さすがにそこは御船も見過ごせず、自分も異空間の中へ飛び込み、分子化した生徒の肉体を引き戻し事なきを得たが、その生徒は以降、特訓を受けられなくなった。

過酷な訓練が続く中、わずか十日で、生徒の半数が脱落した。

脱落した者は新エリアから出ることが許されなかった。訓練を離れた生徒たちは、新エリアの寮に軟禁されている。

一方、訓練についてきている生徒たちは、めきめきと腕を上げていた。発現した生徒も出てきている。

長尾翔太も特訓が始まって五日目に発現した。

元々、パイロキネシスを使えるあたり、物質の分子化と再合成の才能はあったが、その能力が開花し、今では空気中の分子から水や光源を作り出すこともできるようになっている。

さらに、予知能力に見られた超感覚系の能力にも磨きがかかってきて、総合的に高い能力を有するＡＰ、またはバランサーとなり得る資質が芽吹き始めていた。

糸川啓次は、発現した能力がさらに成長し、ＣＰも狙えるほどの実力を付け始めていた。

特に、波動を操る能力は目覚ましい進化を遂げ、奥谷が放つ念波を打ち消したり、逆に増幅させたりする超対称性能力を使いこなせるようになった。

五味伶花は、リーディングの能力が高くなっていた。超感覚系の能力の中でも特に、透視や遠隔視といった方面のEPとなり得る才能が見えてきている。

残留思念から過去を見るサイコメトリー、思念そのものを読み解くエンパスといった能力も身に付けようとしていた。

ただ、エンパスの能力を持つ者は他者の思念に共鳴しやすいため、強靭な精神力が必要とされる。

伶花の精神はそこまで強化されておらず、時々調子を崩し、高熱を出すが、それでも長尾や糸川のサポートを受け、なんとか脱落せず、特訓についてきていた。

喜代田幸司は相変わらず集中力が散漫で、テレポーテーションの成功率も三割弱と依然低い。

が、サラブレッドの片鱗を覗かせ始めてはいる。

喜代田の父・章良は念動力のスペシャリストだった。その遺伝子を受け継いでいるのか、喜代田は時折、自動車を動かしたり、長時間の空中浮遊を成功させたりしている。

偶発的に発揮される能力の高さは、クラスの中でトップを走る糸川をも凌駕しそうなほどだ。

　特訓で残っている他の生徒たちも、それぞれの能力を成長させていた。

　奥谷の前でテレポーテーションの特訓を受けていた喜代田の体が、指先から分子化を始めていた。

　半透明になった肉体分子がさらさらと天井に舞い上がっていく。

　うまくいくかと思われた。が、両腕の前腕が消えそうになった時、舞い上がる肉体分子が大きく波打った。

　御船は喜代田の脇に瞬間移動した。異空間に腕を差し入れ、喜代田の思念を帯びた肉体分子を引き戻す。

　喜代田の両腕が元に戻った。喜代田は両膝を落とし、手を突いて、肩で息を継いだ。疲労困憊《こんぱい》で顔は蒼白く、顔中から汗が噴き出している。

「御船。なぜ、止めた？」

　奥谷が長い前髪の隙間から御船を睨んだ。

「彼の精神が大きく乱れたのは、奥谷さんにもわかったはず。あのままテレポーテーションを続けていれば、喜代田は異空間に飲み込まれていました。それを止めたまでです」

「この程度の思念に飲み込まれるなら、飲み込まれた方がいい」

奥谷は冷たく言い放った。

「お言葉ですが――」

御船が気色ばむ。

「奥谷さんの主張はわかります。私も〝何か〟のものらしき力を体感しましたから。しかし、生徒の半分が再起不能と言っていいほどのダメージを受けています。これ以上、生徒を潰しては、あなたの言う〝何か〟と戦う前に、全員が戦力となれずに消えてしまう。それは奥谷さんの本意ではないでしょう」

「使えない者はいらん」

「使えないとは？」

御船のこめかみがひくりと疼《うず》く。

「戦う前から負けるような弱いヤツは必要ないということだ」

素っ気なく吐き捨てる。

御船は両手の拳を握り、震えた。

「あなたは生徒をなんだと思っているんだ！」

つい怒鳴る。

が、奥谷は眉一つ動かさない。

「この非常時に情に囚《とら》われるあんたも使えない部類だな。そういう心に付け込んでくるぞ、あいつらは」

「使えないかどうか、試してみたらどうだ」

御船は奥谷を見据えた。髪の毛が逆立ち、オーラが立ち上る。

握った手の指を広げようとした。

その時、一瞬、念波がよぎった。御船の集中が途切れる。声が聞こえたような気がしたが、何を言っているのかわからなかった。

奥谷がかすかに頷く。

「御船。ちょっと用事ができた。授業を続けろ」

「逃げるのか？」

「俺に挑発は無駄だ。サボるな」

奥谷はそう言うと、瞬時に姿を消した。室内から気配も消える。

御船は息をついた。途端、重い気だるさが全身を包み、肌にじんわりと汗が滲んだ。

それだけ、奥谷からのプレッシャーを感じていたということだ。

御船は少し目を閉じた。心身を整え、喜代田の脇に屈む。

「喜代田、少し休め」

優しく声をかけ、肩に手を添える。

「なぜ、止めたんですか……」

喜代田はうつむいたまま言った。

「さっきは、あの時点が限界だった。無理をすれば飲み込まれていたぞ」

御船が諭す。

しかし、喜代田は拳を握って震えた。

「僕には無理だということですか?」

「そうじゃない。いずれ、できるようになる」

「いずれとはいつですか?」

「いずれはいずれだ。各能力の成長と発現には個人差がある。念動力は成長しているじゃないか。その調子で、テレポーテーションもいずれ安定してできる時が来る」

肩を叩く。

喜代田は上体を起こし、御船の手を払った。

「僕にはできないというんですか!」

御船を睨む。

「そんなことは言ってないだろう」

御船は苦笑した。

「同じことだ！　いずれなんて訪れはしない。親父も念動力しか発揮できなかった」

「君のお父さんは、念動力に関してはＥＰの中でも歴代トップクラスの実力者だ。君もその資質を継いでいる。誇りに思えば――」

「あの一般資質者の左木ですらこなせたことが、僕にはできないんだ！　何が血統だ！　僕には劣等感しかない！」

「喜代田、落ち着け。君がこの特訓で脱落していないことこそ、資質がある証拠だ」

「気休めを言うな！」

喜代田は御船を睨み、両手のひらを突き出した。

「喜代田、やめろ！」

糸川が動こうとした。が、遅かった。

御船と喜代田の間の空気が揺らいだ。大きな波紋が衝撃波となり、御船を吹き飛ばす。不意打ちを食らった御船は、胸元にまともに衝撃波を食らった。壁まで弾き飛ばされ、背中を打ちつける。

御船は背を反り返した。血を吐き出し、ゆっくりと頭から突っ伏す。原田と長尾はとっさに念波を飛ばし、御船の体を受け止め、仰向けに返して床に寝かせた。

御船は意識を失っていた。口の周りは鮮血にまみれている。

『こちら、特別教室の原田！　至急、救急班を！』

原田のテレパシーが教室にいる全員の脳を貫く。

「あ……あああ……」

喜代田は御船を見て怯え、後退した。

「喜代田」

糸川が近づく。

「僕じゃない。僕のせいじゃない……」

「わかってる。落ち着け」

糸川が手を伸ばした。

「来るな！」

喜代田は窓際まで下がった。尻がぶつかる。びくっと全身が震えた。

「落ち着けって」

糸川は微笑み、手を伸ばした。

「来るなー！」

喜代田は叫んで腕を上げた。

糸川は不意の攻撃を警戒し、両腕を顔の前に立てた。

瞬間、突風が巻き起こった。糸川や他の生徒も飛ばされないように踏ん張る。長尾と原田は風上に跪《ひざまず》き、御船を守った。

「僕が悪いんじゃない！」

喜代田の叫び声が轟いた。

風が止む。

糸川が腕を解いた。前を見る。

「喜代田……？」

喜代田の姿がない。喜代田のいた場所には眼鏡が落ちていた。

伶花が駆け寄ってきた。喜代田の眼鏡を拾い、握って目を閉じる。残った思念から漂う糸のような軌跡を辿っていく。

喜代田の実体は新校舎の外へ出ていた。住宅街から本校舎の方へと向かっている。そのまま辿っていけそう……と思った時だった。

「あ！」

伶花は顔をしかめ、眼鏡を離した。眼鏡が足下に転がる。

「どうした？」

糸川が訊いた。

「途中までは思念の糸がつながってたんだけど、突然切れた。いや、切られたって感じ」

伶花は握った両手を見つめ、手のひらに残る違和感を消すように揉んだ。

背後では、テレポーテーションしてきた救急班が御船の治療にあたり始めていた。

何が起こっているんだ……。

糸川は教室の窓の向こうに目を向けた。

3

那覇空港では、滑走路に次々とF－15戦闘機が姿を現わしていた。

民間機も離着陸する滑走路上を四機の戦闘機がゆっくりと進んでいく。

四機の戦闘機は二機ずつ前後に分かれ、滑走路上で停まった。

「これより、アブレストにて実戦発進をする。目標、機体番号82－8875。発見次第撃墜せよ。発見次第撃墜せよ！」

各機にフライトリーダーの命令が届く。

「発進しろ！」

リーダーが無線で声をかけ、指を振った。

ジェットエンジンノズルが赤くなり、エンジンが唸りを上げる。滑走路で加速した戦闘機が機首を上げた。離陸し、一気に高度を上げていく。

二機、三機と続く。最後の四機目が飛び立ち、上空で水平となった後、四機が平行に並び、久高島上空へと向かった。

4

緒形は山内理事長からの連絡を受け、理事長室へテレポーテーションして現われた。

「何があったんですか？」

山内の前に姿を見せてすぐ訊いた。

「小松原から連絡があった。今、戦闘機が久高島へ向かっている」

山内の目つきがきつくなる。

緒形の眉間にも皺が寄った。

「なぜです？」

「国籍不明の潜水艦が領海侵犯しているとして、泉田防衛相が撃沈命令を出したらしい。すぐさま官邸は誤報だと伝えたが、一機の戦闘機がスクランブル発進し、交信を断って、久高へ向かっているとのことだ。今、四機の別の戦闘機が、先行した戦闘機の撃墜に向かっている」

「おかしな話ですね……」

「そこで、小松原は河西君の話を思い出したそうだ。左木陽佑と高馬さくらが久高島にいるかもしれないという話を」

「先にスクランブル発進した戦闘機は二人を狙っているということですか？」

緒形の眼光が鋭くなる。

「わからんが、小松原の懸念も理解できる。今、突然に外国の潜水艦が久高島近辺で領海侵犯する意味はない。まして、攻撃命令を下すなど、正気の沙汰とは思えない。何か妙な力が働いたのでは、と考えるのも無理はない。緒形君。久高の話は誰が知っている？」

山内が緒形を見やる。

「私たち捜索班と理事長、河西学園長と奥谷警備部長にも伝えました」

「それだけか？」

「確定事項ではないので、それ以外の人には伝えていません」

緒形が明確に答える。

山内は口を固く結び、腕組みをして唸った。

「君が仮に戦闘機のパイロットを洗脳するとして、どのような方法を使う？」

「そうですね……」

緒形は少し考え、山内に顔を向けた。

「本来は、スクランブル発進するパイロットの脳に直接働きかけるのが一番ですが、誰が飛ぶかは直前までわからないので、現実的ではありません」

「航空団のパイロット全員を洗脳することは？」

「できなくはないです。潜在意識に命令を刷り込んでおき、言葉や事象をスイッチにして命令を実行させる方法です。が、それもリスクが高い。あまり特殊な言葉や事象を使うと緊急時に役に立ちませんし、簡素な言葉などでは思わぬところでスイッチが入ってしまうこともあります。精神力の強い空自パイロットを洗能し、戦闘機を発進させてしまうほどの能力者であれば、そうした方法は使わないでしょう」

「他に方法はないのかね？」

「あることはあります。命令を伝播させる方法です」

「どんな方法だ？」

「理事長の話を伺った限りでは、今回の起点は泉田防衛相です。まず、泉田大臣の脳の深くに思念を伴った潜在命令を刷り込みます。そこから電話や直接の会話を通じて接した者の脳裏に思念を移していき、最終実行者へ命令を刷り込むという方法です。思念転移と言われる超感覚系の能力ですが……」

緒形は腕組みをして押し黙る。

「どうかしたか？」

山内は問いかけた。

緒形は少しして腕を解き、顔を上げた。

「思念転移は最上級能力で、現在のＣＰにも使いこなせる者はいないはずです」

「君でもできないのか？」

「はい」

緒形は深く頷いた。

「私の知るところでは、明治時代のＰＰ系の能力者、長南年恵《おさなみとしえ》が使っていたのではないか、という話までは聞いていますが、それ以降、思念転移を使った能力者の話は聞いたことがありません」

「ＰＰということは、思念転移を使いこなせるのは霊的能力を持つ者か」

「しかも相当高いレベルでの話です」

「君より上の能力者などいるのか？」

「真雲君や南条君は、私よりＰＰ系の能力が際立っていますが、その彼らをもってしても相当難しい技です。ただ、この能力を使った人間は特定できるかもしれません」

「方法があるのか？」

山内が腕を解いて身を乗り出す。

「泉田大臣の記憶にある接触した人物を片っ端から当たることです。片っ端といっても、私たちは能力者はわかりますので、その痕跡を辿り、記憶に残る能力者の中から力のある者を探せばいいだけです。そう時間はかかりません。これから、人物特定にあたりましょうか？泉田大臣に会わせていただければ、私が記憶の解析をしますが」

「それがだな……」

山内の髭が歪む。

「泉田君は自殺した」

山内の言葉に緒形の眉尻が上がった。

「大臣室で携帯していた拳銃で口から後頭部を撃ち抜いていたそうだ……」

「わかりました。紋絽君を派遣します。彼女はサイコメトリーのＥＰでもありますから。読めるだけ読んでみましょう」

「頼む。それと、戦闘機の暴走を止めてほしいのだが可能か？」

「やってみます」

緒形は力強く山内を見て頷くと、瞬時に姿を消した。

5

さくらは左木の傍らに正座し、ウトと共に左木の脳内の記憶を探っていた。

ウトが左木の胸の奥に巣くう〝何か〟を抑えながら、さくらが脳内深部へ侵入するという試みを繰り返している。

さくらの思念はいつも幼稚舎へ入る前の記憶に至ると弾かれた。

が、少しずつ、慈愛に満ちた女性の風貌もわかってきた。

背は高くなく、色白でぽっちゃりとした、優しい瞳をした三十代くらいの女性だった。眉間のほくろが印象的だ。

「まるで如来様のようじゃな」

さくらの思念を受け取ったウトがつぶやく。

言われると、さくらも脳裏に映る女性が阿弥陀如来のようにも思えてきた。が、そうした神的存在を左木が内に抱えているとは思えない。

また、見た目は如来のようでもあるが、もっと人間味を帯びているような感じもする。

「ん……？」

脳内の女性の像を見ていたウトが首をかしげた。

「どうかしました？」

「この装束、見たことがあるような気がするんじゃが……」

ウトは目を固く閉じ、女性像と自分の記憶をすり合わせていく。その念波はさくらにも届き、さくらも同じイメージを見ていた。

着物のような、袴《はかま》のような、洋服のような、そのどれともつかない衣装を身にまとっている。

「なんだか、巫女さんみたいですね」

さくらがつぶやいた。

すると、ウトが目を開いた。

「口寄せか！」

「なんです、それ？」

さくらが訊いた。

「神や仏、霊の言葉を人に伝える者のことじゃよ。わしらもそうした能力者の一例ではあるが、内地だとイタコというのが最も有名じゃな」

「イタコって、恐山《おそれざん》で降霊している人たちのことですか？」

「そうじゃ。降霊術というのはまやかしと言われることも多いが、死者の遺したウムイを読み取っておるだけのことじゃ。神の啓示や仏の言葉も予知能力がもたらすもの。中にはまやかしもおるが、本物もおる」

「左木君のお母さんがイタコだったということですか？」

「イタコとは限らんが、口寄せであった可能性は高いのお。特に、表情が菩薩のようであるから仏に関係しているのかもしれん。ちょっとにーにーを見ておってくれ。わしは記録を探してみるから」

ウトが立ち上がる。

が、ウトは天井を見上げた。

「なんじゃ……？」

「ウトさん、どうかしま――」

訊こうとした時、さくらの肌にも悪寒が走った。腕に一気に鳥肌が立つ。

ウトが家を飛び出した。

太陽の光の中に黒い影が映った。目を細める。

戦闘機が御嶽に迫ってきていた。

6

機体番号82－8875のF－15戦闘機を操縦していた若い男性自衛官は海面の先を見つめ、操縦桿《かん》を握っていた。

その目は虚《うつ》ろだ。

「フボー御嶽……フボー御嶽……」

操縦しながら、ずっとつぶやいている。

何かに取り憑かれたようだった。

久高島が近づいてきた。自衛官は徐々に高度を下げた。

海に光るものが見えた。虚ろだった自衛官の眼光が瞬時に鋭くなる。

「潜水艦発見！」

報告するように声を張る。

しかし、自衛官が凝視している方向には、潜水艦どころか、漁船一艘も浮かんでいなかった。

自衛官はいったん高度を上げた。上空で旋回し、再び、潜水艦を見た海域へ近づいていく。彼の目に映る潜水艦は浮上し、久高島の沿岸に接岸していた。その上から迷彩服を着た複数の人物が上陸し始めている。

肩から自動小銃を提げていた。

「密入国者発見！　密入国者発見！　ただちに潜水艦及び密入国者を殲滅します！」

自衛官は機首を海岸線に向け、降下を始めた。操縦桿を握り、ミサイルの発射ボタンに指をかける。

照準器を起こし、密入国者の姿に向けた。ロックオンする。ピーッとサイン音が機内に鳴り響いた。

「発射！」

自衛官はミサイルの発射スイッチを押した。

7

沖縄本島にいた黒沢と七宝法師は、真雲と千鶴を通じて送られた緒形からの命令を念波で受け取った。

緒形からの命令は、久高島への爆撃を止めろというものだった。

戦闘機はすでに攻撃態勢に入っている。時間はない。

久高島は強力な結界場だ。ただ単に向かったのでは、結界に能力を吸い取られ、何もできずに海の藻屑《もくず》と化す恐れがあった。

七宝法師は共に島へ入ったＣＰを集め、異空間を創らせた。異空のトンネルは、久高島の結界すれすれにまで通じていた。

「黒沢、行くぞ！」

七宝法師がテレポーテーションを始める。たちまち、体が透け始める。

「行くぞって、どうするんですか！　法師は空中浮遊できないでしょう！」

「おまえみたいに長時間浮遊はできんが、五分程度の浮遊はできる。俺様を見くびるな」

「五分でカタが付きますか？」

「付ける。おまえは海底山脈を動かして、ミサイルと戦闘機を破壊しろ」

法師の言葉に、周りにいたＣＰたちがざわついた。

「そんなこと、できるわけがない……」

ＣＰの一人が小声でつぶやく。

が、黒沢はしれっとして頭をかいた。

「無茶言うなあ、法師は」

「できんのか？」

「できるに決まってるでしょう」

にやりとする。

また、周りのＣＰたちが目を丸くしてざわついた。

「で、法師はどうするんです？」

黒沢が訊く。

「俺はおまえの周囲に幻術をかける」

「つまり、島の者にも、現場へ急行している戦闘機にも状況は確認できないということですか？」

「そういうことだ」

「了解」

黒沢は右人差し指を上げた。

「時間がない。急ぐぞ」

七宝法師の体が急速に光の塵となっていく。黒沢の体も溶けていく。

二人の肉体分子は渦を巻いて、異空のトンネルに吸い込まれた。

8

ウトは戦闘機からミサイルが発射されたのを認めた。家の中に駆け込む。

「さくら！　にーにーの手を握れ！」

ウトが叫んだ。

ウトが見たものが思念を通じてさくらの脳裏に飛び込んできた。

戦闘機がミサイルを放った。

現実とは思えない光景だった。

「ウトさん、何が！」

「説明しとるヒマはない！」

ウトは部屋へ上がり、さくらと左木の脇に屈んだ。左木の右肩をつかむ。半透明の手のひらはさくらの左肩に触れていた。

「さくら、わしの扇子を取れ」

ウトが言う。

「何を……」

「おまえたちを飛ばす」

「えっ？」

「わしの扇子を持っていれば、どこかの結界場に飛ぶ。選択している間はないが、とりあえずは安全じゃ。にーにーの中の者も、さくらの力と扇子があれば抑えられる」

「でも、ウトさんは……」

「わしなら大丈夫じゃ」

ウトは深い皺を刻み、微笑んだ。

「迷いは捨てよ。今は、おまえとにーにーが助かることだけを考えるのじゃ」

ウトはさくらをまっすぐ見つめた。小さな目の奥に強い決意が滲む。

さくらは首肯し、ウトの脇に差してあった扇子を取った。右手で扇子を握り締め、左手で左木の手を強く握る。

ウトは頷き、目を閉じて何やら唱え始めた。言葉はわからない。外国語のような響きだ。

まもなく、さくら自身と左木の肉体が分子化を始めた。同時に部屋の中央に光の渦が現われた。銀河が目の前に現われたかと思うような光景だ。

「——君真物《キンマムン》！　この者たちをカナイへ誘《いざな》え！」

ウトが叫んだ。

ウトの白髪が逆立った。部屋に青白い旋衡風が湧き立つ。さくらと左木の肉体分子がその旋衡風に吸い込まれていく。

「ウトさん、ありがとう」

さくらの顔が大きく歪む。

ウトはさくらの顔を見て、深い笑みを覗かせた。

さくらと左木が部屋の中央にある光の渦に吸い込まれていく。

さくらの視界が消えかけた瞬間、すさまじい閃光がウトを飲み込んだ。

「ウトさん！」

さくらの叫びは、光の渦に吸い込まれた。

9

黒沢と七宝法師は、久高島東部の上空に姿を現わした。

戦闘機は上空を旋回し、御嶽の方向へ機首を向け、降下を始めていた。

「黒沢、急げ！」

「わかってる！」

黒沢は上空に浮かんだまま、目を閉じた。海の底に思念を飛ばし、戦闘機とミサイルを飲み込むほどの海底山脈を探す。

「こいつだな」

片笑みを浮かべ、両腕を広げる。

腕を下げると、両手の五指を内側へ折った。奥歯を噛みしめ、両腕をゆっくりと上げる。

海面が揺れ始めた。海底から泡が立ち、波紋が広がる。

「急げ！」

七宝法師が声を張った。

「黙ってろ！」

黒沢は両腕に力を込めた。

二の腕の力こぶが血管を浮かせて盛り上がる。髪が逆立ち、朱を帯びたオーラが全身を包む。

海面が泡立ってきた。貝や海藻が付いた海底山脈の突端が姿を現わす。

戦闘機は急降下した。

――発射します！

七宝法師の頭の奥に千鶴の声が飛び込んできた。

主翼の下に搭載されたミサイルのブースターが赤く光る。

「いかん！」

七宝法師は自分の念動力で弾き飛ばそうと、両手のひらを戦闘機に向けた。

「どいてろ！」

黒沢が怒鳴った。

海が大きく白波立った。へし折られた山脈が巨大な岩石のように宙へ浮かび上がる。

ミサイルが主翼から離れた。

「うおりゃあああ！」

黒沢はミサイルの軌道に山脈を投げた。

ミサイル軌道の少し先に巨大な塊が飛んでいく。

ミサイルはまもなく着弾しそうなところまで陸地に迫っていた。

山脈が陸地とミサイルの間に滑り込んだ。山肌に着弾する。

瞬間、目も眩《くら》むような閃光が走った。コンマ数秒後、腹の底まで揺さぶる爆発音が轟き、爆風で瓦礫《がれき》が四散する。

宙に浮いていた黒沢と七宝法師は腕をクロスして顔の前に立て、身を屈めて思念のガードをまとった。

岩片がガードに弾かれる。瓦礫は地上にも降り注いだ。マングローブの木々や建物を破壊する。

爆風は戦闘機を襲った。突風に見舞われた戦闘機はバランスを失い、きりもみした。その尾翼を瓦礫が貫く。

戦闘機は操縦不能となり、真っ逆さまに墜落した。海面に叩きつけられた機体が砕け散り、湧き起こった大きな波に飲み込まれる。

七宝法師は首から宝珠を外した。右手に握り、宙で水平に振る。

煙に包まれていた空間に青空が広がっていく。戦闘機が落ちた箇所にも青い水面が広がり、残骸や白立つ波をかき消していく。

穴の空いた地面や倒壊した建物、折れた木々も元通りの姿を取り戻していった。

「間に合ったか――」

ふうっと息をつく。

と、七宝法師の体が突然、落下を始めた。

宝珠を握り、浮上しようとするが、念動力が体に伝わらない。

「エネルギー切れか、結界か……」

七宝法師は逆さまに落ちながら、笑みを浮かべた。

そこにふっと黒沢が姿を現わした。法師の脇に腕を通し、自分の念動力で落下を抑える。

七宝法師の体は黒沢と共に海面近くで止まった。

「よくここで力が使えたな」

「さっきの爆風で少し飛ばされたおかげで、結界場からは離れていたようです」

「じゃあ、落ちたのは俺のガス欠か」

「仕方ないですよ。念動は得意じゃない上に、広範囲に幻術をかけたんですから」

「幻術は間に合ったか？」

「おそらく。まあ、ミサイルを止めただけでよしとしましょう」

「そうだな」

法師が笑う。黒沢も笑みを浮かべた。

「久高以外の近くの陸地に飛びます。つかまっててください」

「情けねえが……頼む」

七宝法師が言う。

黒沢は頷き、法師の脇を抱えたまま、浮上した。

10

喜代田は目を覚ました。

ソファーに座っていた。顔を上げ、おぼろげな視界で部屋を見回す。古い洋館の応接室のような風情が漂う部屋だ。

シャンデリアがぶら下がっている。その明かりを見つめているうちに目が冴えてきた。

「気がついたかね？」

男性の声がした。

びくりと肩を震わせ、声のした方に顔を向けた。

「学園長……ですか？」

喜代田は眼鏡を上げようとした。が、指に引っかかるものはない。

顔を手のひらで撫でてみる。眼鏡はなくなっていた。

「君は極度の近眼のようだね。しかし、大丈夫。近視、遠視というのは、網膜にピントが合わなくなって起こるもの。逆にいえば、ピントが合うようになれば、近視も治る」

男性が右腕を伸ばした。

体に思念がまとわりつき、動けなくなる。喜代田はもがいた。

「おとなしくしていなさい。今、治してあげよう」

男性の指先が動いた。

目の奥に思念が潜り込んできた。無数の指先で眼球をいじられるような気持ち悪さが目の奥を這う。

「あああああ……」

喜代田はたまらず声を漏らした。

が、何度か揉まれているうちに、ぼやけていた視界が時折クリアになる。そして、二、三分後、裸眼ではっきりと見えるようになった。

這い回る指のような感触が消える。

喜代田は自分の手のひらを見つめた。手の皺までよく見える。顔を上げ、周りを見回した。

「すごい……」

裸眼で部屋の隅々まで見えるようになっていた。

視線を正面に向けた。指を組んだ両手を机の上に置き、微笑んでいる紳士がいた。

学園長の河西だ。

「ここは……」

「私の家の応接室だよ」

「なぜ、僕が学園長の家に……」

戸惑いつつ、出来事を思い出す。

自暴自棄になり、御船に怪我を負わせ、気がついたらテレポーテーションをしていて……。

喜代田は目を見開いた。

「あの！　あの……御船先生のことは事故でして……」

そう言い、うつむく。

てっきり、教師への暴行を咎《とが》められるのだと思った。

だが、河西は笑った。

「それはわかっている。懲罰のために、ここへ呼んだのではないよ」

「呼んだ？」

喜代田は首をかしげた。

「君はどうやってここまで来たか、覚えているか？」

「テレポーテーションして……」

「自分で？」

「はい……。いや……」

訊かれ、混乱する。

「私が教室での様子を見ていて、ここへ君をテレポートさせたんだ。仮に君が自身の判断でテレポーテーションしたとしても、ここへは辿り着かない」

「いや、この部屋にいたんですか？」

「見ていたって……。遠隔視ですか？」

「そういうことだ」

「テレポートさせたということは、僕の肉体分子を遠隔操作したということですか？」

「それもそういうことだね」

河西は笑みを濃くした。

「いや、でも……そんなはずは……」

喜代田はますます混乱した。

山内理事長と河西学園長は非能力者だと公言していた。現に、今、河西を前にしても能力の片鱗すら感じない。

喜代田も発現こそしていないが、能力者のオーラを感じることはできる。テレポーテーションを遠隔操作できるほどの能力を持つ者がいるとは聞いたことがない。

騙されているのか、からかわれているのか。しかし、学園長がそんなことをするだろうか……。

喜代田が困惑していると、ふっと気配を感じた。

気配のした方を見る。ソファーの右端に奥谷が現われた。

「そういうことか」

喜代田は奥谷が河西の能力を偽装したと思い、声を漏らした。

「どういうことだ？」

奥谷がぎろりと睨む。

奥谷はそのまま河西の机の前に歩み寄った。

「久高襲撃は失敗に終わりました」

河西を見て言う。

「失敗とは？」

「緒形が放った黒沢光一がミサイル発射直後に念動力を使って何かをぶつけ、御嶽に着弾する前に、爆破させました。その後、七宝法師が一帯に幻術をかけたので、追撃していた戦闘機は基地に戻り、異変なしと報告しています。久高の調査はできていませんが、特に騒いでいる様子もないことから見て、七宝法師の幻術で爆破自体をなきものにされたようです」

「さすがに緒形のチームは甘くない、か」

河西は宙を睨んだ。

「ですが、収穫もありました」

奥谷が片笑みを覗かせた。

「爆破直前、二つの強力な異空間の出現を確認しました」

「ほお」

河西の目が鋭く光る。

「一つは黒沢と七宝法師の移動に使われたものだと確認できました。もう一つは謎ですが、久高に発生したことは確認できています」

「睨んだ通りだな」

「はい。今、その痕跡を追わせています」

奥谷が頷く。

喜代田は二人の会話を黙って聞いていた。

「ということだ、喜代田君」

突然、河西が言葉を投げかけてきた。

喜代田はびくっとして、座り直した。

「どういうことですか？」

訊いてみる。

「〝何か〟の痕跡を見つけた」

河西はにやりとした。

喜代田は蒼白になった。

「〝何か〟って……。左木を見つけたということですか？」

「おそらく、だがね」

河西は立ち上がった。机を回り込み、ゆっくりと歩を進め、喜代田の対面のソファーに腰を下ろした。

奥谷は河西の後ろに立った。

「左木は生きているんですか？」

「それはわからん。が、痕跡は現われたということだ」

奥谷が答えた。

喜代田は微笑むような眉をしかめるような、複雑な表情を見せた。

同級生が生きているかもしれないという報せはうれしい。一方で、あれほどの激烈な異空に飲み込まれながらも命を拾えるほどの生命力と能力の高さには、正直嫉妬する。

「わかるよ、その気持ち」

河西が言った。

どきっとして、顔を上げる。

「わかる……んですか？」

「わかるとも。君の脳からは思念がダダ漏れだ。いつ何時もイマージュガードをかける癖をつけた方がいい」

河西がしたり顔で言う。

本当にわかっているのか？　奥谷が非能力者にテレパシーを送っているだけじゃないのか？

疑う。

と、河西は小さく息を吐いた。

「やれやれ。さっき、目を治してやったのにそれでもわからないとは。君は本当に潜在能力を活かし切れていないね。よかろう。見せてやる」

河西はソファーに深くもたれたまま、喜代田を見つめた。

視線が強い。顔を背けようとする。

「あ……あれ？」

顔が動かせない。首もギプスを巻いたように硬い。体も硬直し、石像のように重い。

河西の視線が喜代田の目に刺さった。そこから針金のような思念が入ってくる。

「あああ……」

顔を振って、拒絶したい。しかし、どうにもできない。

思念はどんどん奥へ潜ってきて、神経を這い回る。脊髄を這った思念はそのまま背中から脳へと上がってきた。

脳に入り込んだ河西の思念の糸は、一気に分岐し、脳を支配した。

「うわあああ！」

喜代田は硬直したまま叫んだ。

河西はにやりとし、さらに思念を強めた。

喜代田の脳の中でニューロンを勝手に再構築されている。記憶が混濁し、あり得ない過去の光景が現実のもののように感じられる。

自分が自分でなくなっていくような感覚に、怯えて色を失い、脂汗を流した。

河西が思念を解いた。喜代田は全身から力が抜け、上体を背もたれにぐったりと預けた。

「今のが、幻術の基本だ。記憶を支配するニューロンを意図的に組み替え、脳に刻まれている真の記憶を引き出せないようにする。これは高等な超感覚系の技だ。繊細かつ強力な思念を発せられる者しか使えない。これを応用すると、遠隔操作でテレポーテーションさせられる」

再び、河西が喜代田を見た。

喜代田はぐったりとうなだれていて、目は合わせていない。が、皮膚の隙間から思念が潜り込んできた。

うつむいたまま固まる。

脳の奥で再び思念が這い回る。激しく動いているのがわかる。

思念の動きが遠心分離機の回転のように高速化し始めた。脳が溶けそうな勢いだ。

と、自分の指先に異変を感じた。

眼球だけを動かし、指先を見る。

指先は分子化を始めていた。少しずつ、半透明になっていく。分子化した肉体が浮かびだした。

「やめろ……やめてくれ！」

喜代田は絶叫した。

思念がふっと抜けた。喜代田はソファーから転がり落ちそうになった。左腕を突っ張り、なんとか上体を起こす。

「これで少しは信じてもらえたかな？」

河西は何事もなかったように訊いた。

喜代田は返事ができなかった。どう受け止めていいかわからない。

「まあ、いい。ところで喜代田君。ここへ来てもらったのは外でもない。君に〝何か〟の探索に加わってほしい」

「僕が、ですか！」

驚いて顔を上げる。

「そうだ。君が時折見せる念動力は、〝何か〟と対峙するのに十分な力を持っている。むろん、一人だけでは無理なので、奥谷をリーダーとした生徒たちの探索チームを作る。その特別チームの一員として参加してもらいたいということだ」

「特別チームの一員……」

喜代田の口元に笑みがこぼれる。

これまで、誰かに認めてもらったことがない。いつも父親と比較され、できないヤツというレッテルを貼られてきた。

自分では懸命に努力をしているのに、何一つ認めてもらえず、半ば自暴自棄に生きてきた。

しかし、河西は認めてくれた。

どういった意図があるのかはわからない。が、認めてくれたという事実が素直にうれしい。

「君には生徒の中のリーダーを務めてもらいたい」

「いや、でも、僕にはそこまでの力はありません。発現もしていないし……。糸川なら、誰でも納得するでしょうけど」

「その糸川君も部下に従えればいいんだよ」

「そんなことは……」

「できる。それができるようにしてあげよう。今度は恐れず、私を見なさい」

河西が言う。

喜代田は戸惑った。目が泳ぐ。少しして意を決し、一度閉じた目をゆっくりと開いた。

河西は微笑んで頷き、喜代田の目を覗き込んだ。思念が入ってくる。喜代田は必死に恐怖を抑え込んだ。

ニューロンが組み替わっていくのを感じる。当初感じていた怯えが少しずつなくなっていく。入れ替わりに自信のような感情が湧いてきた。

『君は能力者の世界を変えるカリスマだ』

脳に直接声が響いた。河西の声のようであり、違うようでもある。風呂場で反響する声のようにぼわっとしていた。

その声を聞かされると、意識までふわりとしてきた。瞼《まぶた》が重くなり、寝ぼけたような顔になる。

『君はあの方に選ばれた青年。あの方と共に世界を創り替えるのだ』

「あの方と共に……」

喜代田の口から声が漏れる。

『そう。あの方と共にこの腐敗した世界を再構築するのだ』

「腐敗した世界を……破壊しろ」

『そうだ。立ち上がれ、選ばれし少年よ』

「立ち上がれ……」

『立ち上がれ！　選ばれし者よ！』

「選ばれし者……選ばれし者……」

喜代田は河西をぼんやりと見つめたまま、譫言《うわごと》のようにつぶやく。

河西と奥谷は喜代田を見つめ、ほくそ笑んだ。

11

さくらが目を覚ました。薄暗い建物の中にいる。足下は土のようだ。
さくらは右手のひらを広げた。
「パイロキネシス」
軽く手のひらを揺らす。が、思念が動く気配がない。
周囲を調べようと遠隔視を試みるも、思念は自分の体から離れなかった。
さくらは天井に近い場所にある小窓から射し込む陽光を頼りに、左木の姿を探す。
左木は十メートル先の地面に伏せていた。
さくらは駆け寄った。
脇に屈んで左木を仰向けに返す。心臓に手を当てる。鼓動を刻んでいた。
「よかった……」
声が漏れる。
と、左木が短く呻いた。さくらの腕から身を起こそうとする。
さくらはとっさに離れた。ウトからもらった扇子を握る。
左木は左腕を突いて上体を起こし、首に右手を当てて回した。
「どこだ、ここ……」
薄暗がりの中を見回す。

「左木君？」

「さくらちゃん？　いるの？」

左木はさくらの方を見た。

さくらは左木に近づいた。

「さくらちゃん、無事だったのか。よかった」

左木は微笑んだ。

「左木君、私がわかるの？」

「わかるも何も、さくらちゃんはさくらちゃんだろ？」

「戻ってきたんだね！」

さくらは左木に抱きついた。

左木はいきなりのことでどぎまぎした。さくらの匂いが全身を包む。温もりがうれしいような気恥ずかしいような……。

「よかった。ほんとによかった……」

さくらは洟《はな》を啜り上げていた。

泣いてるのか？

さくらを見やる。薄闇の中で両肩が震えていた。

左木は何度か両手を握り直し、さくらの肩を抱いて引き寄せた。

さくらが左木の胸に顔を寄せた。

ひとしきり泣き、ようやく離れる。

「ごめんね」

さくらは手の甲で涙を拭った。

「いや、いいんだけど。何があったんだ？」

「覚えてない？」

「お婆さんの家に入ったところまでは覚えているんだけど、そこからは……。そういえば、お婆さんは？」

左木は周りを見回した。

「ここは久高島じゃないの」

「どういうこと？」

左木が訊く。

さくらは薄闇の中でこれまでのことをかいつまんで話した。話を聞く左木の表情がみるみる険しくなる。

「僕の中に、そんな得体の知れないものが……」

服の上から胸元を押さえる。

「さくらちゃんは帰った方がいい。もしまた、その〝何か〟らしきものが暴走したら――」

「大丈夫。ウトさんから、これを預かってきたから」

さくらは白い大きな扇子を見せた。

「私の役割は、左木君を守ることだから」

さくらが気丈に微笑む。

「……ありがとう」

左木は頭を下げた。

「で、ここが久高じゃないとすれば、どこなんだろうな」

「ウトさんは結界場に飛ばすと言ってた。おそらく、日本にいくつかある結界場の一つなんでしょうね。さっきパイロキネシスで明かりを灯そうとしたけど、思念が動かなかったから」

「そうか。さくらちゃんが使えないなら、僕は無理だな。ともかく、出口を探そう」

左木が立ち上がる。さくらも頷き、立ち上がった。

二人並んで歩きながら、左右を見回し、扉を探す。

目が慣れてくると、室内の様子がわかってきた。

「ここは蔵だね」

さくらが言う。

壁際に何段もの棚が並んでいて、調度品や巻物を詰めた箱が転がっていた。

「金持ちなんだろうなあ、この蔵主」

左木は木箱を取った。埃《ほこり》が舞い上がり、たまらず咳き込む。舞った埃は陽光のスクリーンに漂った。

咳が奥の方に響く。ずいぶん広い空間のようだ。

少し前を歩いていたさくらが突然、壁際に屈んだ。

二十センチほどの銀色の筒のようなものを取り上げる。スイッチらしきところに親指が当たり、押してみた。

と、青白い明かりが灯った。

「なんだ？」

左木が目を細める。

「LEDライトよ。なぜ、こんなところに……」

懐中電灯があった周辺を照らす。

ノートが積み上げられていた。手に取り、表紙を見る。

マジックで〈取材ノート　1〉と記され、〈山本浩紀〉という名前が書かれていた。めくってみる。走り書きのような文字と几帳面に書かれた文字が混在している。新聞の切り抜きや写真も貼りつけられていた。

さくらは周囲を照らしてみた。他は、木箱などが置かれている。この一角だけにノートが散在していた。

「何かあったの？」

「うん、ライターさんか何かの取材ノート」

さくらは左木に渡し、光を当てた。

「なぜ、こんなところに？」

「わからない。この蔵、その山本さんという人のものなのかな」

話しながら、再びノートを手に取ってパラパラと開いてみた。

その手が止まった。

「えっ」

さくらは一枚の写真を凝視した。

白い巫女装束のようなものを着た女性の姿があった。

左木はさくらの肩越しに覗き込んだ。

見知らぬ女性だった。が、どこか懐かしさを覚える。

さくらは写真を見つめていた。

「どうしたの？」

「この人……」

さくらは写真を指差した。

「左木君の中にいた人よ」

第5章　禍者

1

つぐは警視庁本部庁舎の地下にある霊安室にいた。目の前のストレッチャーには、泉田防衛大臣の遺体が仰向けに寝かされている。

遺体は検視を終え、血を拭われ、白装束を着せられていた。

つぐは警察官を外へ出して一人にしてもらい、遺体の隅々に手を当て、残留思念を丹念に探っていた。

特に、脳の中に思念の糸を通して、ニューロンに残った能力者の記憶を探る。

見えてくるのは、緒形や奥谷といった悠世学園の能力者の顔ばかりだ。

たまに、外国の要人の顔も浮かぶ。しかし、それらの人物も能力者と特定されている公人ばかりで、泉田に対して目立った悪さをしている様子もない。

ただ、〝何か〟と似た得体の知れないオーラは感じていた。

つぐは息を吐いて、右手を下ろした。

「おかしいねえ……」

近くにあったパイプ椅子を引き寄せて腰を下ろす。

脚を組んで、胸下に腕を回し、泉田の遺体を見つめる。

これほど気配があるのに正体が知れないのもめずらしい。〝何か〟の断片であれば、禍々しい思念に弾かれるからわかる。だが、そこまで強力な禍々しさは感じない。

――どうだ？

緒形の声が脳に響いた。

――接触者のイメージは拾ったかい？

つぐがテレパシーで訊く。

――ああ。一応、こっちでも調べたが、泉田大臣に刷り込みを行なった形跡はない。

――だろうね。そこまでの強い思念ではないからねえ、いずれも。

つぐは脚を組み替えた。

――ところで、思念転移というあんたの見立ては、間違っていないのかい？

――断定はできないが、今回の一連の動きを考察すると、そういう答えしか出てこない。

緒形が答えた。

緒形の言うことは理解できる。つぐも不特定多数の者が動く場面で確実に事を遂行させようとすれば、同じことを考えるだろう。

——しかし、あんた。ありゃ、長南年恵以降、使える者はいないはずだよ。あたしだって、あんな高等技術は使えない。

つぐはテレパシーで話している最中、何かを思い立ったように胸下の腕を解いた。

「長南年恵か……」

つぶやき、立ち上がった。

——何か思い出したのか？

——あんた、鶴岡の般若寺《はんにゃじ》を知ってるかい？

——確か、長南年恵の墓がある寺だな。

——そう。そこにちょっとした噂があったんだよ。

——どんなものだ？

——年恵の墓に神水が残されているという噂だよ。ただ、その後、親族が墓の中を確認したが、神水はなかったという話さ。

——鶴岡には南岳寺《なんがくじ》に長南年恵の霊堂もあるな。そっちには？

——そこも調べたそうだが、見つからなかったようだね。

——神水の行方が気になるか。

——ああ。神水というのは、霊的能力、あたしらで言うところの超能力だがね。その能力が高ければ、正しい使い方もできる。けど、半端な能力者が神水に触れると、その力に呑み込まれ、制御できなくなる。

——制御できなくなると、どうなる？

——禍者《かしゃ》と化す。

強く言い切る。

緒形の思念にぴりりと緊張が走った。

——長南年恵の残留思念が禍化《かか》したのでは？

——いや、それはないだろうね。彼女ほどの能力が禍化すれば、とっくに世界は滅んでる。あたし、ちょっと鶴岡へ行ってきてもいいかい？

——ご自由に。

緒形が言う。

——悪いね。すぐに戻ってくるから。

つぐは言うと、霊安室から姿を消した。

2

左木は蔵の扉を開け、外へ出た。周囲は鬱蒼と茂った森だった。

蔵の横には古い平屋があった。廃屋となっていて誰もいない。表札もなかった。中は荒れていた。タンスが倒れ、新聞や紙切れが散らばっている。所々床が腐り、畳が傾いていた。

左木はまだ座れそうな畳を剝がし、広い土間に敷いた。六畳ほどのスペースができる。テーブルも見つけて、その中央に置いた。

セッティングを済ませた左木は蔵に戻り、さくらと共に、蔵内で見つけた取材ノートを持ち出した。

三十冊近くあった。

二人はテーブルを挟んで向かい合わせに座り、さっそく手分けして、ノートに目を通し始めた。

「この山本って人、ライターさんだったみたいね」

さくらが言う。

左木がパラパラとめくっているノートにも、心霊現象や超能力、パワースポットなどに関することが書き殴られている。

二冊、三冊と読み進めていくと、山本浩紀の興味がどんどん超能力へと傾倒していく様子が見て取れた。

山本は超能力を調べる過程で、神事を行なう人や祭りのことも調べていた。

さくらが左木の記憶の中で見たという女性は、〝ののさま〟と呼ばれていると記されている。

ののさまというのは、信越地方で神や仏など、崇敬する対象の総称のようなものだ。巫女や尼も含まれる。今では、神や仏を子どもに伝える時の幼児語として使われることが多い。

写真のほとんどの巫女や尼は神事を行なっているところで他の人たちと共に写っているが、さくらが見たという巫女だけが、単体で写されている。神主ではなく、その巫女だけ。

さらに読み進めていくと、その巫女は他の巫女とは別の役割を請け負っていたと書かれている。

「さくらちゃん。これ、なんて読むんだ？」

左木はノートを返し、さくらの前に差し出した。

「かしゃ……まがもの……かなあ」

さくらは〝禍者〟という字を見て、首をかしげた。

「なんのことか知ってる？」

「いや、聞いたことない」

さくらは他のノートもパラパラとめくってみた。

「あ、ここにもある」

ノートを広げ、左木に見せた。

「探してみようか」

左木は言い、〝禍者〟という言葉を重点的に探し始めた。さくらも探す。

注意して探すと、禍者という言葉はあちこちに出てきた。その言葉があるページの端を折り、とにかくノートを見続ける。

「左木君、これを見て」

さくらがノートを差し出した。

禍者についての説明が書いてある。

どうやら〝かしゃ〟と読むようだ。

禍者がいつの時代から存在したものかはわからないが、様々な時代において出現していたらしい。

それは時に暴君だったり、殺人鬼であったりしたようだが、山本は禍者が出現する際、同時に禍者を封じ込める霊能力者、神力者が出現していることも明記している。

そして、そのどちらもが、元は超能力者であると記している。

「どういうことだろう？」

「昔、私たちのような特殊能力を持つ人たちは霊能者と言われたり、海外では魔女と言われたりしていたから、そのことを指しているんじゃないかな」

「つまり、昔から超能力者の間で、善と悪が戦っていたということ？」

「善悪ということかはわからないけど、超能力を持つ人たちが二分していたということなんでしょうね」

さくらがさらに読み進めると、〝神水〟という言葉が出てきた。

「あ、この言葉は知ってる。神水って、聖水のようなもので、昔、心霊治療で使われていたという水のことよ。超能力史の教科書に書いてあった」

「そうだっけ」

左木は苦笑した。まったく覚えていない。

「かつては神の力が宿る水と言われていたそうだけど、現在では解明されていて、能力者の思念を溶かした水なんだって」

「ああ、怪我した時にかける、分子の再構成を促す水のこと？」

左木が言うと、さくらは頷いた。

悠世学園の保健室には、擦り傷、切り傷用のスプレーがある。薄橙《うすだいだい》色の液体が入ったスプレーだ。それを吹きかけると、小さな傷なら半日程度で治る。

スプレー自体が傷を治すわけではなく、液体に溶かした能力者の持っている分子の再構成力を増幅させる思念が作用するのだ。

万能なものではなく、その効き目は、個々人の能力の高さに比例する。

逆にいえば、能力のない者が使っても何も起こらないただの色つきの水でもある。

山本は、神水について、興味深い記述を残していた。

強大な力を持つ神水が残っているという話である。

神水は、ふさわしい能力を持っている者が使えばその者の能力を高める方向へ働くが、力不足の者が使えば――。

「禍者と化す」

さくらがつぶやいた。そのまま記述を読み続ける。

「禍者は各地に点在し、一度生まれた禍者は消失することがないため、ののさまの中でも能力の高い者がそれを封じる。山本という人は、この人たちを〝封者〟と名付けたようね。封者は禍者を霊堂、仏殿などに閉じ込めて監視する他、自らの体内に空間を作り、禍者を幽閉することもある。特に力の強い禍者は、封者自身の体内に取り込み、幽閉を受け継いでいく場合が多い」

さくらが顔を上げ、左木を見た。

「左木君……」

「僕が……？」

左木は胸元をつかんだ。

「いや、でも、僕の両親はさくらちゃんも知っての通り、普通の――」

言いかけた時、フラッシュが瞬くように、蔵で見つけたノートに貼りつけられていた写真の女性の姿が脳裏をよぎった。

「母さん……」

思いがけず、つぶやいていた。

「どうなってんだ！」

頭を抱え、顔を横に振る。

「左木君。もしかして、本当のお母さんはこの人なのかも」

さくらが写真を差し出した。

「そんなわけないよ」

「その可能性は否定できない。左木君が意識を失っている間、ウトさんと一緒に左木君の記憶を辿ったの。けど、幼稚舎より前の記憶にはなかなか辿り着けない。何かにガードされているような、寸断されているような。私、同じような現象を知ってる」

「同じような？」

左木が問い返す。さくらは頷いた。

「幻術をかけた時、ニューロンが寸断される」

「僕の記憶に誰かが幻術をかけたのか？」

「そう考えると、どうしても過去の記憶にアクセスしきれなかった理由も納得がいく」

「なんのために？」

「わからない。でも、私たちはここに導かれた。たぶん、この人に」

写真を指で差す。

「ウトさんは言ってたの。どこの結界場に飛ぶかはわからないって。けど、飛んだところに左木君の中に現われる女性の情報があった。偶然かな？　そんな偶然、ないと思う」

さくらはノートをめくった。

「この写真、山形県の鶴岡市で撮られたみたい。行ってみようよ」

ノートを差し出しながら言った。

「行くって？」

「この写真が撮られた場所に」

「それは危険だ。結界場だから守られているんだろう、僕らは。僕だけならともかく、さくらちゃんは連れていけない」

「言ったでしょ」

さくらは扇子を取り出した。

「私の役目は、左木君を守ることだって」

さくらはまっすぐ左木を見つめた。双眸に迷いはない。

左木は大きく息をつき、うつむいた。小さく笑って、顔を上げる。

「さくらちゃんって、案外頑固なんだな」

「そうよ。知らなかった？」

にこりと笑う。

今まで、さくらは物静かでおとなしい女の子だと思っていた。しかし、二人で時を共にするようになり、活発な一面を見せるようになった。

いや、そもそも活発な女の子だったのかもしれない。左木が憧れていたさくらの像とはやや違ってきた感じもするが、今の親しみやすいさくらにもまた、好意を覚える。

「わかった。けど、その前にこのノートを徹底的に調べよう。一度結界場を出れば、何が起こるかわからないから」

「うん、そうだね」

さくらは頷き、ノートを見返し始めた。

ありがとう。左木は心の中でつぶやいて微笑み、自分も山本の取材ノートを改めて開いた。

3

次の日の朝、糸川と長尾、伶花は授業前に奥谷に呼ばれた。糸川たちは奥谷がいる四階フロアの小会議室の前に立った。

糸川がノックをしようとする。

『開いている。入れ』

奥谷のテレパシーが脳内に響く。

三人は顔を見合わせて頷いた。糸川がドアを開ける。

頭を下げようとした。その目に喜代田が映った。

「喜代田！」

奥谷への挨拶も忘れ、中へ入る。長尾と伶花も駆け込んだ。背後でドアが閉まる。

「無事だったのか！」

糸川が微笑みかけた。

「当たり前だ」

喜代田はにこりともせず、糸川を睨んだ。

「おまえ、見えんのか？」

長尾が訊く。

「あ、喜代田君の眼鏡、私が預かって――」

伶花が言いかけると、喜代田が言葉を挟んだ。

「もう必要ない」

「レーシックでもしたのか？」

長尾が言う。

「もっとすごい治療だ。おまえごときには、想像もつかないだろうがな」

「なんか、さっきからムカつくなあ、おまえ」

長尾は睨んだ。喜代田は鼻で笑う。

「まあ、ともかく無事でよかった。で、奥谷先生。なんですか？」

糸川が切り出す。

「左木陽佑、高馬さくらの捜索チームの第一陣を結成する」

「陽佑たち、生きてたんですか！」

長尾が目を見開く。

「まだわからんが、痕跡が見つかった。それを確認するための捜索チームだ。第一陣として、特に左木や高馬と仲の良かったおまえたちを選出した」

奥谷が言う。

「よっしゃ！」

長尾は右拳を左手のひらに叩きつけた。

「さくらも無事かもしれないんだ……」

伶花が胸元で手を握り、口唇を締める。

「先生、第一陣はオレたち三人だけですか？」

糸川が訊いた。

「いや、喜代田も含めて、四人だ」

奥谷に言われ、三人は一斉に喜代田に目を向けた。

「喜代田も？」

長尾が片眉を上げる。

「先生、オレは喜代田の力は認めていますが、陽佑は〝何か〟らしきものを抱えているかもしれません。その〝何か〟らしきものが、先日のように暴走すれば、正直、喜代田は――」

「おい、糸川。リーダーに向かって、少々無礼じゃないか？」

「リーダー？　おまえが？」

長尾が睨む。

喜代田は睨み返した。

「そうだ。不服か？」

「おいおい、シャレになんねえぞ。啓次がリーダーならともかく、テレポーテーションもできないおまえがリーダーってのは」

「テレポーテーションというのは、これかな？」

喜代田が言った。

瞬間、喜代田の肉体は急速に分子化を始めた。

「喜代田！」

糸川が近づこうとする。奥谷は右手を出し、思念で糸川の動きを制した。

伶花はあまりに速い喜代田の分子化を見て、息を呑んだ。

光る分子がまっすぐ立ち上り、天井付近でふっと消えた。と思ったら、長尾の背後に喜代田が現われた。

長尾は気配を感じ、振り向こうとした。

が、喜代田の思念が首にまとわりついた。

「振り向いたら、首を折るぞ」

思念の輪が急速に締まる。

長尾は息を詰めた。

「そこまでにしろ」

奥谷が言う。

喜代田は思念を首から外した。奥谷の横に瞬間移動する。

長尾は喉元をさすり、前屈みになって咳き込んだ。

「大丈夫、長尾君！」

伶花が背中をさする。

「ああ、大丈夫だ」

長尾は顔を起こし、喜代田を睨み上げた。

喜代田は片笑みを覗かせた。

「いつの間に……」

「昨日、発現したんだ。御船先生には申し訳ないことをしたけどな」

「てめえ……調子に乗ってんじゃねえぞ」

パイプ椅子を思念で握り、喜代田に投げつける。椅子の脚が喜代田の眼前に迫る。

喜代田は右手のひらを差し出した。

パイプ椅子は空中でぴたりと止まった。

「長尾。念動力に関しては、僕の方が上だ。なんせ、僕の父は念動力のスペシャリスト、喜代田章良なんだからな」

手のひらを小さく右に振った。

途端、宙に浮いていたパイプ椅子は真横に吹っ飛び、壁に当たって砕けた。

破片が長尾と伶花を襲う。糸川が左手で思念の波紋を放った。破片は広がる波紋の盾に弾かれ、壁際にばらばらと落ちた。

「やりすぎだ、喜代田」

糸川が見据える。

「最初に仕掛けてきたのは、長尾だ。文句があるなら、相手をしてやってもいいぞ」

喜代田は不敵な笑みを糸川に向ける。

「待て待て。これからおまえたちはチームなんだ。こんなところで争ってどうする」

奥谷が割って入る。

「こんなヤツと一緒に捜す必要はねえ。第一陣は俺たち三人にしてくれよ」

長尾が上体を起こした。

「それはできない。喜代田がリーダーというのは上の決定だ。従えないなら、チーム編成を変えるだけ。おまえは捜索に出られない。それでもいいのか？」

奥谷は長い前髪の奥から、長尾を見やった。

長尾は奥歯を嚙んだ。

「わかりました、先生。喜代田をリーダーと認めます」

糸川が言う。

「啓次！」

長尾が怒鳴る。

「陽佑たちが無事なら、オレたちが捜してやらなきゃ誰がやるんだ！」

糸川は強い口調で返した。

長尾は言葉を呑み込んだ。

「私も認めます」

伶花が言う。

長尾は伶花を見やった。伶花の眼差しには決意が滲んでいた。

長尾は拳を握り、うつむいた。

「わかったよ。俺も認めるよ」

声を絞り出した。

「決まりだな。リーダーの命令は絶対だ。逆らえば即、送り返すからそのつもりで」

喜代田は居丈高に言った。

長尾の眉間に皺が立つ。糸川は長尾を見て、小さく首を振った。長尾は深呼吸をし、怒りを呑み込んだ。

「仲良くしろとは言わんが、不測の事態が起こった時は力を合わせろ。でなければ、とても〝何か〟には敵わんからな。では、捜索地域を教える」

奥谷は右手のひらを上に向けた。ふっとタブレットが現われる。

タブレットを取って電源を入れ、地図アプリを起ち上げた。指先で操作をし、画面に場所を表示する。

奥谷は自分の目に映る地図を、テレパシーで各人の脳内に飛ばした。

「どこですか、ここは？」

糸川が訊いた。

「長野県東御《とうみ》市祢津《ねつ》地区。巫女で有名なところだ。このあたりで、左木、もしくは高馬らしき思念が探知された」

「そこまでわかってるなら、ＣＰ連れて、先生が捜しに行けばいいんじゃねえの？」

長尾が言う。

「行きたくないのか？」

奥谷は長尾を見据えた。

「そうじゃなくてさ。送ってくれた地図を見る限り、そんなに広い範囲じゃない。だったら、ＣＰ総出で思念でローラーかけたら、一発でわかるんじゃねえかなと思って」

長尾は落ち着いた様子で話した。

糸川は肩越しに長尾を一瞥した。長尾が落ち着いて話す時は、何かを感じている時だ。糸川も長尾の疑問には頷いた。

「そうか。おまえらにはまだ教えていなかったな。このあたりは結界場という特殊な場所だ」

「なんですか、それ?」

　怜花が訊いた。

「文字通り、結界が張られている場所だ。全国に数十カ所確認されている。多くは古い神社や仏閣の残る土地だが、住宅街でもかつて神社仏閣があった場所にそのまま結界が残っている場合もある。また、神の島や霊場と言われている場所にも存在する。この結界場では、我々の能力が使えなくなる」

「超能力が使えないってことか?」

　長尾は目を丸くした。

「簡単にいえば、そういうことだな」

「どういう原理なんですか?」

　糸川が訊く。

「詳しいことはわかっていないが、探すことはできる。日本国中を見回して、透視や遠隔視ができない場所がそうだ。五味、おまえは遠隔視ができるな。このあたりを見てみろ」

　奥谷が言う。

　怜花は頷き、目を閉じて軽く顔をうつむけた。静かに呼吸し、思念を飛ばしていく。風に流れる雲のように思念が空を駆ける。

伶花の脳裏に映る映像は、糸川たちの脳裏にも映し出されていた。飛行機から地上を見つめているような映像が流れる。

上信越自動車道を北西へ走るように思念を向けた。のどかな田園風景や住宅街、山並みが流れる。

が、東部湯の丸インターチェンジに差しかかろうとした時、自動車道の北側にぼんやりとした部分が現われた。

白でも灰色でもなく、周囲の緑色を薄めて溶かしたような空間。水彩絵具が滲んだような感じで、周りの道路や稜線との境がぼやけ、薄靄に囲まれた地域の中はまったく見通せなかった。

「ここですね？」

伶花が思念を向ける。

「そうだ。どんな感じだ？」

「なんだか、煙を吹き込んだシャボン玉の膜に覆われているような感じがします。思念を近づけようとすると弾かれるし、煙玉の奥はまったく見えないし、うっかり近づくと思念を吸い取られそうな感じもします」

「今感じていることはすべて正解だ。能力を使おうとすると、このように遮断される。能力者の立ち入りを防ぐ場所もあるが、ここは能力を使わなければ一般人と変わらず、地域には踏み込める。その結界場に二人がいる可能性がある。それをおまえたちの足で確認してきてほしいというわけだ」

「確認するだけですか？」

糸川が訊いた。

「そうだ。もし、二人がいるなら、結界場から出すな。結界場には〝何か〟を抑え込む力があるとも言われている。そこにいる限り、左木の中に巣くっているかもしれない〝何か〟は暴走しない」

「そういうことなら、喜代田でもリーダーは務まるな」

「なんだ、長尾」

喜代田は長尾を睨んだ。

長尾はそっぽを向いた。

喜代田が右手を起こそうとする。奥谷が思念を飛ばし、喜代田の右手の甲を叩いた。

喜代田が手を下ろす。

「おまえらをこれから、異空トンネルで東御中央公園まで飛ばす。そこから上信越自動車道を潜《くぐ》り、祢津地区に入って捜索しろ」

「広さからみて、五日といったところだな。寝泊まり、食事をする場所はこちらで用意しておく。おまえらは捜索に専念してくれ。行動は必ず二人一組で。不測の事態に備えるためにな」

「何日くらいですか？」

怜花が訊いた。

「〝何か〟は結界場が抑えているんでしょ？」

長尾が訊く。

「その力がある場所というだけだ。実際に、どれほどの力でどれほどの能力を抑え込めるのかはわかっていない。万が一、ということもあるからな。もし、〝何か〟と遭遇した場合は結界の外に逃げろ。近隣に上級ＣＰを待機させておく。おまえらは決して戦おうとするな。わかったな」

「戦わざるを得ない時は？」

糸川が訊く。

奥谷は全員を見回した。

「覚悟を決めろ」

奥谷が目を見開いた。

喜代田も含め、糸川たちはその言葉の重みを感じ、生唾を呑み込んだ。

4

緒形は真雲に呼ばれ、捜索班本部のリビングに出向いた。緒形がテレポーテーションしてリビングに現われた時、千鶴も真雲と共に待機していた。

真雲は緒形が到着してすぐ、リビングにエリアガードをかけた。

緒形は真雲と千鶴の対面のソファーに腰を下ろした。

「どうした、真雲君？」

緒形が訊く。真雲の慎重な行動を見て、自然と表情が険しくなる。

「すみません。直接お話しした方がいいと思いまして、来ていただきました」

「それはかまわないが。何か、不測の事態でも？」

緒形は真雲を見た。

と、千鶴が口を開いた。

「半日ほど前の久高島でのことですが、黒沢さんと法師を島近辺に移動させた異空間とは別の時空の歪みを探知しました」

「別の、とは？」

緒形が千鶴に顔を向ける。

「真雲さんと同時に検知して、先ほどまでその正体を追っていたのですが、つかめませんでした。ですが、かなり強い歪みで、高い能力で作られた異空間だということはわかりました」

「それと、その異空間に左木君と高馬君の思念に似た二つの思念を感じました」

真雲が千鶴の言葉に続ける。

「二人が生み出したもの、ということか？」

緒形が真雲に訊いた。

「いえ、いくら左木君が〝何か〟を内在させていたとしても、我々が解明できないほどの異空間を生み出せるとは思えません。仮に〝何か〟がその異空間を生み出したとすれば、もっと禍々しいオーラを放っているはず。私個人としては、久高島のノロが創り出したものではないかとみています」

「久高のノロが……。なぜだ？」

「もし、感知した思念が左木君と高馬君のものなら、彼らを逃がすためのものであった可能性が高いですね。なぜノロが、彼らとそうした関わりを持ったかは不明ですが」

「南条君、異空間や思念が飛んだ先はわかるか？」

緒形が千鶴を見た。

「長野の東御市あたりだと思われます。ここには結界場があるので、私も詳細は確認できませんが、動きはありました」

「動き？」

緒形が怪訝そうに片眉を上げた。

「ええ。奥谷先生が上級ＣＰを先導し、生徒を選抜して捜索チームを組織しました」

「聞いていないぞ……」

緒形が腕を組む。

「河西学園長の命令のようですね」

千鶴は目を閉じ、言った。

「どういうことだ……」

緒形の腕に力がこもる。

「どうやら、我々とは別の一団も動いているようですね」

真雲が涼しい顔をして言う。

緒形はおもむろに腕を解いた。

「真雲君。ちょっと河西学園長、ならびに学園の様子を探ってもらえるか？」

「承知しました」

真雲は微笑み、リビングからふっと姿を消した。

「南条君。君は、東御市の結界場付近の様子を見ていてくれ。大きな動きがあれば、すぐに連絡を」

「わかりました」

千鶴は会釈し、そのままの格好でリビングから消えた。

「理事長も調べてみなければな」

緒形はつぶやき、山内の下へ移動した。

5

喜代田をリーダーとした左木とさくらの捜索チームは、奥谷たちが創った異空トンネルを移動し、東御中央公園の芝生広場の端に降り立った。

晴天の公園には、親子連れや老人、地元の学生たちがいる。しかし、異空トンネルの出口は幻術でカモフラージュされていて、誰も気づかない。

喜代田たちが姿を現わしても、周りの人たちは彼らがずっとそこにいたような雰囲気で誰一人気にも留めていなかった。

東御中央公園は、しなの鉄道田中駅から北東に二・五キロほど歩いたところにある。敷地は広大で、駐車場は四つあり、子どもの遊具やアスレチック遊具も充実している。また、体育館やテニスコート、プール、多目的グラウンド、ジョギングコースなどもあり、近隣住民の憩いの場として親しまれている。

喜代田たちが降り立った芝生広場はなだらかな丘となっていて、見渡す限り青い芝の空間に樹木が点在し、動物や自然を模したアートオブジェもそこかしこに設置されている。

芝生広場から望む空はどこまでも青く続き、胸のすく爽快さだ。深呼吸をすると、ほんのりハーブの匂いも漂ってきた。

「いいところだな」

糸川の頬に思わず笑みがこぼれる。

「ほんと」

伶花も目を閉じて、ハーブの香りを吸い込んだ。

「こんなのどかなところに、マジで陽佑たちがいるのか？」

長尾が広場を見渡す。

「それを確認するのが、僕たちの役目だろう。行くぞ」

喜代田が歩きだした。

「どこへ行くんだ？」

糸川が訊く。

「宿舎だよ。奥谷先生から聞いている」

喜代田は糸川を見据え、背を向けて、ついてこいと言わんばかりの態度で肩を怒らせ、歩く。

『調子に乗ってんな、あいつ』

長尾は喜代田の方向にイマージュガードを軽くかけ、糸川と伶花にテレパシーを送った。

「聞こえてるぞ、長尾」

喜代田が言った。

「テレパシーまで発現したのか？」

長尾は目を丸くした。糸川と伶花も長尾と顔を見合わせ、驚いた表情を覗かせる。

「まあ、どのみち、結界場に入れば、能力より人間力だ。楽しみにしてるよ、リーダー」

長尾が嫌味混じりに言う。

「おまえこそ、足を引っ張るなよ」

喜代田は背を向けたまま言った。

長尾は舌打ちをして歩きだした。

糸川と伶花が苦笑し、二人に続く。

広場を横切って公園沿いの道路に出て、北東方向へ向かう。中央公園入口の十字路の信号で喜代田が立ち止まった。歩行者信号が赤だ。後から来た三人が並ぶ。

正面上には高架の上信越自動車道が走っている。

信号が変わり、四人は歩きだそうとした。が、伶花が足を止めた。

「どうした？」

長尾が訊いた。

「高速を越えた先、なんだか怖い……」

伶花が眉間に皺を寄せる。

「結界場が近いからな。大丈夫か？」

糸川が訊く。

と、喜代田が伶花を見据えた。

「こんなところで怖いと言っていたら、結界場には入れない。どうするんだ？」

「おい、喜代田。そんな言い方はねえだろうが」

長尾が睨んだ。

「どんな言い方をしようと同じこと。五味さんは感覚系の能力が高いから結界の磁場のようなものを僕らより感じてしまうんだろうけど、それが怖くて、結界場の前で尻込みするようなら、とてもじゃないけど、ここから先へは進めない。であれば、今ここで離脱した方がいいし、代わりを呼ぶにしても今なら間に合う。違うか？」

喜代田が見返す。

「だから、そういう言い方が――」

長尾は歯ぎしりをし、喜代田に突っかかろうとした。と、糸川が思念を飛ばし、前に出ようとする長尾を押さえた。

「翔太、喜代田の言う通りだ」

「邪魔すんな、啓次！」

もがくが、糸川は思念を外さない。

「長尾君、私も喜代田君の言う通りだと思う」

「何言ってんだ、五味まで」

「ほんと、その通り。こんなところで怖がっているようなら、私はこの先に行けない。ありがとう、私のために」

「そういうことじゃねえよ」

長尾は少し顔を赤らめ、そっぽを向く。

糸川は微笑み、思念を離した。

「喜代田君、ごめん。でも、もう大丈夫だから」

伶花はまっすぐ、喜代田を見つめた。

「最初から、そのくらいの覚悟で臨んでくれよな」

喜代田は伶花に言い放ち、十字路を渡った。

長尾が喜代田の背を睨み、続く。糸川は伶花を促し、二人で通りを渡った。

高速道路の高架を潜る。途端、喜代田が立ち止まった。長尾と糸川も立ち止まる。伶花の足も止まった。

高架を越えた瞬間、先ほどまでとは比べものにならないほどの圧を感じた。屈強な兵隊に睨まれているような圧力だ。

「おい、リーダー。おまえもビビってんじゃねえのか？」

長尾が言った。

「ビビってなどない！」

喜代田が強がる。が、声の端々が震えていた。糸川が声をかけた。

「喜代田、強がるな。精神が乱れると、この空気に持っていかれるぞ」

「わかってる！」

喜代田は声を張り、目を閉じて深呼吸をした。少しだけ落ち着きを取り戻す。

「ほら、おまえらも」

喜代田が三人に促す。

糸川たちは喜代田の指示に従った。糸川は自分の気分を落ち着けた後、伶花の背中に手を当て、深呼吸を促した。

「ありがとう」

伶花が目を開き、微笑む。蒼ざめていた顔にほんのりと赤みが差した。

喜代田が歩きだした。道路を北へ向かう。県道4号線の手前にある一軒家の前で立ち止まった。

古びた一軒家で、玄関は引き戸だった。喜代田はノックも声かけもせず、ドアを開いた。

中から男が現われた。カジュアルスーツを着た若い男だ。が、すぐに糸川たちは能力の片鱗を察知した。

「上級CPの入間《いるま》だ。よく来たな。入れ」

入間は喜代田たちに声をかけた。

喜代田に続いて、糸川ら三人も玄関へ入った。糸川が引き戸を閉じる。高架を越えたところから感じていた圧迫感が和らぎ、四人は玄関先で大きく息をついた。

四人は土間に靴を脱ぎ、上がり框《かまち》に上がった。入間の後から廊下を奥へ進む。

壁紙にも柱にも年季の入ったくすみがある。廊下も軋むが、どことなく懐かしさを感じさせる家屋だった。

歩きながら、糸川が訊いた。

「入間さん。ここに入ったら、息苦しさというか圧迫感がずいぶんなくなったんですけど。どういうことですか？」

「この家にはエリアガードをかけてあるんだ。結界場から漂ってくる念波のようなものを浴び続けると、能力者によっては、その能力を吸収されてしまうこともあるからね」

「つまり、非能力者になるということですか？」

「そういうこと。まあ、一般人に戻るだけとも言えるがね」

入間が笑う。

入間は奥の広間に入った。十畳を超える広い居間だった。襖《ふすま》は取り払われていて、小壁には七福神を模《かたど》った欄間が設えられている。

「まあ、適当に座ってくれ」

入間は言い、自分の分の座布団を取って、その上にあぐらをかいて座った。

糸川が部屋の端に積まれた座布団をそれぞれに渡す。四人は、入間と対面するように腰を下ろした。

「ここが捜索アジトだ。毎日、日が暮れる頃にはここへ戻ってきて、俺にその日の報告をしてもらいたい」

「夜は捜索しないということですか？」

糸川が訊く。

「そうだ。一応、君たちは学生だからね。もし、君たちの情報で夜間も継続的捜索が必要と判断をした時は、待機している我々上級ＣＰが現場に赴く」

「俺たちなら、夜歩きぐらい大丈夫ですよ」

長尾が言う。

「ただの夜歩きなら、俺も止めない」

入間は笑みを向けた。

「しかし、戻ってこいというのは、もう一つの理由があるんだ」

入間が真顔になる。

「さっきも少し話したが、結界場の念波は能力者の能力を吸い取ることがある。吸い取るというのは感覚的な言い方だが」

「無力化されるんですね」

怜花の言葉に、入間が頷く。

「一時的なこともあれば、永遠に能力が戻らないこともある。どういうメカニズムかはまだ解明されていないんだが、長時間、結界場に身を置くとそのリスクが増すと言われている。発現して間もない君たちが身を置けるのは、せいぜい半日といったところだろう」

「ということは、陽佑やさくらがこの中にいるとすると、もう能力が失われてるかもしれないってことですか？」

長尾が訊いた。

「通常ならな。だが、左木や高馬が〝何か〟の力に影響を受けているとすれば、その限りでもないだろう。そこもまた推測ではあるんだが」

入間は腕組みをした。

と、話を聞いていた喜代田がふっと笑った。

「結界場に飲み込まれる程度の能力者なら、一般人に戻った方がいいね」

「おまえが一番、危ねえんだろうが」

長尾は苦笑した。喜代田が気色ばむ。

「誰に物を言ってるんだ？」

「おまえだよ、おまえ。他にいねえだろ」

長尾は喜代田を睨んだ。

喜代田が右手のひらを上に向けた。手のひらの中心から渦が立ち上がる。長尾も片膝を立て、右手を開いた。赤い思念が渦を巻き始める。

「何やってんだ、おまえら！」

入間は左右の手のひらを喜代田と長尾に向けた。鋭い思念を放ち、双方の手のひらの渦を弾き飛ばす。

「すみません。こいつら、どうにも犬猿の仲ってやつで……」

糸川が詫びる。

「大丈夫か……」

入間は息を吐いて、頭をかいた。

「捜索になれば、協力します。一番の心配は陽佑とさくらなんで」

糸川は言い、二人を睨んだ。

長尾と喜代田は、それぞれの座布団に腰を下ろし、そっぽを向いた。

「頼むぞ、ほんとに」

入間は全員を見回した。

「明日午前八時から、二組に分かれて捜索する。長尾は五味と。糸川は喜代田と組んで、結界場の中を見て回れ。捜索地域は、ここから三百メートルほど北へ行ったところにある、巫女さん眠る地、と言われている場所から、北、及び北東の祢津地区だ」

入間は話しながら、右手を上に向けた。ふっとタブレットが現われる。入間はタブレットを糸川の前に置いた。

「街中よりは山の麓あたりにいると思われるが、気になったところはくまなくつぶしてくれ。地図はこのタブレットで確認しろ。午後五時に撤収し、五時半にはここへ戻ってくるように。今日は休養だ。食事は後で仲間が届けに来る。寝る場所は四人ともここでいいと思っていたが、喜代田と長尾がぶつかると面倒だから、喜代田は俺の部屋で寝泊まりしろ。他三人はここで寝起きだ。以上！」

入間は太腿をパンと叩いて立ち上がった。

「喜代田、一緒に来い」

入間が言う。

喜代田は立ち上がり、三人を一瞥すると、入間と共に部屋を出た。

襖が閉まる。

「翔太、喜代田と諍《いさか》いを起こすのはやめろ」

糸川が言う。

「ケンカを売ってんのは、あいつだ」

「どっちでもいい。今は、陽佑たちを捜すのが何よりも優先されなきゃいけない。違うか？」

「そりゃそうだけどよ……」

長尾は苛立《いらだ》ち、拳を握った。

「私もちょっと、喜代田君、嫌な感じがするけど」

「おいおい、伶花……」

糸川が困り顔をする。

「でも、さくらたちを捜すためなら我慢する。長尾君、私たちが先に見つけましょうよ」

「そうだな」

長尾は顔を上げ、微笑んだ。

「明日回るところを確認しておきましょ」

伶花がタブレットを取る。長尾は座り直し、覗き込んだ。

糸川は二人の様子を見て微笑み、タブレットの画面に目を向けた。

6

山内は私邸にいた。庭に面した部屋のソファーに腰かけ、青々と茂った芝を見つめる。陽光に照らされる芝は鮮やかな色を放ち、そよ風に揺れている。

しかし、山内の意識はのんびりとした景色には向いていなかった。

わしが間違っていたのか……。

脳裏を繰り返しよぎるのは、久高島に起こった出来事だった。

緒形を中心とした捜索班がすんでのところで防いでくれたからよかったものの、万が一、爆撃が成功していたら、日本を混乱に陥れていた。

山内が悠世学園を継承したのは、一にも二にも、この国の行く末を考えてのことだ。

日本は資源も乏しく、国土も狭い。大国と正面切って戦えば、先の大戦と同じく消耗戦となり、敗北する。

超能力は、日本を真の強国にするための一つの大きな可能性だ。先達も日本の弱点を知り、それを克服するために超能力の研究を進めてきた。

科学が発展した現代において、山内の信条は夢物語と揶揄《やゆ》され、嘲笑される。

実際、能力者がいることを科学者たちに提示しても、まやかしだとか、エビデンスが確立されていないなどと難癖を付けられ、特殊な力は黙殺される。

しかし、どれほど誹《そし》りを受けようと、我が国のためと思い、下げたくもない頭を時に下げ、能力者たちの支援をしてきた。

だが、国のためであるはずの能力が、国を破壊する方向に使われた。

ショックだった。

自分は能力者の味方のつもりだった。それなのに、彼らの中に、自分と反目する者がいる。自分とは違う意識を持つ者がいる。

ましてや、それが先達たちが危惧していた〝何か〟だとすると、自分は国を消滅させかねない力を呼び覚ましてしまったことになる。

日本国を滅亡させた戦犯として、語り継がれることになる。

こんなはずでは……。

顔をうつむけた時、脳裏に声が飛び込んできた。

『理事長は間違っていませんよ』

声と共に、緒形が姿を現わした。

「緒形君……」

「理事長が悠世学園を維持してくれていなければ、私たちは居場所がありませんでした。私たち能力者は、常に周りと違うことに悩まされてきました。コミュニティーから弾き出され、新たな場所でも排斥されて。能力を嘆いて自ら命を絶った者もいれば、世を恨み、犯罪に走った者もいました。しかし、悠世学園へ招かれた者たちは自分の居場所を見つけ、自分の能力を活かす術を見いだしたのです。何より、異能なのは自分だけじゃないと知り、孤独ではなくなりました。私も、悠世学園に入らなければ、またここで職を授からなければ、どうなっていたかわかりません。それだけでも感謝しています」

深々と腰を折る。

「ありがとう、緒形君。そう言ってもらえると、わしも多少溜飲が下がる。しかし、今回の件だけは、どうにも……な」

意気消沈してうなだれる。

「その件ですが、理事長。少々伺いたいことがあり、訪ねさせていただきました」

「訊きたいこととは？」

「河西学園長のことです」

「河西君がどうかしたのか？」

「学園長は、どういう経緯で悠世学園へ来られたのですか？」

緒形は訊いた。

「河西君は、そもそもは帝林大学超心理学部の研究員だったんだ。文部科学省とも通じていてね。時の文科相からの紹介で知り合い、研究に協力しているうちに懇意になってね。それで私の方から右腕として働いてほしいと申し込んだ」

「確かですか？」

「間違いない。超能力を否定する科学者が多い中、彼は未知なる力の可能性を信じていた。そして、科学的根拠を示し、この力を世のために役立てようとした。今、カリキュラムで使われている教科書のほとんどは、彼が執筆したものだよ。君もそのテキストで学び、能力を発現させただろう。実技理論のテキストもそうだが、超能力史の教科書も彼が書いたものだ。超能力の学術的造詣は、非能力者でありながら河西君が最も深い」

山内は当然のように言う。

緒形も一瞬、納得しかけた。が、ふと妙なことに気づいた。

「理事長、学園長がテキストを執筆したのは、いつ頃ですか？」

「彼が大学の研究室からうちに来て二年後のことだから……彼が二十五歳の頃。三十四年前だな。そこから三年をかけて、今あるすべての教科書を書き上げた。うむ、確かにそうだった」

山内は腕を組み、自分の記憶を反芻して深く頷いた。

緒形は素早く計算をした。三十四年前、緒形は十六歳だ。その頃にはもう、現在使われている教科書は完成していた。学園の高等部で使っていた河西著の教科書は鮮明に覚えている。だが、山内の話をそのまま受け取れば、すべての教科書ができあがるのは、三年後。緒形が十九歳の頃だ。その時にはもう、緒形は学園を卒業していた。

「どうかしたのかね？」

山内は、小難しい顔つきで押し黙る緒形を見て、訊いた。

「理事長。申し訳ないのですが、記憶を確かめさせていただいてもよろしいですか？」

「なぜだ？」

「学園長が執筆したという教科書の完成時期と私が学園長の教科書で学んだ時期にズレがあります」

「昔のことだから、間違ったのかもしれんな。まあ、気の済むようにしてくれ」

「恐縮です」

緒形は山内に歩み寄った。

「ソファーの背に深くもたれて、リラックスしてもらえますか？」

「少々疲れたところだ。横になってもかまわんかね？」

「その方がありがたいです」

緒形が言うと、山内はソファーの肘掛けに頭と足を置き、仰向けに寝そべった。指を組んだ手を胸元に置き、目を閉じる。

緒形は山内の脇に片膝を突いた。

「失礼します」

額に右手を載せ、緒形も目を閉じた。

思念を糸のように細く伸ばし、前頭葉のニューロンから河西に関する記憶を探っていく。

まもなく、山内の寝息が聞こえてきた。

お疲れなんだな。

緒形はふっと微笑み、山内の眠りを邪魔しないよう、慎重に思念を潜らせていく。

直近の河西の記憶から遡っていく。山内が記憶している河西に違和感はない。いつも学園で見ている河西がそこにいる。

河西が四十代後半で学園長に就任した時の記憶を見つけ、そこから河西が悠世学園で教鞭を執っていた時の記憶に移る。

そこからさらに五年遡る。河西が四十歳前後、緒形が三十歳くらいの頃だ。それより若い頃の河西を、緒形は知らない。

緒形は河西が学園内で精力的に能力者を育てていく様を、山内の記憶を通して見つめていた。

そして、河西が学園へ来た頃の記憶に辿り着いた。

ここから先が、学園長の研究員時代の記憶になるんだな――。

そう思い、思念を向ける方向を探す。

が、見当たらない。

緒形の眉間に縦皺が寄った。小首をかしげ、山内の記憶にあるはずの河西の研究員時代の姿を探す。

しかし、学園へ来た頃の記憶から先がぷつりと途切れている。

「おかしいな……」

緒形は思わずつぶやいた。

山内が眠っているので、思念の力をセーブしている。

そのせいかもしれない――。

ただ、やはり、記憶が書き換えられた違和感を指先に感じる。

気持ちよさそうに寝ている山内を起こすことになるかもしれないが、肝心の記憶を辿れなければ意味がない。

「すみません」

小声で詫び、緒形は思念を増幅させた。

若い頃の河西の記憶に通ずるニューロンがかすかに光った。

学生時代の河西の姿が見えた。学生証を首に下げている。その姿で対面している山内の姿もあった。

「やはり、操作されていたか」

緒形が独りごちた。

山内に、学生時代の河西と会った記憶はない。山内は河西と会ったのは研究員時代からだと思い込まされている。

つまり、河西が十九歳の頃、このタイムラグを作らざるを得ない何かがあったということだ。

埋もれていた記憶の先で、さらにニューロンが光った。

そこへ思念を送り込もうとした。

瞬間だった。

河西に関する記憶が逆流し始めた。その記憶は狼のように牙を剝き、緒形の思念の糸を食いちぎろうとする。

緒形はあわてて思念の糸を抜き始めた。逆流する記憶は、緒形の思念の先を追ってくる。

山内の呻きが聞こえた。苦しそうだ。

緒形は左手で右手首を握り、思念の糸を高速で巻き上げる。

思念の糸をニューロンから一気に抜くこともできる。しかし、強引に抜くと脳を破壊し、対象者の記憶の一部を欠損させることもある。

協力してくれた山内の記憶を削るわけにはいかない。

緒形は意識を集中し、思念の糸を引いていく。逆流する記憶は、どこまでも追ってくる。

緒形は歯を食いしばった。奥歯が擦れ、ぎりりと音を立てる。

思念が額の寸前まで戻ってきた。

緒形は右手のひらを額から離した。思念の糸が山内の脳から飛び出した。

それを追うように、小さな赤い光の玉が飛び出してきた。その光球はふわりと宙に舞い、花火のように弾けて霧散した。

緒形は肩で息を継いでいた。

「なんだ、今のは……」

額から汗が垂れてきた。手の甲で汗を拭い、山内を見やる。

山内は目を閉じていた。眠ったままなのか……と思い、ホッとしたのも束の間、山内の顔色が蒼くなっていることに気づいた。

「理事長？」

肩を触って揺らす。

首がゆっくりと傾いた。完全に脱力して戻ってこない。

鼻先に手を翳《かざ》す。呼吸が止まっていた。

「理事長！」

緒形は胸に右手を当てた。

思念を体内に送り込み、心臓をつかむ。

「理事長、しっかりしてください！」

緒形は叫び、止まっている心臓を何度も何度も揉んだ。

第6章　黒天

1

つぐは南岳寺の境内に降り立った。

南岳寺は、山形県鶴岡市の市街地にある。周りには合同庁舎やオフィスビルなどもあり、都市部の中のオアシスといった風情だ。

が、つぐはすぐに、一般人では感じない圧力を感じていた。

能力を圧迫するような息苦しさだ。しかし、禍々しいものではない。荘厳で悪しき心に訴えかけるような力だった。

つぐは階段の支柱や柱を赤く塗った本堂を眺めた。ここには、鉄竜海《てつりゅうかい》上人の即身仏が安置されている。

本堂前には、即身仏を参拝しようという一般客がちらほらといた。

つぐは本堂や敷地がまとう強い力を感じつつ、一般客から離れ、奥へ進んだ。

長南年恵の霊堂に近づく。

長南年恵は一八六三年、現在の鶴岡市日吉町に生まれた稀代の超能力者だ。年恵はその能力ゆえ、詐欺師呼ばわりされて何度も逮捕され、現在でもその真偽について研究、議論が続けられている人物でもある。

年恵は南岳寺のお堂で〝淡島《あわしま》大明神〟として祀られていた。

つぐはお堂の前に立った途端、全身に強ばりを覚えた。本物の力がつぐの神経を緊張させている。

年恵の能力に対する世間一般の見解は様々だ。全面否定する者もいれば、妄信する者もいる。

だが、つぐのような能力者にとって、そうした議論に意味はない。

対峙して感じるものがすべての答えだった。

霊堂の前で目を閉じる。

力強い霊力のようなものは感じる。が、神水から放たれるような肌を刺す鋭さはない。

「ここに神水はないね……」

つぶやいた。

瞬間、つぐは身構えた。

背後に気配を感じた。右手のひらを上に向けようとする。

「どうぞ、そのまま」

太くてよく響く男性の声が聞こえた。

「私はこの寺で修行をしています、清海《せいかい》と申します。あなたは、紋紹つぐさんとお見受けしましたが」

「あんた、鉄竜海上人の弟子かい？」

「孫弟子になります」

「ということは、蒼海《そうかい》上人のお弟子さんだね？」

「はい。蒼海上人から、紋紹さんのことは伺っています」

「私が紋紹つぐだとわかったのは、思念を読んだからだね？」

「失礼ながら、まとった趣を吟味させていただきました」

「オーラでわかったというのかい。なかなかの能力だね」

つぐは右手を下ろし、振り向いた。

声色からは想像できないほどの細身の僧侶だった。細面で穏やかな好青年風の顔つきだが、静かに微笑む双眸の奥は相手の胸を射抜くほどの鋭さを感じさせる。

清海が気づいているのかどうかはわからないが、つぐたちの世界で言う〝リーディング〟の能力は高いようだ。

「神水の件でお見えになられたと察しますが」

「その通り。ちょっと聞かせてほしいことがあるんだけど」

「こちらへどうぞ」

清海は霊堂の裏手につぐを招いた。つぐも続く。

霊堂裏の壁の下に、小さな窓のような切れ込みがあった。清海はしゃがみ、切れ込みの飾り柱に指をかけ、左へずらした。

切れ込みが開いた。奥は暗がりだった。ただの縁の下に映る。

清海は奥に手を入れた。何かを探り、操作する。と、林の奥でかすかに音がした。

清海は切れ込みを閉じて立ち上がった。つぐを促し、歩きだす。

清海は霊堂裏の林の中を歩いていく。足跡のない林の奥だ。と、不意に墓石が現われた。

何も彫られていない墓石だ。長年、放置されていたからか、墓石の端は丸みを帯び、苔が生《む》していた。

清海はその墓石の裏に回った。つぐも後に続く。

墓石の土台がかすかにずれていた。清海が両手で土台を横に動かす。と、墓石は滑車が付いているようにするすると真横に滑った。

現われた空間には、地下への階段が延びていた。

「へえ、こんなところに階段が」

「内密にお願いします」

清海が先に階段を下る。

つぐも右足を下ろした。瞬間、息が止まるほどの圧力を感じた。たまらず、足を引っ込める。

清海が振り向き、つぐを見上げた。

「この祠《ほこら》から発せられる気は、踏み入れた者の感情をそのまま反映し、増幅します。恐れず、穏やかな気持ちで。紋絽さんなら大丈夫ですから。お入りください」

清海が微笑んだ。

つぐは深呼吸をし、気を落ち着けた。再び、右足を一段下ろす。圧力は感じるが、息苦しさはなかった。

つぐが階段を下り始めると、清海は途中にある木製のレバーを引いた。墓石の土台がゆっくりと閉まる。

真っ暗になった。と、すぐに火が灯った。

明かりのあるところに目を向ける。清海の人差し指の先に火が灯り、揺れていた。

「あんた、パイロキネシスも使えるのかい」

「その言葉は知りませんが、私たちの間では〝仏火〟と呼んでいます。使える者はそう多くはありませんが」

清海は先に下りた。清海の明かりを頼りに、つぐも奥へと進む。

階段を下りると、暗い洞窟がまっすぐに延びていた。清海は通路に転がる大きな石も気にせず、スムーズな足取りで進む。

体感で三分ほど進んだところで、空間が広がった。祠のようだ。清海は指先に灯した火を、各所に設えていたロウソクに灯した。

祠の全容が照らし出された。

天井の高いドーム状の祠の奥に祭壇があった。祭壇の上部にミイラが飾られている。立派な法衣を着た即身仏だった。

「鉄竜海上人かい？」

「淡島大明神です」

清海が言う。

つぐは驚いて、目を丸くした。

「長南年恵か！」

つぐの声が祠に響く。

「いえ、蒼海上人と修行を共にした信海上人《しんかい》です」

「しかし、この仏さんからはとてつもない力を感じるよ」

「そのはずです。信海上人は淡島大明神が遺した神水を浴びたお方ですから」

「神水は本当にあったのかい！」

つぐがまた驚く。

「はい。少し込み入った話になりますが、蒼海上人から紋紹つぐ、真雲国章もしくは七宝法師が神水の件で当寺を訪れた時は、ここへ案内し、信海上人のことを話すよう、申しつけられておりました」

「私らは、蒼海上人を知ってるからねえ。わかった。話しておくれ」

つぐは祠の端の大きな岩に腰かけ、足を組んだ。

2

緒形は真雲を山内邸に呼んだ。真雲は河西の調査をいったん中断し、山内邸に姿を現わした。

心臓マッサージをしていた緒形と替わり、いわゆる心霊治療を始める。

心霊治療と言われるのは、見えざる力で患部を切除したり接合したり、また、肉体分子の再構成を行なったり、体内の免疫力を向上させたりするため、そう呼ばれているだけだ。治療のほとんどは、思念により、肉体を分子レベルで解析し、適切な処置を施すだけのものである。

緒形は初め、心霊治療のスペシャリストでもあるつぐにテレパシーを送ったが、遮断された。

どこか結界場のような場所にいるようだった。

そこで、すぐに真雲を呼んだ。つぐほどではないものの、真雲もまた、思念による治療には長けている。

真雲は左手からの思念で心臓の筋肉細胞を刺激し、壊死《えし》寸前だった細胞の再構成をしつつ、右手では全身の状態をチェックした。

山内の体にも脳にも問題はなかった。

おそらく、脳内のニューロン活動があまりに激しかったため、一時的なショックを起こしたのだろうと、真雲は推察した。

とはいえ、高齢の山内にとっては、ちょっとした心肺停止でも肉体に負担をかけ、体調を悪化させてしまうこともある。

真雲は両手を心臓の上に添え、止まっている心筋細胞の分子を揺らした。小さな心筋細胞の一つ一つが自律運動を始める。そしてようやく、心臓は動き始めた。

真雲が手を離して、一つ息をつく。

「一応、これで大丈夫ですが、病院へ運んだ方がいいかもしれませんね」

「病院はガードが難しいな。主治医を呼んで、ここにエリアガードをかける方がいいかもしれない」

「わかりました。そのように手配しましょう」

「手配は私が。早急にエリアガードをかけてくれ」

緒形が言うと、真雲は頷き、いったん部屋から姿を消した。

千鶴にテレパシーを飛ばす。

──南条君、そちらの状況は？

──奥谷先生が送り込んだ生徒たちの捜索チームが、祢津地区のアジトに到着しました。今日は動きそうな気配はありません。

──そうか。少し頼まれてくれ。山内理事長の主治医である愛岡《あいおか》先生のところへ行って、内々に山内理事長の私邸まで連れてきてもらいたいのだが。

——誰か手配しましょうか？

——いや、内密に頼む。この件は我々の中だけで納めておきたい。

——わかりました。五分でお連れします。

——真雲君がエリアガードを張っている。弾かれないように。

——承知しました。

千鶴との交信が途切れる。

真雲が戻ってきた。

「局長。この程度でいかがですか？」

真雲が訊く。

緒形が思念を飛ばした。跳ね返りを確かめる。

「十分だ」

「お茶でも飲みますか？」

「いや、それより少々訊きたいことがあるのだが」

「私でわかることなら」

真雲は椅子に浅く腰かけ、足を組んだ。

「実は、先ほど、こういうことがあった。見てくれ」

「どうぞ」

　真雲が目を閉じる。

　緒形は思念が逆流してきた時の記憶を再生し、真雲の脳裏に送った。

　真雲は腕を組んだ。眉間に皺が立ち、険しい表情を浮かべる。

　緒形の記憶を見終えた真雲は、大きく息をついて目を開けた。

「こうした現象を知っているか？」

「おそらく、思念制圧でしょうね」

「初めて聞くな。思念制圧とは？」

「局長がご存じないのも仕方ありません。もうずいぶん昔に潰《つい》えた技です。思念制圧とは、ニューロンに潜り込んできた他者の思念の糸を捕まえて、自分の思念で侵食し、相手の思念を飲み込み、抑え込んでしまうのです」

「なるほど。狼のように牙を剥いて襲ってきた思念は、それか？」

「そうとは思うのですが……。ちょっと私が知る思念制圧より、力が強いようです。河西学園長の思念を追って、思念制圧が起こったとすると、このトラップを仕掛けたのは、学園長自身である可能性が高いですね。となれば、学園長は私たちが思うよりはるかに強大な力を持った能力者です。久高島の件で思念転移が疑われましたが、学園長自身が私たちにすら悟られないよう、気配を消せたと考えると、それもあるかと」

「河西の調べは、どこまで進んだ？」

「大学生時代より超能力、超心理学に傾倒したことはわかっています。しかし、それ以前のことはなかなか……。戸籍謄本で出生場所を確認し、現地に赴いてみましたが、学園長の残留思念はありませんでした。書き換えられているかもしれませんね」

「そうか……」

緒形は眉根を寄せた。

「真雲君。河西の調査は、いったん中止しよう」

「なぜです？」

「河西の力は得体が知れない。もし、真雲君の見立て通り、彼が思念制圧まで使いこなせる能力者である可能性も否定できない現況では、思わぬ反撃を食らうこともある。少し静観した方がいい」

「いや、局長。ここは一気に調査を進めるべきです」

真雲は組んでいた腕と足を解いて、緒形に正対した。

「学園長がそのような力を持つ能力者なら、なおさら早急に正体を暴き、注意喚起をし、対策を施しておくべきでしょう。でないと、悠世学園自体が彼の力に侵食される恐れがあります。いや、もうすでに侵食されているのかもしれません」

真雲は言った。

緒形もその点は危惧していた。

河西の目的はまだ判然としていない。が、〝何か〟らしきものの出現と共に動きを活発化している。

目指しているものが〝何か〟の力を得ることであれば、最大級に警戒すべき能力者となる。

一方、それほどの力を持つ能力者であれば、相当慎重にかからなければ、足をすくわれる。

「局長。私の身を案じてくださっているのだろうと思いますが、ご心配には及びません。私は以前、若かりし頃ですが、思念制圧の能力と対峙したことはあります。勝ちはしませんでしたが、逃げることはできました。それから四十年弱。私の力も手前味噌ですが、ずいぶんと向上しました。敵わぬと感じたらすぐに離脱しますので、ご安心ください」

真雲は余裕の笑みを覗かせた。

「君がそこまで言うなら……。だが、本当に危険を察知したら、即離脱してくれ」

「お約束します。では、私は調査を急ぎますので」

真雲は一礼し、姿を消した。

入れ替わりに、千鶴が山内の主治医・愛岡を連れ、テレポートしてきた。

「局長、愛岡先生をお連れしました」

「ありがとう。南条君は通常の監視に戻ってくれ」

「はい」

千鶴が姿を消す。

「緒形君、どうしたんだ？　一般人の私をテレポーテーションで運ぶとは」

「山内理事長が倒れたんです。一時、心肺停止でしたが、蘇生しました」

「それはいかんな。すぐ、うちへ運びなさい」

「事情があって、それはできないんです。ここで診ていただけますか。必要な物があれば、私が病院へ飛んで持ってきますので。お願いします」

「……まあ、他ならぬ緒形君の頼みだ。わかった。山内さんは？」

「こちらです」

緒形は愛岡を連れ、山内が横たわっているソファーまで走った。

3

左木とさくらは、山本の取材資料のチェックを数回繰り返し、必要な部分をメモして、自分たちのポケットに入れた。

「準備はできた？」

左木が訊く。

さくらは頷いた。

「もう一度だけ確認するけど。さくらちゃん、君は残ってもいいんだよ。結界場にいる限りは守られる。僕と共に来て、危険な目に遭う必要はないんだ」

左木は真剣な口ぶりで言った。

さくらは左木をまっすぐ睨み返した。

「私ももう一度言うけど、私の使命は左木君を守ること。左木君と飛ばされて、ウトさんに会ったり、ここで山本さんという人が残した資料を見たりするにつれ、その思いが明確になった。私の中に、左木君を行かせて自分だけが生きるという選択肢はありません」

さくらは自分の顔を不意に左木の鼻先にまで近づけた。

左木は思わず仰け反った。頬が熱くなる。

「もう二度と、その確認を私にしないで。わかった？」

もう一度、顔を近づけて睨む。

「わかったよ」

左木はさくらの目を見て頷いた。

「じゃあ、行きましょうか」

さくらはにこりと笑い、ウトの扇子を手にして立ち上がった。

左木もゆっくりと立ち上がる。

二人は一緒に蔵を出た。日差しに目を細める。二人は同じように深呼吸をした。

「どうする？」

左木が訊いた。

「ともかく、結界場を出るしかないよね。この中では能力が使えないから、テレポーテーションができないし」

さくらが言った。

「そうだけど、どう行けば結界場を出られるのか、わからないよ。蔵のあるこの屋敷の敷地外は森のようだから、方向もわからない。むやみに歩き回るのは危険すぎる」

「大丈夫。なんとなく、わかるよ」

「遠隔視？」

「違うよ。ここじゃ、能力は使えないでしょう」

さくらは苦笑した。

その場にしゃがむ。

「左木君、これを見て」

一枚の葉を指した。

「何かわかる？」

「笹みたいだけど……」

「熊笹というの。これは本州では標高千メートル以上の高地に群生する植物なの。ということは、私たちがいるのは、高原か山の中腹以上の場所」

さくらが立ち上がる。

「で、ここにはこれほど立派な蔵がある。今は無人のようだけど、これだけの家屋に誰も住んでいなかったわけがない。ということは、ここへ続く山道があるはず」

「なるほど。それはそうだ」

左木は強く頷いた。

「山道が見つかれば、それを下っていけばいい。その際、川の音には注意を」

「なぜ？」

「川の音が近づいてくる道は、谷へ下りる道であることが多いから。深い山の中で谷川に下りると、遭難することもあるから厄介よ。谷川に下りていると感じたら、必ず元の場所まで戻って道を探し直す。面倒に感じるだろうけど、これを繰り返していれば、必ず低地の集落に辿り着くわ」

「集落は結界場じゃないのか？」

「結界場もあるでしょうけど、こうした山奥の集落や神社仏閣が多い場所よりははるかに小さい可能性の方が高い。と、山本さんの資料からは読み取れた。山村がダメだったとしても、集落を見つけられれば、市街地にも出られる。そのいずれかで必ず結界場からは抜けられる。抜けたらすぐ、テレポーテーションするからね」

「わかった」

左木は首肯した。

さくらは頷き返し、歩きだした。左木も並んで歩く。

敷地の端まで来る。さくらと左木は顔を見合わせ、頷いた。共に踏み出す。

二人は屋敷の外へ出た。

鬱蒼と茂った木々が迫ってきた。二人の顔にかすかな緊張が浮かぶ。

敷地の前には左右に延びる轍《わだち》の跡があった。草に覆い隠されつつあるが、目を凝らすとよく見える。

さくらは左右を何度も見比べた。平坦に見える道だったが、わずかに左手の方が下っているように見えた。

「左木君、こっち」

さくらが左側を指す。

左木は頷き、一緒に歩を進めた。

長い間、人が入ってきていないのか、所々、背の高い雑草が道をふさぐ。

左木は草をかき分け、さくらを進ませる。

「なんだか、サバイバル映画に出てる気分だなあ」

「そうかも。考えてみたら、私たち、小さい頃から能力はあったから、まったくの無能力状態で山歩きをしたことなんてなかったものね」

「そうだな。なあ、さくらちゃん。君は超能力を持っていることをどう思う？　うれしい？」

「うーん、うれしいとか思ったことはないかな。ただ、物心ついた時から普通の人たちとは違う能力を持っていたから、どうもこうも、それが当たり前という感じ。今でもそう」

「自然体だなあ。うらやましい」

「左木君は？」

「僕は最初はうれしかった。超能力なんて物語の中にしかないものだと思ってたから。なんだか、自分がヒーローになれるような気がしてたけど。実際、僕の中にあるような抑えきれない力に接すると……」

左木は胸元をつかんだ。

「こんな力、人間が生きていくのに必要なんだろうかと思ってしまった」

胸元に視線を落とす。

「たぶん、生活していくだけなら必要ない能力なんだと、私も思う」

さくらが言う。

「けどね、本当にまったく必要ないなら、とっくに消えていたと思うの。人類の進化と共に、不要な能力は消えていったでしょう？　それと同じように、消えていくはずのもの。だけど、こうして私たちの中に残ってる。それには何か意味があるんだと思う」

「この能力が消える日が来たら、僕たち、どんな生き方をするんだろうね」

「普通に暮らしてるよ。働いて、結婚して、家庭を持って、子どもが生まれて」

「そういうのも悪くないね」

「能力があっても、そういう暮らしができると、私は信じてる。ううん、信じたいのかな」

さくらは自嘲した。

さくらの気持ちはわかる。

能力者として生まれてきた子どもたちは、普通の暮らしを知らない。幼少期に経験していても、能力があることが当たり前の生活をしていると、普通というものを忘れてしまう。都会の便利な暮らしが身についてしまい、田舎では暮らせなくなるのに似ている。

能力がなくなれば、いったんは不便な生活を強いられるものの、やがて慣れていくのだろうが、これまでは自分の能力がなくなると考えたことはなかった。

能力は永遠のもので、修練されていくものだと当たり前のように思っていた。

しかし、今は不安だった。

結界場のように、能力を封じられる場所があることを知った。こうした場所が意図的に創り得るものだとすれば、やがて、自分の能力が使えない空間が広がることにもなる。

また、自分の能力にも疑問を抱き始めた。

自分は一般資質者で、ちょっと超能力を使える変わった男の子なのだと思っていた。

だが、その源は、自分の胸の内に巣くう得体のしれない〝何か〟の力かもしれない。

もしそうなら、その〝何か〟が自分の中から消失すれば、能力も消え失せることになる。

今さら、非能力者の暮らしに戻れるのだろうか……。

あまりにも想像がつかず、漠然とした不安を覚えた。

不意にさくらが立ち止まった。

「大丈夫だよ」

微笑みを向ける。

「聞こえてた？」

「結界場内だから聞こえなかったけど、なんとなく左木君の不安を感じた。非能力者の生活が想像できないんでしょ？」

さくらは笑った。左木が頷く。さくらはまっすぐ左木を見つめた。

「心配ないよ。能力があってもなくても、左木君は左木君だから」

「本当に、そう思う？」

「うん。私でよかったら、ずっと一緒にいてあげる」

「えっ？」

左木の顔がたちまち赤くなった。

「友達としてね」

「あ、ああ……そうだな。ありがとう」

左木は自分の早合点が恥ずかしくなり、耳まで赤くなった。

さくらは頭上を見上げた。少し陽が傾き、空に赤みが差してきていた。

「日が暮れてきちゃったね」

左木も空を見上げる。

「ほんとだな。いったん戻ろうか。この先がどうなっているかわからないから、迷うと面倒だ。明日の朝、仕切り直そう」

「そうだね」

さくらは頷いた。

左木とさくらは踵《きびす》を返し、元来た道を戻り始めた。

4

糸川たちの捜索初日は空振りに終わった。

二組に分かれた四人のうち、長尾と伶花は午後三時にはすでにアジトへ戻っていた。

長尾は片膝を立てて腕をかけ、ぐったりとうなだれている。伶花は襖を開け放した隣の部屋の布団に横たわっていた。

二人とも顔色が悪い。特に伶花は、蒼白くなり、唇の色も薄くなっていた。

異変を感じたのは、午前八時からの捜索を始めてまもなくだった。

結界場内の空気には、何とも言えない圧力を感じた。能力に蓋をされているというよりは、少しずつ力を削り取られているような感覚だ。

何かに力を吸われているような感じを覚えるほどに、体が重くなる。

基礎体力のある長尾は、それでも山道を歩くことができた。

が、伶花は感受性が強く、結界場の力をまともに受け止めていた。その上、基礎体力もない。

それでもなんとか、山の中腹までは進んだが、伶花が座り込み、動けなくなった。

長尾は伶花の調子を見て、午後一時に捜索を切り上げ、彼女を背負って山を下りた。

戻ってきて、しばらく寝ていた伶花が体を起こした。

長尾はペットボトルの茶を持って、伶花の布団の脇に座った。

「大丈夫か？」

「うん、だいぶよくなった」

「飲めよ」

ペットボトルを差し出す。

「ありがとう」

伶花は蓋を開け、茶を少しだけ口に含んだ。ゆっくりと喉に流し、一つ息をつく。

「糸川君たち、大丈夫かな？」

「啓次は大丈夫だ。喜代田はパニックになってるかもしれないが、まあ、あいつも男だから、なんとか歩けるだろう」

　長尾が笑う。

　伶花も少しだけ笑みを覗かせた。ペットボトルを握る。

「さくらたち、本当にこんなところにいるのかなあ……」

「さあな。でも、もしここにいるなら、早く捜してやらねえと。さくらはともかく、陽佑もおまえと同じようなことになってるかもしれないし」

　話していると、引き戸が開いた。

「誰かいますか！」

　糸川の声が聞こえた。

「ちょっと行ってくるわ。おまえは寝てろ」

　長尾は言い、玄関先へ駆け出た。

　喜代田が廊下に突っ伏していた。入間も奥の部屋から出てきた。

「どうしたんだ！」

　長尾は糸川を見た。

「山腹まではなんとか歩けていたんだが、途中で足取りもおぼつかなくなって、戻る途中で気を失ったんだ」

糸川が言った。

入間は喜代田の脇に屈み、閉じた瞼を親指で開いた。

「いかん。喜代田は俺の部屋で治療する。君たちは自分たちの部屋へ戻っていなさい」

そう言うと、入間は念動力を使って喜代田を持ち上げ、奥へ急いだ。

長尾は糸川と共に、自分たちの部屋へ戻った。中へ入ると、糸川は隣の部屋で布団の上に座っている伶花に目を留めた。

「どうした、伶花」

布団の傍らに歩み寄る。

「喜代田と同じだよ」

長尾は腰を下ろし、あぐらをかいた。

「五味、まだ休んでろよ」

長尾が言う。

「うん」

伶花は頷き、枕に頭を下ろした。

糸川は襖を閉めて、長尾の横に座った。

「どうだった？」

長尾は糸川に訊いた。

「正直、驚いた。能力が使えなかったのもびっくりしたけど、なんとも言えない息苦しさというか、圧迫感というか。こんな感覚を抱いたのは初めてだな。おまえは？」

「俺も似たような感想だよ。こんな場所が存在してんだな」

長尾が息をつく。

「本当にこんなところに陽佑たちがいられるのか？」

糸川が言う。

「さっき、五味も同じことを言ってたよ。さくらはともかく、陽佑はなあ……」

長尾が腕を組む。

と、二人の頭の中に、伶花の声が聞こえてきた。

『私は、結界場に入った時、排除されているというより、何かがこの場所を守っているという感じがした』

伶花は一呼吸おいて、言葉を続けた。

『だから、心配だけど、左木君とさくらがここにいるなら、守られてるんじゃないかとも思う』

「いいから、寝てろ」

長尾が言う。伶花の思念が引っ込んだ。

「でも、伶花が言っていたことも少しわかるな。なんらかの念波が漂っている感じはあったけど、襲ってくる感じはしなかった。ただ、山を登るほどに首を絞められるような息苦しさは強くなったけどな」

「それで喜代田は倒れたのか？」

「そうだな。でも、喜代田は結界場に入った時から苦しそうだった」

「まあ、あいつの力は不安定だからな」

長尾は鼻で笑った。

が、糸川は真顔で長尾を見た。

「いや、そういう感じじゃなかったんだ。あいつの場合、まさに苦しめられているというか、排除されようとしていると言った方がいいのか。あいつ自身が拒絶されているような感じだった」

糸川は、喜代田と捜索していた時のことを思い出しながら話した。

長尾は組んだ腕に力を入れ、畳を見つめた。

「あいつ、急に発現したし、目もよくなっただろ？　関係あんのかな」

ぼそりとつぶやく。

糸川も膝を握ってうつむいた。

その時、ふっと気配を感じ、二人は顔を上げた。

糸川たちの前に、入間が現われる。入間は二人の前に座ってあぐらをかいた。

「入間さん、喜代田は？」

糸川が訊いた。

「いいとは言えんな」

入間の表情は険しい。

「何があったんです？」

「わからん。ただ、五味とは違い、喜代田には能力を剝ぎ取ろうとされたような思念の跡があった」

「思念？　結界場じゃ、能力は使えないんじゃなかったっけ？」

長尾が疑問をそのまま口にした。

「そのはずなんだが……」

入間の黒目が揺れる。困惑が見て取れた。

入間は深呼吸をして動揺を抑え、二人を交互に見やった。

「先ほど、奥谷警備部長に今日の件を報告した。部長からは、明日からの捜索はいったん中止しろとの指示が出た」

「たった一日で中止するんですか？」

糸川が訊く。

「結界場内の状況がわからん以上、指示に従うのが妥当だろう。リーダーである喜代田も回復に時間がかかる」

「ちょっと待ってくれよ、入間さん」

長尾が口を挟んだ。

「もし、陽佑たちがここにいたら、どうするんだよ。たった一日で、喜代田はともかく、五味もやられるようなところだ。あいつらが本当に結界場にいるなら、倒れてるかもしれねえし」

「オレも二人が心配です。入間さん、オレと翔太でもう少し捜索させてくれませんか？」

糸川は入間を見た。

「しかしな……」

「無理はしません。お願いします」

糸川は頭を下げた。長尾が倣う。

入間は二人を見つめた。

「……わかった。だが、予定の五日は超えない。左木たちを見つけられなくても、そこで終わりだ。いいな」

「ありがとうございます」

糸川と長尾は深く礼をした。

5

真雲は河西の大学時代に的を定め、調べを進めていた。

河西の実像が確認された最も古い時期が、そこに当たるからだ。

しかし、調べは難航していた。

超心理学部はすでに廃部となっていた。当時の担当教授は他界していて、受講生たちの記録も残っていない。

当時を知る在学の教授にも話を聞いてみたが、詳細はわからない。学内資料を見せてもらうと、超心理学部の記録は意図的に消されている痕跡もあった。

真雲は様々な人に話を聞くと同時に、接した人の脳内にひそかに思念を送り込み、記憶を探った。

超心理学部の開講時は、教室に入り切れないほどの受講生がいた。しかし、超能力ブームが去り、二年、三年と経過するに従い受講生も減り、河西たちが受講していた頃には五、六名しかいなかった。

河西と共に受講していた学生たちを、接した者たちの記憶の中に探してみるが、どれも卒業が近づくとぼやける。

ガードがかかっていた。それも、思念制圧の気配を感じる。真雲は無理をせず、クリアな記憶を持っている人物を探した。

と、一人、学食で働いていた女性の記憶に、河西と言葉を交わし、共に昼食を摂っている男子学生の姿が現われた。

河西はその学生と談笑していた。

珍しい光景だ。他の者の記憶の中にいる若き日の河西はいつも独りで、小難しい顔をしている。笑った顔は数えるほどしか見たことがなかったし、同年代の学生としゃべっているところは初めて見た。

女性は記憶の中で、彼のことを〝アナブキくん〟と呼んでいる。

当時の在学者名簿と照らし合わせてみると、穴吹武宏《あなぶきたけひろ》という男子学生の名前があった。他にアナブキという姓はなく、河西と同年代で、超心理学の講義も受講していた。

女性の記憶にある〝アナブキ〟で間違いなさそうだ。

翌日、真雲は穴吹武宏の行方を追った。

彼は卒業後、テレビ番組の制作会社に入り、積極的に超常現象の番組企画を提案していた。五年後、フリーランスとなり、その手の番組の構成作家として活躍していたが、今から十数年前に消息を絶った。

穴吹を心配した同僚が彼のマンションへ入った時は、すでにもぬけの殻だった。状況を報された両親は、警察に行方不明者届を出した。

警察が調べたところによると、関東近郊で何度かクレジットカードが使われた形跡があるものの、それ以上の足取りはつかめなかった。

室内に荒らされた跡はなく、仕事上のトラブルもなかったことから、行方不明者リストとして警視庁のホームページに掲載されたが、目立った情報もないまま、現在に至っている。

真雲は、穴吹の両親から、穴吹の残留思念が宿る私物を借り、かすかに漂う思念を警察犬のように追い、その翌日、ようやく居所を突き止めた。

奥多摩の山中、結界場のような場所だった。能力を無にしたり、吸い取ろうとしたりという念波は感じないが、あきらかに能力者を排除しようという力が働いている。

エリアガードに似ているが、所々、穴が空いているような不安定さを覚えた。

真雲は思念の糸を探り、山道を外れ、林の奥へ入った。道なき道を進む。歩き続けると、突然小屋が現われた。

掘っ立て小屋だ。板は壊れて傾き、苔が生え、濡れた板の隙間にはキノコも伸びている。とても人が住んでいるとは思えない。

だが、中からは人の気配が漂っていた。

気配が動く。真雲は右手のひらを上に向けた。静かに、自分の体に思念で作ったガードをまとう。

直後、中から矢が飛んできた。

矢じりがガードに弾かれ、矢が足下に落ちる。

「能力者か」

中からしゃがれた声が聞こえてきた。

「そうですが、あなたを傷つけるつもりはありません。あなたは穴吹武宏さんですね？」

「なぜ、俺の名前を知っている？」

「調べさせてもらいました」

「なぜだ！」

穴吹は喧嘩腰に怒鳴った。

「河西誠について、訊きたいことがありましたもので」

真雲が言うと、あからさまに穴吹の気配が動揺した。

「おまえ、河西の使いか……」

「違います。河西の過去を知りたいだけなのです」

真雲が言う。

しばしの沈黙がある。真雲は穴吹の葛藤を思念の先で感じていた。

そこには怒りや憤り、恐怖の感覚もある。どれもネガティブな感情だ。

「なぜ、河西を調べているんだ？」

「彼が能力者かどうかを確かめたいのです」

「確かめる？　何言ってんだ、あんた」

入口にかけられたゴザのような幕が揺れた。

中から顔中髭だらけの痩せた男が出てきた。髪も伸び放題。洗っていないせいか、垢や脂で固まっている。

顔も着ている服も真っ黒だった。前歯も抜けている。饐《す》えた臭いを放つ穴吹は伸びた前髪の隙間からぎろりと真雲を睨んだ。

「あんたも能力者だろう？　能力者同士はわかるんじゃないのか？」

「超心理学の講義で、そう習いましたか？」

「ああ。実際に、能力者同士が確認し合うところに居合わせたこともある。その一人が河西だ。あんた、本当に能力者か？」

『私は真雲と言います。これでご理解いただけましたか？』

真雲はテレパシーで直接語りかけた。

穴吹は目を見開いた。

「真雲って……サイコメトリーの第一人者の真雲国章……さんですか？」

急に敬語になる。

「そうです。あなたの残留思念を追うのは、少々骨が折れました」

真雲はそう言って笑った。

「あ、いや……真雲さんに追ってもらえるとは。光栄です」

穴吹が抜けの目立つ歯を覗かせ、笑顔を見せた。

「しかし、真雲さんほどの超能力者なら、河西が能力者であることなど簡単にわかると思いますが」

「その秘密を知りたくて、あなたのように河西を知る者を探していたんです。あなたは非能力者のようですが、超能力を理解し、受け入れてらっしゃる。神樹の葉で結界を作っているあたり、能力の性質もよくわかっていらっしゃる。葉が枯れたことで、若干、不安定にはなっていますが」

真雲が話す。

神樹は庭漆の別名で、各地に自生する。繁殖力が強く、生長も早いことから厄介者扱いされることも多いが、その並はずれた生命力で力強く大木に育つ様は実に勇壮だ。天にも届く勢いで大きく育つところから、英名では〈tree of heaven（天の樹）〉と呼ばれている。

かつてはシンジュサンというヤママユガの食樹として重宝されていたが、現在は一部で街路樹として利用されている程度の樹木というのが一般の認識である。

が、能力者、研究者たちは天の樹、神樹と呼ばれている別の意味を知っている。

この神樹には、結界を作る力がある。特に葉は、傷つくと独特の嫌な臭いを放つが、その臭気はエリアガードのような役割を果たす。

穴吹は、それを知っていて、小屋の周囲に神樹の葉をまいているようだった。

「あまり時間がないので単刀直入に申しますが、あなたの記憶を見せていただきたい」

「それは……」

穴吹は躊躇を見せた。

すぐさま、穴吹の心を読む。

穴吹はどうやら、河西の記憶を封印しているようだった。

「大丈夫。あなたの脳裏に、彼の記憶を呼び覚ますような真似はしません。あなたが望むなら、彼の記憶が二度とよみがえらないよう、永遠に頭の片隅に封じましょう」

「そんなことができるんですか？」

「はい。お任せください」

真雲が微笑んで頷く。

穴吹は逡巡した。が、やがて顔を上げ、まっすぐ真雲を見つめた。

「わかりました。俺の中の記憶を読み取ってください。その後、河西の記憶を俺の中から消してください」

「承知しました」

真雲は強く首肯した。

「こちらへ」

穴吹は周囲を二、三度見回し、小屋の中へ入った。真雲が続く。

かろうじて雨風をしのげる部屋の中には、何もなかった。食いちぎった跡のある草花が散乱している。まともなものは食べていないようだ。

部屋の奥に泥にまみれたブルーシートが畳んで置かれていた。おそらく、寝具だろう。

真雲はスーツが汚れることもいとわず、室内で片膝を突いた。

「そちらに仰向けに寝てください」

ブルーシートを目で指す。

穴吹は真雲に促されるまま、仰向けに寝た。

「リラックスして、目を閉じていてください。眠っても構いませんから」

真雲は穴吹の傍らに座り、額に手を当てた。

まず、副交感神経に働きかけ、全身の強ばりを取り始めた。やわらかくほんのり温かい空気の塊が穴吹の全身をふわふわと巡る。

少しすると、穴吹の顔の強ばりが弛み、体から力が抜けた。同時に、穴吹が寝息を立て始める。

逃亡を続け、山中で過酷な生活を強いられていた肉体は、相当疲弊していた。呼吸器官や内臓のあらゆるところが弱っている。

長くないな……。

真雲の手のひらが、穴吹の状態を的確に感じ取っていた。

穴吹が深い眠りに落ちたことを視認し、真雲は思念の糸をニューロンに滑り込ませた。

前半は山での過酷な生活の記憶ばかりだ。初めのうちは、小屋の修理をしたり、カエルや野ウサギなども捕って、それなりの生活をしていたようだが、やがてその気力も失せ、草木で飢えをしのぐ日々が続いていた。

山暮らしの記憶を抜けると、フリーの構成作家として生きている頃の穴吹が現われた。

今とは別人のように恰幅がよく、高級ブランドのスーツを着て、野心に満ちた目で精力的に働いている。

そのまま制作会社時代を覗き、大学時代の記憶に辿り着く。

真雲は穴吹の大学時代の記憶の中に、河西の姿を探した。しかし、なかなか河西の記憶が出てこない。

学食の女性が記憶していたシーンもあるはずだが、それも見当たらない。

完全に拒否をしているということか……。

真雲の表情が険しくなる。

一度刻み込んだ記憶は、必ず脳内のどこかに残っている。その記憶につながるニューロンも、不活性化して細くなっただけで消えているわけではない。

が、激しく拒絶された記憶は、まれにニューロンを消失させる。開かずの間に閉じ込めて、そこに通じる道を破壊してしまったような状態だ。

こうなると、探索している記憶がある領域の周辺を探らなければならない。

閉ざされた記憶を探り当てるには、近い時期の記憶から新たにニューロンを伸ばし、周辺領域の記憶を掘り出していく作業が必要だ。

その作業自体は難しくない。ただ、大きなリスクが伴う。

ニューロンがつながれば、一時的ではあっても、二度と取り出せないように封じた記憶が当人の脳裏によみがえる。

それは本人にとって、耐え難いものであることが多い。パニックになって精神を病むだけならまだしも、ショックで死亡することもある。

穴吹の体調は芳しくない。とはいえ、耐え難き記憶でショック死させるのは忍びない。

どうする……。

真雲は思念の糸を潜らせたまま、思案した。

一部であれば、穴吹も耐えられるかもしれない。穴吹の様子に少しでも苦痛が浮かんだら、すぐに中止すれば、大きなダメージもないだろう。

真雲は一人頷き、探索を再開した。

探しているのは、学食での記憶だ。従業員の女性の記憶では、穴吹と河西は談笑していた。

その記憶ならまだ問題ないだろうと踏んだ。

穴吹が学食にいる記憶をあたっていく。そこに女性から得た記憶映像を重ね、同日時の穴吹の記憶の断片を見つける。

五分ほど記憶の迷路を彷徨い、ようやく同日同時刻の学食の風景を見つけた。その日の学食風景は、ぶつぶつと切れていた。おそらく、河西の映像や声の記憶が消えたと思われる。

真雲はその記憶の端で思念の糸を丸くまとめた。そして、一気に四方に思念の糸を拡散した。

ニューロンのない部分に思念の糸が刺さった。そこに残っていた穴吹の記憶が逆流する。

真雲の頭の中で複数の映像が花火のように弾ける。

真雲は瞬時に記憶映像を見分け、河西と関係のないものにつながる思念の糸は外した。

一方で、若き日の河西の姿が映る映像を、穴吹の頭に残っていた元映像につなげていく。

パズルのピースが埋まるように、その時の光景が鮮明になってきた。

探し当てた河西の記憶の周辺にも思念の糸を放ってみる。細かいガラス片のような河西の記憶がさらに拾えた。

穴吹は時折呻くものの、体調に変わりはなかった。

真雲はほぼすべての学食での記憶を引き出し、まとめた。

その日、学食へ入ってきた時からの記憶をビデオのように再生してみる。

『今日、何食う？』

穴吹の声が聞こえた。穴吹の目には若き河西が映っている。

『日替わりかな。まあ、いつもの白身魚のフライだろうけど』

『百円だから、文句言えないな』

穴吹が言うと、二人で笑った。

食券を買ってカウンターに出し、二人して列に並び、進んでいく。ごはんやサラダ、味噌汁を取って、メインディッシュを受け取る際、例の女性従業員が二人に話しかけた。

『今日も二人一緒だね。穴吹君は相変わらず大盛ね。いい、いい。若いうちはたくさん食べなきゃ。河西君はもっと食べないと』

『僕はいいんですよ。炭水化物を摂りすぎると、どうにも頭の回転が悪くなるので』

『そうなの？　じゃあ、穴吹君も少し控えた方がいいね』

『それはないよ、おねえさん』

穴吹が言うと、三人に笑いが起こった。女性がメインの皿を出す。

『はい、今日は鶏肉の照り焼きよ』

『おー、めずらしい。白身魚のフライじゃないの？』

穴吹が言う。

『たまには違うのがいいだろ。しっかり食べてね』

女性はそう言い、次の人の準備を始めた。

二人は皿をトレーに載せ、学食の一番奥のテーブルに向かった。四人掛けのテーブルを二人で占領し、向き合って座る。

『ちゃんと作ってんのかなあ……。あ、結構うまいぞ、これ』

穴吹が一口食べて言う。

『そりゃ、食えないものは出さないだろう』

河西は苦笑し、自分もおかずを口に運んだ。

『なあなあ、さっき言ってた話、ほんとか？』

穴吹が訊いた。

『なんの話だよ』

『炭水化物を摂りすぎると、頭の回転が悪くなるって話』

『僕はそうだ、という話だよ。炭水化物は糖質を含むから、本来、頭にはいい働きをするんだけど、僕の場合、糖質はそんなにいらないみたいなんだよな』

河西が言う。

と、穴吹は少し周りを見て、テーブルから身を乗り出した。

『能力者って、そうなのか？』

小声で訊く。

『しっ。こんなところで訊くなよ』

河西は穴吹を睨み、周りを見た。

『いいじゃないか。超心理学部に本物の超能力者がいるとなったら、俺たちの教室もにぎやかになる』

『僕ができるのは、椅子を少し動かしたり、体を少し浮かせたり、薄い箱の中身を透視したりするくらい。この程度の能力じゃ、手品か何かと言われるのがオチだよ』

河西は自嘲気味に言った。

真雲はそのやり取りをじっと見聞きしていた。

つまり、大学生の時点での河西の能力は、思念転移や思念制圧を扱うには程遠かったとみられる。

真雲は小首をかしげた。

発現する年齢は、個人的に様々だ。十代前半で能力を開花させる者もいれば、三十手前でいきなり発現する者もいる。

ただ、総じて、発現する能力者は、それなりに若い頃から天性の力を持っているものだ。訓練で能力を高めることはできるが、発現するには元々の資質がいる。

二人の話を聞く限り、河西がそこまでの資質者とはどうしても思えない。

と、穴吹がさらに声を潜めた。

『河西、おまえ、能力を高めたい？』

『なんだよ』

河西は、穴吹の様子に戸惑っているようだった。

穴吹は再び周りを見て、身を乗り出した。

『簡単な方法があるんだ』

『訓練か？』

『違う。神水だよ』

穴吹が河西をまっすぐ見つめた。

真雲は神水の話に驚きつつ、二人の様子を見つめた。

『神水を浴びれば、能力の芽さえ持っていれば誰でも稀代の超能力者になれる』

『その話は知っているけど、それは伝説だろ？』

河西が言う。

『と思うだろ？　だけどな。見つけたんだよ、神水のありかを』

穴吹がニヤリとした。

まさか……。真雲の目つきが険しくなる。

『興味があってこっそり調べてたら、南岳寺の鉄竜海上人が遺したとされる書簡を見つけた。そこにはこう書かれている。《神なる水を我が気海に納めよ。さすれば永遠に封じたもう》。気海とはへその下にあるツボ。つまり、神水は鉄竜海上人の即身仏の腹の中にあるということだ』

『まさか！』

河西が驚く。

真雲も驚いた。まさか、一般人である穴吹が、的確に神水のありかを突き止めるとは。

真雲は、神水が実在し、どこにあるかも知っていた数少ない人物だ。

『つまりつまり、鉄竜海上人の即身仏を破壊すれば、神水は手に入るということよ』

穴吹が左の口角を上げる。

この者たちだったか……。

真雲は眉間に皺を寄せた。

三十年前、南岳寺に禍者の集団が現れ、鉄竜海上人の即身仏を攻撃したことがあった。

強大な力を持つ集団で、当時、南岳寺を守っていた蒼海上人や信海上人も苦戦したという。

その後、神水がどうなったのかは聞いていない。いや、蒼海と信海が外に漏らさないようにしたといった方が正しい。

しかし、そこでまた疑問が湧いた。

鉄竜海上人の即身仏は、ミイラとはいえ、とてつもないオーラに守られた要塞だ。並の能力者では、同じ空間に身を置いただけで倒れてしまうほどの圧がある。

河西程度の能力では、敷地に踏み込んだだけで意識が朦朧とするだろう。

「強大な禍者が手を貸したのか……」

「その通り」

ふっと背後に気配が立った。

真雲は穴吹の額に手を当てたまま、振り向いた。

「学園長……」

河西がいた。静かに立ち、微笑み、二人を見下ろす。

「真雲さん、ありがとうございます。穴吹を捜していたんですよ、私も。しかし、どういうわけか、私のサイコメトリーでは彼に辿り着けなかった。神樹で結界を張っていたとは盲点でした。もっとも、こんな山奥で人知れず生きているなら、捜さなくてもよかったんですがね」

「あなたはやはり、能力者でしたか」

「はい。穴吹の記憶にある通りの、たいした資質もない能力者でした。しかし、彼が持ってきてくれた情報のおかげで、私の能力者としての人生は大きく変わった」

「あなたを変えた禍者は誰です？」

真雲が訊く。

「楠神弥生子《くすがみやよいこ》」

河西が言う。

「なんと……！」

真雲は両眼を見開いた。

楠神弥生子は、本当なら御船千鶴子《みふねちづこ》や長南年恵と並び称されるほどの女性超能力者だった。が、ある奇行で歴史から抹殺される。

彼女は、自分の能力を高めるため、超能力者を捜しては殺し、その血肉を飲み食いしていた。その数は五十人とも百人とも言われている。

彼女は信州の山奥で暮らしていたが、彼女の屋敷に入っていった人々がまったく出てこないことを不審に思った周辺集落の者からの通報で警察による家宅捜索を受け、そこで事件が発覚した。

その時、警察官が見た屋敷内には至るところに血肉が飛び散り、切断された人体が転がっていて、その光景は凄惨を極めたという。

あまりの出来事に、関係者は事件そのものを隠匿し、楠神弥生子が生存していた事実すら消し去った。

そうして、時が経つにつれ、楠神弥生子の名前は忘れられ、その存在も消失した。

現代において、彼女の名を知る者は、真雲のように長きにわたって超能力の世界に身を置いている一部の者だけだった。

「私が十九の時、あの方は私の前に現われ、力を授けてくれた。そして私は、あの方を解放するため、神水を手に入れようとした」

「つまり、〝何か〟の正体は……」

「そう。楠神弥生子の思念」

河西が言い切った。

「なんということだ……。学園長、あなたが彼女をどう評価しているのかは知らないが、復活させてはいけない」

「それは、あなた方の論理だ。常に能力に恵まれた一部の能力者のね。我々のような小さな能力しか持たない者が、どういう扱いをされるか知っていますか？　優れた能力者には鼻で笑われ、能力の欠片も持たない愚かな者たちからはペテン師と言われる。あの方は私たちのような者の在り方を変えようとした。私はその信条に感銘を受けた」

「それは違います。彼女は力を得て、自分の王国を作りたかっただけ。そのために人を平気で殺せるような人です。そこに思想も信条もない」

「あなたが私たちのことを知らないだけだ。まあ、あなた方には一生わからないでしょう。これ以上話し合っても平行線ですね」

河西が小さく息をつく。

「穴吹を捜していたのは、私が楠神弥生子の力を借りて能力を高めたことを知っているからです。あの方の名前が出れば、あなた方のような正義面をした能力者が、私たちを潰しにかかる。あの方を復活させるまで、もう少し。事はなるべく面倒なく進めたいですから。なので――」

河西が少しうつむいた。

「あの方の名を知ったあなたと、穴吹には、消えていただきます」

顔を上げた河西の全身から、禍々しいオーラが湧き上がった。

6

南岳寺にいたつぐは、テレポーテーションで緒形のいる山内邸へ戻ってきた。

緒形はリビングにつぐを迎えた。

「理事長はどうだい？」

「とりあえず、今は落ち着いている」

「そりゃ、よかった。年寄りの心臓は、ちょっとしたことでポンと止まっちまうからね。そういやあ、あのなまくら坊主と生意気な若いのは、何してるんだい？」

「法師と黒沢君か？　昨日呼び戻して、捜索本部で待機している」

「そうかい。なら、いい」

つぐは椅子の背に深くもたれ、脚を組んだ。胸下で腕を組み、対面にいる緒形を改めて見やる。

「で、紋紹君。テレパシーで話せないこととは？」

「ガード、かけてるかい？」

つぐは部屋を見回した。

「大丈夫だ」

緒形が頷く。

つぐはもう一度部屋を見回し、視線を緒形に戻した。

「〝何か〟の正体がわかったよ」

つぐは緒形を強く見つめた。

「楠神弥生子だ」

「まさか！」

緒形は両眼を見開いた。

「私も驚いたよ。この名は、二度と耳にすることはないだろうと思っていたんだがねえ」

「楠神弥生子のことは、知っていたのか？」

「蒼海上人が生きてた頃に、その名前と所業は聞いてた。彼女の思念が禍化したということもね」

つぐが話す。

普段は、自分の歳がわかるような話は一切しないが、事が事だけに、今は自分の年齢のことすら気に留めていないようだった。

「その後、禍者となった楠神はどうなった？」

「楠神弥生子は無念を晴らそうと、死ぬ直前、取り巻きの中に禍化した自分の思念を遺した。そして、再び現世に戻るため、長南年恵の神水を狙った。取り巻きたちを禍者にしてね。蒼海上人は、何度となく襲ってくる楠神の思念をまとった禍者を、鉄竜海上人の即身仏から発せられる力と神水の力を借りて倒し、神水を死守していた。しかし、ある時、強力な軍隊と言ってもいいくらいの禍者の軍勢が攻めてきた。その時、鉄竜海上人の即身仏は破壊され、体の中に埋めていた神水の容器も割れた。その一部を被ったのが、蒼海と修行を共にした信海だ。信海は、自分に神水の能力が宿ったことを知り、悪用されぬよう、自ら即身仏となり、能力を高めた」

「ということは、今、南岳寺にある即身仏は鉄竜海上人のものではないと？」

緒形の問いに、つぐが頷く。

「もう一点、大事なことがある。その神水を浴びた者がもう一人いる」

「誰です？」

「当時、鉄竜海上人の即身仏を参拝に来ていた一般人女性だ。彼女は神水を浴びたことで能力者となった。その名は、左木ウマル」

「左木？　まさか……」

「左木陽佑の祖母だよ」

「では、彼がまとっていたのは、神水の力だったということか」

「それだけじゃない。蒼海と信海、今守り人をしている清海は、当時の戦いで、禍化した楠神の思念のほとんどを信海の体に取り込んだ。が、一部を取り逃がした。そして、その一部は、左木ウマルの体内に入った」

つぐが言う。

緒形は息を呑んだ。

「蒼海はもう一人の弟子・空外《くうがい》をウマルの夫とし、彼女の中に宿ってしまった楠神の思念を抑え込んだ。そして、空外は死の間際、自らの思念をウマルの体内に取り込ませた」

「つまり、左木ウマルの中で、空外上人の思念が、楠神弥生子の思念を抑え込んでいるというわけか」

「そういうことになる。その抑え込んだ楠神の思念は、ウマルから彼女の娘を経て孫へと受け継がれた。それが左木陽佑というわけか。空外の思念と共にな」

「しかし、彼の履歴には一切、そうした背景は出てこないが」

「巧妙に隠していたようだね。左木陽佑の母は一般男性を装った僧侶と結婚し、社会に溶け込んでひっそりと暮らしていた。が、その傍ら、彼女は何度となく久高島に渡り、神女となった」

「久高島の巫女は、島で生まれ育った者しかなれないはずでは？」

「そうなんだがね。おそらく、特例なのだろう。もちろん、この事実が公にされたことは一度もない。陽佑の母は他にも神仏を感じるあらゆる修行をしている。ウマルも空外の手ほどきで同じような修行をしていたようだね。自分の中に取り込んだ空外と楠神の思念を娘に継承させるために。それほどまでに、楠神の禍化した思念は強力だったということだろうね」

つぐは一息つき、脚を組み替えた。

「その事実を知っていた者は、清海ただ一人。私らも聞いたから、今は一人ではないがね」

「なぜ、清海上人はその話を？」

「蒼海上人から、もし神水の件で、私か真雲、もしくは七宝法師が訪ねてきた時は、すべてを話すようにと言われていたそうだ。私らが動く時は、取り逃がした楠神の禍者が動き出した時だからと」

「その兆候はあるのか？」

「今まさに、私らの前で具現していることがそうじゃないのかい？」

つぐは緒形を見つめた。

「さらに、楠神の思念が本格的に動き出した証《あかし》が、陽佑とさくらの失踪だ。あの子らは生きている」

「本当か!」

「ああ。信海、蒼海、空外らは、禍者が再び動き出した時のために、仕掛けを施した。神水の力を宿す陽佑とそれを支える者、さくらだね。彼らが楠神を封じるための力と知を得るために必要な場所と人の下に彼らを飛ばすようにね。次、あの子らが姿を現わす頃には、その力と知見を得ているだろう。ただ、悠長に待っているわけにもいかないね」

つぐは一呼吸入れて、話を続けた。

「清海によると、空外上人の思念は生きているものの、年月が経てば弱まるそうだ。受け継いだ者の能力の高さにもよるらしいが、左木陽佑自身の能力はそう高いとは思えない」

「楠神の思念が抑えきれないと?」

「可能性はなくもないね。ただ、高馬さくらという能力の高いバランサーが付いていたのはラッキーだね。おそらく、まだ楠神の思念が左木陽佑の中で抑えられているのは、彼女の能力によるものが大きいんだろうよ。とはいえ、時間もないね」

「どうすればいい?」

「左木陽佑を保護し、私らの能力を動員して封じ込め、南岳寺の信海上人の即身仏に禍化した思念を移し、閉じ込める。左木の思念に関してはそれでいい。もう一つ、今、左木や信海上人の即身仏を狙っている禍者を捕らえねばならない。そいつが生きている限り、すべてを封じ込めることはできないからね」

「それについては、心当たりがある」

「河西かい？」

つぐが訊いた。

「わかるか？」

「あんたらの報告を受けてりゃ、誰だって気づくよ。今、どこにいる？」

「学園にいると思うが。学園長については真雲君が調査を続けている」

「すぐやめさせた方がいいね。もし、河西が楠神の禍者なら、相当な力を持ってる。一人じゃ危ない」

「わかった。すぐに戻るよう伝えよう。ちなみに、楠神弥生子が現世に復活するためには、何をしなければならないのだ？」

「神水を浴びた者、もしくはその思念を宿す者を食らうこと。あのおぞましい事件の再来だ」

つぐが腕を強く組む。

「すぐに全員を集めよう」

緒形はガードの一部を開き、テレパシーを飛ばそうとした。

そこに、真雲の思念が飛び込んできた。

「いかん！」

緒形の眉間に皺が立つ。

緒形はそのままテレポーテーションした。

つぐは緒形の思念を追った。真雲の身に起こっていることが、鮮明な映像として脳裏に浮かぶ。

「まずいね」

つぐはすぐさま、捜索本部にいる他のメンバーにテレパシーを飛ばした。

7

真雲は苦戦を強いられていた。両肩で息を継ぎながら、河西を見据えている。

普段はきれいに整えている髪もばらけ、スーツもボタンが飛び散っていたり、生地が破れていたりする。剝き出しになった腕や太腿、頰には、思念によって切られた傷が無数に這っていた。

「さすがはこの世界で名を馳せた第一人者だ。簡単ではないですね」

河西は余裕の笑みを滲ませていた。

真雲とは違い、一糸乱れていない。息も上がっていなかった。

真雲自身は、もっと反撃することができる。しかし、能力を全開にすれば、穴吹の命がもたないだろう。

穴吹を守りながら戦う真雲は、劣勢に立たされていた。

「学園長。もうやめましょう。今、あなたが私を襲っているのは、あなたの意思ではない。禍者に取り憑かれた別人のものです。私があなたの中の禍者を追い出します。だから、元のあなたに戻って――」

「戻りませんよ。あなたもご覧になったでしょう。元の私は、たいした力もないペテン師クラスの能力者だ。あんなみじめな自分に戻るわけがないでしょう」

「今のあなたの力は借りものです。そんな力に頼っている自分こそ恥ずかしいのではないですか？」

「その借りものの力にも敵わないあなたも、恥ずかしい限りですな」

河西は片笑みを見せた。

真雲は奥歯を噛んだ。

「これ以上、話しても仕方ありません。時間ももったいない。決着を付けましょう」

河西は両腕を広げた。

空気が震え始めた。真雲の体が揺らぐ。眠っていた穴吹の体が地面を転がった。

風が舞い始めた。足をすくわれるほどの旋風が巻き起こる。建物は一瞬にして吹き飛び、穴吹の体も渦と共に舞い上がる。

真雲は穴吹が吹き飛ばされたことに気づいた。が、動けない。

腕をクロスし、両脚を踏ん張り、自分が飛ばされないようにすることで精いっぱいだった。

河西はさらに念を高めた。風が低い音を響かせ、唸る。

膨れ上がった空気の渦は、周りの木々をなぎ倒していく。折れた樹木が巨大な槍《やり》となり、真雲に襲いかかる。

真雲はガードを厚くして、襲ってくる瓦礫を弾いた。

山ごと吹き飛ばしてしまいそうな力だ。念動力のスペシャリストである黒沢以上の力を感じた。

しかし、ただの力業であれば、河西の思念が弱まった時を狙い、この場から脱出することもできる。

真雲は河西の力が弱まるまで、岩のように耐えきる覚悟を決めた。

が、そんな真雲を見て、河西が笑った。

「真雲さん、そんなものですか？」

挑発的な言葉を向ける。

真雲は言に惑わされず、集中していた。

「私の力が弱まるまで耐えるおつもりですね。しかし、それでは私から逃れられない。見せてあげましょう。あなたが借りものと言った力の神髄を」

河西は広げていた腕を少しずつ狭め始めた。広がっていた渦が河西の腕の中に収束していく。その分、河西の腕から放たれる渦の力は強くなる。

すべてを吹き飛ばしそうなほどの旋風だ。真雲は膝を折り、身を低くして踏ん張った。

と、突然、渦が止まった。

真雲はその瞬間、テレポーテーションしようとした。

が、コンマ数秒もしないうちに、渦が逆流を始めた。

渦の先端が真雲に触れた。途端、真雲はすさまじい吸引力で河西の方へ引きずられた。両足を踏ん張るが、じりじりと吸い寄せられる。

「真雲さん。あなたもおそらく見たことのない技を見せてあげますよ」

河西の両眼が赤くなった。渦の中心が河西の胸元に届く。と、河西の胸に赤黒い空間が開いた。

同時に、河西が放つ渦は真雲の肉体分子を壊し始めた。

「なんだ……！」

真雲は剝がれそうな肉体分子を思念で抑え込んだ。

「これが異空間の究極の技〝黒天〟です」

「なんだと！」

真雲は目を見開いた。

黒天という技は、念動力と霊的能力を合わせた技だ。自分の中の異空間に相手の肉体分子と思念を吸い込み、封じ込めてしまう。

その技を浴びた者は、自分の生死すらわからず、異空間を漂い続けると言われている。

河西の目がふと右前方に向いた。

真雲も気配を感じた。誰かがここへ来ている。

河西は真雲に目を戻した。

「本気を出しますよ。あなたには逃れる術はありません。では、真雲さん。さようなら」

一気に思念を高める。

渦が真雲を飲み込んだ。

真雲の肉体分子が八つ裂きにされた。叫ぶ間もなかった。

渦の中に光の塵が舞う。

河西が腕を閉じる。黒い渦は小さくなり、河西の胸元に吸い込まれていく。

河西が両手を合わせると、渦は収束し、胸の奥へ消えた。

河西は右斜め上に視線を向けた。

「緒形か」

そうつぶやき、小さく微笑んでその場からフッと姿を消した。

8

糸川と長尾は、喜代田と伶花の二人をアジトに置いて、二人で左木たちの捜索を続けた。

時折襲ってくる結界場の圧力もしのぎ、奥へ奥へと進んだ。

山の中腹に来たところで、二人は休憩を取った。持ってきたコンビニのおにぎりで昼食を摂る。

「やっぱ、この中は疲れるな」

長尾が大きく肩を落とし、息をつく。

「ほら、飲めよ」

糸川は、自分のリュックからスポーツドリンクを出した。

「サンキュ」

長尾はペットボトルを取って蓋を開け、一気に半分ほど飲んだ。口元に溢れた滴を手の甲で拭い、また大きく息をつく。

「ほんと。なんなんだろうな、この圧は」

糸川も同じドリンクのペットボトルを出して、口の中を潤した。

「五味が言うような〝守られてる〟という感じはないけど、拒絶されてるふうでもない。なんなのかな、結界場って」

長尾は話しながら周りを見回した。

その目が右側の前方に留まる。

「人がいるな」

長尾は目を凝らした。

麓には民家もあり、住人の姿もあったが、山を上がるにつれ建屋はなくなり、人影も見なくなっていた。

「どこだ？」

糸川も目を細め、長尾が見ている方に目を向けた。

背の高い雑草の繁った草むらの奥だ。確かにガサガサと揺れている。

「人か？」

糸川が言う。

「人だ。なんとなくわかる」

長尾は立ち上がった。

「なんとなく……？」

糸川も気配を探ってみた。

確かに、人のような気配を感じる。結界場では能力が封じられているはず。だが、今感じているのは、能力で感じる霧に触れた時のような独特の空気感だった。

しかも、心なしか呼吸が楽になった感じもする。

今まで肩で息を継ぎ疲れた様子を見せていた長尾も、背筋が伸び、足取りも軽くなっているようだった。

長尾は足早に草むらへ近づいていった。糸川も後を追う。

長尾が道端で止まった。

「翔太か？」

草むらの奥から少年の声が聞こえてきた。

「陽佑か！」

長尾が目を見開く。左木の名を耳にし、糸川も駆け寄った。

背の高い雑草が二つに割れた。陰から人影が現われる。

「陽佑！　さくら！」

糸川は思わず名を呼んだ。

左木とさくらは二人を認め、満面の笑みを浮かべた。草むらから駆け出てくる。

「陽佑！」

長尾は駆け寄り、陽佑を抱きしめた。

「離せよ、翔太」

左木は苦笑した。

糸川はさくらに歩み寄った。

「よく無事だったな」

笑みを向ける。

「いろいろあったけど、とりあえず」

さくらも微笑む。

さくらや左木の顔は土埃で黒ずんでいた。服には雑草や枯れ草がついている。それでも二人とも足取りはしっかりしていた。

糸川はリュックからまだ開けていないスポーツドリンクのペットボトルを二本出した。

「飲むか？」

左木とさくらに差し出す。

「ありがとう」

さくらは受け取った。左木も受け取り、さっそく蓋を開けて飲む。二人とも一気に半分ほど飲んだ。

「なんで、おまえら、ここにいるんだ？」

左木が訊く。

「捜してたんだよ、おまえらを」

長尾が言った。糸川が続ける。

「おまえたちが生きてるかもしれないとわかって、思念の軌跡を追ったらこの場所が浮上したんだ。で、捜索チームが編成され、その第一陣でここへ来た」

「チームということは、他にも？」

さくらが糸川を見る。

「伶花も来てる。喜代田もな」

喜代田の名を口にし、苦笑した。

「二人はどこ？」

さくらが周りを見回した。

「二人とも、この結界場の圧にやられて、寝込んでいる。この結界場を出たところにある宿舎にいるよ」

「結界場？　ここも？」

さくらが首をかしげた。

「ここも、って？」

「私たちが飛ばされた場所は、ここから五百メートルほど上の山頂の近くだと思う。そこは確かに結界場だったけど、このあたりは、そういう空気感はあるけど、結界が張られているような圧力は感じない」

さくらは言って、左木を見やった。

「僕もそうだよ。だから、翔太の気配はなんとなくわかった」

「どういうことだ？　俺ら、ここを歩いてるだけで、精も根も吸い取られそうなくらいの圧力を感じてたんだけどな」

長尾が言う。

「今、平気な顔してるじゃないか」

左木が返した。

「いや、そうなんだよな……。おまえらが近づいてきたら、急に楽になった。なあ、啓次」

長尾が糸川に目を向けると、糸川も頷いた。

「だからよ。もし、おまえとさくらがここにいたとしても、この圧にやられてんじゃねえかって話してたんだ。特に、おまえがな」

左木を見やる。

「なんで、僕なんだよ」

「さくらは能力が高いけど、おまえはボンクラだろ？」

長尾がニヤリとする。

「ボンクラは言いすぎだ」

左木が仏頂面をする。

さくらと糸川は、学校でのやり取りを思い出し、くすっと笑った。

と、糸川はさくらの腰に目を向けた。

「さくら。おまえ、何か持ってるのか？」

「ん？」

さくらは糸川が視線を向けた方を見た。

「ああ、これ」

白い扇子を取る。

「なんだ、それ？」

長尾が左木の脇から覗いた。

「大事な人から預かった大事な物。ひょっとしたら、私と左木君はこれに守られていたのかもしれない」

さくらは扇子を広げた。

すると、扇面の中央に渦が湧き起こった。

「えっ、何？」

さくらは扇を閉じようとした。しかし、閉じることができない。

湧き立った渦は大きくなり、扇子から離れて四人の頭上に浮いた。空中でさらに大きな渦となっていく。

四人は渦に巻き込まれた。髪の毛が流され、衣服が膨らみ、揺らぐ。四人は飛ばされないように踏ん張った。

『動き出した……』

女性の声が聞こえた。

「え、誰？」

さくらが叫ぶ。

「なんなんだ、この声！」

長尾は顔の前に腕を立て、風を避《よ》けながら言った。

『決して彼らに渡してはなりません。守ってください』

「何を守るんだ！」

糸川が声を張る。

「左木君を守るということ？」

さくらが再び叫ぶ。

『あなたたちに未来を託します』

女性の声が優し気な色をまとった。

突風はやわらかく、温かくなり、ふっと空に消えた。

「なんなんだよ、今の……」

長尾は乱れた髪を手で撫でた。

「さくら。陽佑を守るって、どういうことだ？　あの女の人の声は誰なんだ？」

糸川が訊いた。

「母さんだよ」

左木が答える。

「陽佑の？」

糸川は左木を見た。

「啓次が知ってるうちの母さんじゃなくてさ。なんか、僕もよくわかってないんだけど、いるんだ、ここに」

左木は胸に手を当てた。

「なんかよくわかんねえけどさ。とりあえず、宿舎に戻ろうぜ」

長尾が言う。

「そうだな。おまえら、大丈夫か？」

糸川が左木とさくらを見やる。

二人は頷いた。

四人は連れ立って、山を下り始めた。

9

緒形は河西の思念を追った。

辿り着いたのは、河西が住んでいるマンションの屋上だった。

ふっと姿を現わすと、河西は屋上で緒形を待ち構えていた。

対峙する。

緒形と河西は睨み合っていた。が、まもなく、どちらからともなく笑みを浮かべた。

互いに歩み寄り、握手をする。

「気配はどうした？」

河西が訊く。

「穴吹がいた現場に置いてきました」

緒形は片笑みを滲ませた。

「真雲は？」

「ここでバラバラだ」

河西は胸を指でつついた。

「真雲の力はどうでした？」

「たいしたことはない。あの方の力の前では何人たりとも敵いはしない。真雲も無限の異空間の中で、あの方に逆らったことを後悔しているだろう」

河西が不敵に微笑む。

「左木は見つかったんですか？」

「先ほど、奥谷から連絡があった。やはり、東御にいたそうだ。今、宿舎で休んでいるということだ」

「そうですか。よかった」

緒形は頷いた。

「ところで、あの方が復活するために必要なことはわかったか？」

河西が訊く。

「はい。やっと聞きだせました。神水を浴びた者を食らうことだそうです」

緒形が答える。

「やはり、それしかないのか……。しかし、神水を浴びた者は、もういない。他に方法は？」

「もう一つ、方法はありますが――」

緒形はまっすぐ河西を見返した。

「あなたが知る必要はない」

声のトーンが低くなり、眼光に凄《すご》みが増す。

河西はたじろいだ。

「どういうことだ、緒形……」

「そのままです。あなたが知ったところで、あなたにあの方を解放させるだけの力はない。あなたの役割はここまでです」

「ふざけるな！　私こそがあの方に選ばれし者。逆らうようなら、貴様も――」

河西が両腕を広げようとした。

と、緒形は笑いだした。

「何がおかしい！」

河西が気色ばむ。が、緒形は涼しい顔で見ている。

「私に黒天を放とうとしたのですか？」

「最上級の技だ。君もこれには敵わない」

「あなたごときの平凡な能力者の黒天など、蚊に刺されるようなものです」

「なんだと！」

「あなたの過去は調べさせてもらいました。あなたが本物なら、あの方の復活を託すつもりでしたが、あまりに凡庸で話にならない。復活の方法は、私が長い年月をかけて山内たちの懐に深く入り込んだからこそ得られた情報。あなたのような無様な俗物に渡すはずもないでしょう」

「貴様……」

河西の髪の毛が逆立った。一気に両腕を開く。二人を渦が取り巻き、河西の胸元に大きな黒い渦が湧き立つ。

河西は緒形を飲み込もうとした。

緒形は仁王立ちしたまま、右手のひらを河西の胸元に向けた。小さく手のひらを押し出す。

瞬間、黒い渦は弾け、宙に霧散した。

「どういうことだ……？」

河西は戸惑いを見せた。

「あなたは選ばれし者でも何でもない。ただの下僕だ。真の能力を持たぬ者が、選ばれし者になれるわけがない。そんなことにも気づかない自分を恥じるがよい」

緒形は自分の胸の前で、手のひらを向かい合わせにした。

黒い空気の塊が現われる。

「あなたに見せてあげましょう。これこそ、最上級の能力がなせる技です」

黒い塊はどんどん大きくなっていく。中の気塊は木星のガスが蠢《うごめ》くように揺らいでいた。

「すべてを無に帰す闇の能力。〈黒球〉」

腕を広げる。

胸元の黒い塊は直径二メートルほどに膨れ上がった。

河西は両手のひらを黒い塊に向け、弾こうとした。が、河西の思念は黒い塊に吸い込まれてしまう。

「あなたが見た夢はここで終わりです。来世があれば、もう少し高い能力を持って生まれてくるといいですね。ごきげんよう」

緒形が黒い塊を押し出した。

手元から離れた黒い球が河西を飲み込む。

河西は絶叫した。その声まで黒い塊に飲み込まれていく。

球の中で河西の体がねじ曲がり、縦長に伸びていく。飴細工のようにぐにゃりと曲がる。

河西の体は糸のように伸び切ると、球の中でパッと弾けた。塵となった河西の肉体が黒い球に漂う気流に解けていく。

まもなく、河西は黒球を彩る塵となった。

「たわいもない」

緒形は吐き捨て、東御市の方向に目を向け、その場から消えた。

第7章　神扇

1

つぐは七宝法師と黒沢を連れ、緒形が飛んだ奥多摩の山中へ来ていた。

「こりゃひどいね……」

つぐは現場を見て、眉をひそめた。

その場にあったと思われる小屋は柱の跡だけ残し、吹き飛ばされていた。

周りの木々は竜巻に襲われたのかと紛うほど、根っこからなぎ倒されている。

「法師、何が起こったか、わかります？」

黒沢が訊いた。

「禍々しい残留思念を感じるが、実際、何があったのかはわからん。これほどまでに強力な思念は感じたことがない」

法師は太い眉毛を吊り上げた。

「緒形の思念はあるねえ」

つぐが言う。

「河西学園長の思念は？」

黒沢が訊いた。

つぐは顔を横に振った。

「真雲の思念もないね」

「やられたということですか？」

黒沢の問いに、つぐは押し黙った。

「ん？　なんか妙な気配があるな」

七宝法師が言った。ふっと姿を消す。

つぐと黒沢も、何かの気配を感じていた。

と、法師が戻ってきた。腕には薄汚れ、傷ついた男を抱いていた。

衣服は切り裂かれ、全身に切り傷と打撲痕がある。法師は男の体を地面に仰向けに置いた。

つぐが脇にしゃがんだ。

「死んでるね」

つぐの言葉に法師が頷く。

「誰なんですかね？」

黒沢がつぐの肩越しに覗き込んだ。

つぐは黙って、男の額に右手のひらを当てた。脳内の記憶を読み取り始める。

真雲の姿が出てきた。

「……この男は穴吹武宏。河西の大学生時代の友人だね」

読み取りながら言う。

「確か、真雲さんは河西学園長の身辺調査をしていたんですよね。その関係でしょうか」

「たぶんね」

話しながら、つぐは記憶を読み取っていく。つぐの脳裏に浮かぶ映像や音声は、テレパシーを通じて、黒沢と法師の頭の中にも伝わっていた。

穴吹が河西に神水のことを語っている場面が見えた。

つぐと法師が同時に眉根を寄せる。

「神水ってなんですか？」

黒沢が訊く。

「今回の件のすべての元凶だよ」

つぐが言った。

真雲が穴吹の記憶を探っているところに、別の気配が現われた。

「河西か？」

法師の言葉につぐが頷く。

穴吹はこの時、目を閉じていたようだ。真雲と河西の様子は記憶の中にない。が、耳から入ってきた音声は刻まれていた。

河西と真雲の声が聞こえてくる。

『決着を付けましょう』

その言葉と共に穴吹の身体が宙を舞った。

激しい風に煽られたからか、瞼が開き、音声を失った後に両眼に映る映像が、つぐの能力で再現された。

一度舞い上がった穴吹の体は、木の枝に引っかかった。重みで枝が軋む中、揺れる穴吹の視界は、二人の戦いを捉えていた。

河西は旋風を巻き起こしていた。竜巻のような風が止む。

少し間を置くと、河西が腕を広げた。赤黒い霧状のものが広がり始める。

「まさか……黒天か！」

法師の両眼が吊り上がった。

「まいったねえ、こりゃあ……」

つぐも渋い表情を見せる。

真雲が黒い渦に飲み込まれていく。黒い渦は収束し、真雲を飲み込んだまま消えた。

「なんですか、これは……」

黒沢は目を丸くした。

「おまえは知らんだろうな。これは、禍者が使う闇の技。ブラックホールのような異空間を作りだし、相手を飲み込んでしまう技だ。禍者でも力を持った者でないと、逆に自身が飲み込まれ消失する危険な技だ。まさか、河西がこんな技を使えるほどの能力者だとは……」

法師が宝珠を握り締めた。

つぐは手を離そうとした。が、止まった。

「まだ、あるね」

穴吹は命尽きる間際に、他の光景もその目に焼き付けていた。

河西は真雲を飲み込んだ後、その場から姿を消した。その数秒後、姿を見せたのは緒形だった。

緒形は河西の思念を追うように、すぐさま姿を消した。

穴吹の視界が大きく揺らいだ。枝の折れる音が聞こえる。穴吹は落下し、そのまま地面に叩きつけられ、絶命した。

「緒形局長は、そのまま学園長を追ったようですね。今頃、学園長と戦闘しているところでしょうか」

黒沢が言う。

「かもしれんな。しかし、黒天を操るほどの力を前にすれば、緒形とて苦戦は強いられる」

法師はテレパシーを飛ばした。

――千鶴。緒形と河西の居場所を特定できないか？

――捜してみます。

千鶴がテレパシーで答えた。

「つぐさん。この人、弔ってあげてもいいですか？」

黒沢が穴吹を見やる。

「そうだね」

つぐが頷いた。

黒沢は木がなぎ倒された場所に右手のひらを向けた。地面をつかむ動作をする。大きな穴が空いた。穴の部分の土を脇に避《よ》ける。

その手で穴吹をつかみ、地面の穴に入れた。

「ここからは、俺の仕事だな」

法師は宝珠を握り、右手のひらを上に向けた。そこに炎の塊が浮かぶ。

法師が炎を穴吹に投げた。穴の中で穴吹の体が燃え上がる。法師はそのまま右手を鼻先に立て、念仏を唱え始めた。

黒沢も手を合わせる。

つぐは舞い上がる火の粉を見つめた。

「ホトケさん、成仏できたみたいだよ」

そう言い、目を細める。

法師が顔を上げた。黒沢を見やる。黒沢は土をつかみ、穴吹に被せた。火が消え、穴吹の姿が地中に消えた。

と、千鶴から連絡が来た。

——緒形さんと学園長の思念は、東御市へ向かったようです。

——左木陽佑と高馬さくらを捜索しているところかい？

つぐが訊く。

——おそらく。

千鶴が答えた。

——あんたは思念を追ってちょうだい。

——わかりました。

千鶴の返事が聞こえた。

つぐは黒沢と法師を見た。

「行くよ」

二人が頷く。

三人は奥多摩の現場から姿を消した。

2

糸川と長尾は、左木とさくらを連れて、アジトに戻ってきた。

引き戸を開けるやいなや、伶花が駆け寄ってきた。

糸川は結界場を出たところで、アジトにいる全員にテレパシーで、左木たち発見の一報を送っていた。

「さくらー！」

伶花は裸足で玄関に下り、抱きついた。

「伶花、捜しに来てくれたんだ。ありがとう」

「無事でよかった！」

伶花は泣きじゃくっていた。

さくらは戸惑い気味に伶花を抱きしめ、頭を撫でた。

その様子を見て、男子連中が微笑む。

奥から入間が出てきた。

「左木、高馬！　無事でよかった」

入間が笑みを向ける。

「ともかく、中へ」

入間に言われ、四人と伶花は廊下に上がった。そのまま糸川たちの待機場となっている広間に移る。

左木は畳の上に座ると、大きくうなだれた。さくらも隣に座り、疲れた様子で息をつく。

入間がお茶と菓子を載せた盆と共に、全員の前に姿を現わした。

「今はこんなものしかないが、すぐに食事を用意するから、とりあえずはそれで空腹や疲れを癒やしておいてくれ」

「ありがとうございます」

さくらが礼を言う。

「喜代田はどうですか？」

糸川が訊いた。

「だいぶよくなった。もう一、二時間もすれば、ここへ戻れるようになるだろう。くつろいでいてくれ」

入間は言うと、糸川たちの部屋から姿を消した。

「どうやって見つけたの？」

伶花が長尾を見る。

「なんだか気配を感じてな。おまえたち、どうしてあの道に出てきたんだよ？」

長尾が左木とさくらに顔を向ける。

「なんというか……なんとなく。な」

左木はさくらを見た。

「うん。そうだね。下っていれば、どこかに出るだろうと思って、下っていただけ」

「まあ、なんとなくでも会えたんだからいいじゃないか。とりあえず、ひと息つけ。陽佑なんか、今にもぶっ倒れそうな顔してる。話は後でゆっくりしよう」

糸川が言った。

「そうだね。さくら、隣に布団敷いてあるから、そこで寝て」

「大丈夫なのか？」

長尾は伶花を見た。伶花が頷く。

「さくらの顔見たかったからかな。元気になっちゃった」

伶花はにこりと笑った。長尾も微笑む。

左木は湯飲みに手を伸ばした。さくらも湯飲みに触れる。その時だった。

『いけません』

女性の声がした。

左木とさくらは手を止めた。見つめ合う。

『飲んではいけない』

「この声、誰？」

伶花が部屋を見回した。

「この声は……」

長尾と糸川が目を合わせる。左木たちと会った時、耳にした女性の声だった。

さくらは白い扇子を出した。手に取り、湯飲みに近づける。すると、澄んだ鶯《うぐいす》色の茶が黒く濁った。

「何、これ……」

さくらの表情が強ばる。

左木も湯飲みを盆に戻した。

『来る』

「何が？」

さくらが宙を見て訊く。

『逃げなさい。守りなさい』

そう言うと、気配が消えた。

「ねえ、何？　今の何？」

伶花は怯えた様子で部屋の中を見回す。

「大丈夫。悪い何かじゃない」

長尾は伶花の肩を握った。

「ともかく、何かわからないが、ここにいてはいけないということだな。伶花、細かいことは後だ。みんな、いいな」

糸川は他の四人を見回した。

四人が首肯する。

「どこに行くんだ？」

左木が訊いた。

「学校に戻ろう。もし、ここに来ている何かと戦うことになっても、学校の敷地内なら一般の人たちに被害は及ばない。陽佑とさくらが消えた時のような力がここで発動すれば、ここいら一帯は吹き飛んでしまう」

「そうだな。俺は賛成だ」

長尾が言う。

「私もそれがいいと思う」

伶花が同調した。

「さくら、どうだ？」

糸川がさくらを見た。

「学校もなんだか胸騒ぎがするけど……。じっとしてるよりはいいかも」

さくらは扇子を握り締めた。左木がさくらの手の甲に手のひらを被せた。

「僕も行くよ。このまま逃げ回っているわけにもいかない」

強く握る。さくらは顔を上げて頷いた。

「じゃあ、いいな」

糸川が両腕を左右に広げた。伶花とさくらが糸川の手を握る。長尾も伶花と左木の手を握った。

左木が空いた手でさくらの手を握る。さくらは強く握り返してきた。

「意識を統一して」

糸川が目をつむる。他の者たちも同じように目を閉じ、精神集中を始めた。

肉体の分子化が始まる……。左木がそう感じた時、雑思念がみんなの意識を分断した。

目を開ける。

「何してんだ、おまえら」

喜代田がいた。

「喜代田、動けるようになったのか！」

糸川が言う。

「とっくに回復した。どこへ行こうってんだ、僕に無断で」

「おまえの許可はいらねえだろ」

長尾が睨みつけ、立ち上がろうとする。伶花が手を握り、止める。

「そうはいかない。左木と高馬が見つかった。僕は左木を連れていかなきゃならない」

「連れていく？　どこへ？」

糸川が訊く。

「おまえらのような雑魚《ざこ》が知る必要はない」

「雑魚はてめえだろうが！」

長尾は我慢できず、立ち上がった。

「長尾君！」

伶花が呼びかける。が、長尾は喜代田と対峙した。

「邪魔するな。邪魔すると……」

喜代田の体が動き始めた。軟体動物のようにうねうねと揺らぎ、少しずつ、喜代田の体が大きくなっていく。

「なんだ、こいつ……」

長尾は少し後退《あとずさ》りをした。

「邪魔……すると……」

喜代田の両眼が吊り上がる。白目は充血し、赤みを帯びていく。口角が裂けそうなほど上がっていく。

長尾は身構えた。

「啓次！　行け！」

「何言ってんだ！」

「行け！　こいつは俺が抑える！」

「長尾君！」

　伶花が駆け寄ろうとする。長尾は左手のひらを向け、思念を飛ばし、伶花を弾いた。

　躊躇している間にも、喜代田が異様な姿になっていく。全身から放たれる思念も禍々しいものになってきていた。

「時間がねえ！　さっさと行け！」

「わかった。すぐ、おまえも来い」

　糸川が言う。

「こいつを倒してな」

　長尾は両手のひらを上に向けた。火の玉がボッと浮かぶ。

「みんな、集中しろ！」

「行かすか！」

　喜代田が吼えた。

　壁や窓が振動した。タンスやテーブルが浮かび上がる。糸川たちの体も浮き上がった。

「手を離すな！」

糸川が声を張った。

手を握り締めた四人の円が、空中で地球ゴマのように舞う。

喜代田が両腕を振る。そのたびに糸川たちや浮き上がったものが室内を飛び交う。軌道を外れたタンスが窓を砕き、庭へ飛び出す。

屋敷にいた入間たち上級ＣＰ数人も駆けつけた。しかし、喜代田を止めようとはしない。喜代田の脇をすり抜け、左木たちに近づこうとしていた。

「こいつら、グルか！」

長尾は両手を近づけた。火の玉が重なり、大きくなる。

肩越しに後ろを振り返る。宙を舞う糸川と目が合う。二人は頷き合った。

喜代田に向き直る。長尾は思念を火の玉に注ぎ込んだ。火の玉が膨れ上がる。

「燃え尽きろ、てめえら！」

長尾は右手と左手を交差させるように振った。

膨れ上がった火の玉が真ん中から割れて広がった。炎をまとった蛇が室内を舞う。喜代田が飛ばした室内のものに火が点く。

炎の帯は長尾や糸川たちと喜代田らを分断した。

「さくら！」

糸川が叫んだ。

さくらは一瞬で思念を集中した。糸川とさくらの力で、左木と伶花の肉体が一気に分子化する。

入間とＣＰ数人が、左木たちを追おうと、分子化し始めた。

長尾は炎を操り、分子化しかけている者たちに炎を浴びせた。肉体を炙《あぶ》られた入間たちは、集中が途切れ、実体に戻った。

手のひらを縮める。広がっていた炎が長尾の手の中に収束した。

襖や布団が燃えていた。一部は柱に飛び火している。古い家屋は火に包まれようとしていた。

しかし、入間たちは動かない。喜代田と共に長尾を取り囲んだ。

「生意気な真似しやがって」

入間が睨む。

「てめえらが姑息な真似するからだ。あいつらは追わせねえぞ。俺の命に代えてもな」

長尾は一同を睥睨《へいげい》し、再び手の中で炎を膨らませた。

3

黒沢の飛行力で移動していたつぐたちの下に、千鶴から連絡が入った。

――東御市のアジトで激しい思念のぶつかり合いを確認しました。また、そこから左木陽佑、高馬さくらと思われる思念を受け取りました。彼らの思念は東御市のアジトを離れています。

――どこへ行った？

――方角的には悠世学園の方です。

――学校に戻ろうってのかい。千鶴、左木たちの思念を追うんだ。逃すんじゃないよ。

――わかりました。

千鶴がテレパシーの交信を切る。

「法師、黒沢。あんたら、東御の状況を見てきてくれるかい。私は、学園に戻る」

「ああ、任せとけ」

「送らなくていいですか？」

黒沢が訊く。

「いいよ。学園なら、テレポーテーションの方が早い。禍者が完全に牙を剝いたようだ。気をつけとくれ」

「おまえもな」

法師が言う。

つぐは鼻で笑い、離脱した。

「急ぎましょう」

黒沢は思念を高め、飛行速度を上げた。

4

左木は宙に空いた穴から落下した。地面に叩きつけられる。息が詰まる。顔が地面にこすれると、砂埃が口に入ってきた。

たまらず咳き込んで、上体を起こす。顔を上げると、そこは悠世学園のグラウンドだった。

周りから咳や呻きが聞こえてきた。目を向ける。糸川や伶花、さくらの姿もあった。

立ち上がって、さくらの下に駆け寄る。

「大丈夫か？」

「うん、なんとか……」

さくらが地面に手を突いた。左木は腕をつかみ、立ち上がるのを手伝った。

糸川も伶花を起こし、左木とさくらのところへ歩み寄ってきた。

「危なかったな……」

左木が糸川の肩を叩く。

「どうなってんだ、いったい」

糸川は眉間を寄せた。

「たぶん、最初から左木君を狙っていたんでしょうね」

さくらが言う。

「おまえに何があるんだ？」

糸川は左木を見た。

左木は一瞬うつむいた。が、顔を上げてまっすぐ、糸川を見た。

「僕の中に〝何か〟がいる」

自分の胸元をつかむ。

糸川は目を丸くした。伶花も驚いた様子で、左木を見やる。

「どういうわけかは知らないけど、僕の胸の奥に〝何か〟が潜んでる。さくらちゃんがいなければ、僕は〝何か〟に飲み込まれてた」

左木は言い、さくらを見た。

「さくら、〝何か〟を抑え込むほど、能力が高くなったの？」

伶花が訊く。

さくらは顔を横に振った。

「これのおかげだと思う」

手に取った白い扇子を見せた。

「これは、久高島でノロのお婆さんから預かったもの。左木君の中のものを抑える方法は、そのお婆さんに教わったの」

手元を見つめ、扇子を腰に差した。

「久高島って、沖縄のか？」

糸川の問いに、左木とさくらが同時に首肯した。

「そんなところまで飛ばされてたなんて」

伶花も思わずつぶやく。

「そこで左木君の中の〝何か〟を抑えているうちに、あの女の人の声が聞こえるようになったんだ」

さくらが言う。

「誰なんだ、あの声の人」

糸川が訊く。

「母さん」

左木は答えた。

「学園都市にいるおまえんちのおばさんか？」

「違う。この人だ」

左木はポケットから巫女の写真を出した。

糸川と伶花が写真を見る。

「きれいな人……」

伶花が言う。

「目元とか、おまえに似てんな」

糸川は写真と左木を見比べた。

「けど、この人が母親なら、学園都市のおばさんは誰なんだ？」

「細かいことは何もわからないんだけどな。僕が信じてきたものは、すべて虚像なのかもしれない。僕が今、手にしている力も、僕のものではない気がする」

左木はうつむいた。

「ただ、こいつをこのままにはしておけない。決着を付けないと」

胸元を握る。

「どうするんだ？」

糸川が訊く。

左木は胸元を握ったまま、顔を横に振った。

「先生に尋ねてみようよ。奥谷先生はダメね。入間さんたちを派遣した人だから怪しい」

伶花が言った。

「御船先生でいいんじゃないか？」

糸川が言う。

「緒形局長も私を助けようとしてくれた」

さくらは言った。

「そうか。警備局長を務めるくらいの人なら、何か知っているかもしれない。そうしよう」

糸川は首肯した。

「どこにいるんだろう？」

伶花が校舎の方を見やる。

と、宙が揺れた。波打つ空間から、緒形が現われた。

「緒形局長！」

糸川とさくらが声を上げる。

「よかった。無事だったか！」

緒形は左木たちの下に駆け寄った。

「どうしてここへ？」

伶花が訊く。

「私は特捜チームを組んで、ひそかに左木君と高馬君の消息を追っていたんだ。そして、君たちの思念を見つけ、東御市へ行こうとしていたんだが、途中で東御市から君たちの思念が離れるのを感じた。その軌跡を追って、ここへ辿り着いたというわけだ。左木君も高馬君も無事でよかった」

緒形は左木とさくらの肩に両手を置き、握った。

「東御で何があったんだね？」

緒形が四人を見やる。糸川が口を開いた。

「陽佑とさくらを見つけて、アジトに戻ったら、喜代田がなんだか変な感じになって、入間さんたちも襲ってきたんです。……そうだ！　翔太がまだ、アジトに残っているんです！

あいつらと戦っています！」

糸川が思い出し、声を張った。

「わかった。すぐにうちの人間を送ろう」

「奥谷先生はダメです！」

怜花が言った。

「奥谷君が？」

「入間さんたちや喜代田君を東御に送り込んだのは、奥谷先生です。絶対、何か関係があります！」

「奥谷君がまさか……。すぐ、別の者に調べさせよう。ともかく、長尾君のことは私に任せて。君たちは宿舎に戻って、少し休みなさい」

緒形は言った。

「ああ、左木君と高馬君。ちょっと休む前に話を聞かせてもらえないか？　君たちを飛ばしたあの異空間のことやその後のことを知っておきたい。私の部屋へ」

緒形が左木とさくらの肩に手をかけて、テレポーテーションをしようとした。

二人とも身を委ねようとした。

その時、扇子が激しく震えた。さくらは驚いて、扇子を取った。

扇子が白い光を放った。緒形はその光に弾かれ、後退した。

「どういうこと……？」

さくらは手元を見た。糸川と伶花もさくらの下に駆け寄る。

「高馬君、それは？」

「久高島でノロのお婆さんから預かった扇子です」

「神扇か……」

「神扇というんですか、これ？」

さくらが訊く。

「そうだ。神聖な水で溶かれた繊維で作られた紙、それを用いた聖なる扇子のことだ。神事に使われるものだが、それほど思念や霊力をまとっているものはめずらしい。強い力を持つ神器は、身を守ることもあれば、その力で身を滅ぼすこともある。君たちが持っているのは危ないな。私が預かっておこう」

緒形は歩み寄り、右手を差し出した。

さくらが扇子を渡そうとする。

『渡してはいけない』

女性の声が聞こえた。

糸川がさくらの腕を握り、下げさせた。

「どうした？　早く渡しなさい」

緒形は笑顔で近づいてくる。が、糸川は三人の前に立ち、緒形と対峙した。

「どうしたんだ、啓次？」

左木が訊く。

「さっき、その声がした後、オレたちは襲われた。その声は渡してはいけないと言っただろ？　たぶん、そういうことなんだよ」

「そういうって……」

「緒形局長。扇子の力は、さくらが制御できています。これは、陽佑を守るために必要なのです。さくらに持たせておいてくれませんか？」

「さっきも言ったように、強すぎる神器の力は未熟な力を飲み込むことがある。危険だ。渡しなさい」

「その力に弾かれたということは、先生の力も未熟ということですか？」

糸川は、わざと挑発するような口ぶりで言った。

緒形の笑みがかすかに引きつる。

「陽佑の中には〝何か〟がいます。その〝何か〟を抑えられるのは、扇子を持ったさくらだけのようです。その点においては、さくらの力の方が局長より上だと思いますが」

糸川が言う。

緒形は手を引っ込め、うつむいた。大きく息をつく。

「あー、こざかしい……」

つぶやく。

「ガキは聞き分けがなくて嫌いだ」

緒形はやおら顔を起こした。

そこに笑みはない。

「さっさと渡せ、ガキ共！」

緒形の髪の毛が逆立った。風が湧き立ち、四方に砂埃が舞い上がる。

糸川たちは腕を顔の前に立て、風と埃を避けて、目を細めた。

竜巻が起こった。緒形の姿が消える。

「どこだ！」

糸川が捜した。

呻きが聞こえた。伶花とさくらも声がした方を見る。

左木の背後に緒形がいた。

「貴様らに用はない！　抵抗すれば、皆殺しだ！」

緒形は左木の首に腕を回し、テレポーテーションを始めた。急速に緒形と左木の体が分子化を始める。

さくらはとっさに扇子を開いた。水平に扇子を振る。白い光の帯が散りかけている左木と緒形の肉体分子をさらった。

浮き上がっていた肉体分子は白い帯に吸収され、それぞれの実体に戻った。

左木は間髪を容《い》れず、肘を立てて半回転した。右肘が緒形の頬を抉った。不意打ちに緒形がよろける。

その隙に、左木はさくらの下に走った。

四人で緒形と対峙する。

「あんたも人間たちの仲間だったのか！」

糸川が睨みつけた。

「仲間？」

緒形は睨み返した。

「仲間じゃない……」

緒形の周りに赤黒い思念が湧き立つ。

「あいつらは俺の下僕だ」

緒形は胸の前で、手のひらを向かい合わせにした。黒い球体が浮かび上がる。

「おまえら、全員飲み込んでやる」

緒形の思念が揺らぎ、黒い球体はみるみる大きくなっていく。

すさまじい引力が、四人を引きずり込もうとした。みんなで肩を抱き合い、踏ん張る。が、ずるずると引きずられていく。

「黒球の餌となれ」

緒形はにやりとし、思念を一気に高めた。

黒い球体は爆発的に膨らみ、グラウンド全体を飲み込んだ。

5

長尾は炎の渦をまとい、喜代田と対峙していた。

喜代田は変形し、化け物のようになっていた。

身長は三メートル近くになり、天井を突き破った。双眸は血走って赤く光り、耳元まで裂けた口の奥に禍々しい黒渦がたゆたう。

周りにいた入間や他の上級CPたちも、顔が変形した者や腕だけが異様に太い者、棒のようにひょろ長くなった者など、この世のものとは思えない異形と化している。

喜代田や他の者たちに、戦略らしきものはなかった。

喜代田はひたすら、そこいらのタンスや瓦礫を念動力で持ち上げ、振り回す。入間は旋風を巻き起こし、長尾に投げてくる。アポーツで刃物を出しては投げつけてくる者もいれば、テレポーテーションを繰り返し、長尾の背後を取ろうとする者もいる。

長尾はまとった炎の輪を振り回したり、テレポーテーションをしたりしながら、攻撃を避けることに終始していた。

「なんなんだ、こいつら……」

棒のような男が、テレポーテーションで後ろに回った。

長尾は前を向いたまま、炎をまとった右拳で裏拳を放った。拳が男の顔を捕らえそうになる。が、当たる瞬間、男は姿を消した。

入間が竜巻を飛ばしてきた。長尾は左手のひらを向け、炎の塊を竜巻に飛ばした。空気と炎が混ざり合い、火柱となって天井を貫く。

炎の壁の向こうから、喜代田が投げた瓦礫が襲いかかってくる。

長尾は炎を円形にまとい、ガードし、瓦礫を弾き燃やした。

屋敷のあちこちで火の手が上がった。煙が立ち込める。

視界は悪くなるが、喜代田たちの殺気は増していた。

建物が崩れる前に、どこかへ飛ばなければ……と、長尾は思う。しかし、自分が移動すれば、喜代田たちが追ってくる。

エリアガードのかかっている建物の敷地内であれば、自分たちの戦いで収束できるが、逃げる場所を間違えば、近隣の一般人に甚大な被害をもたらす可能性もある。

「どうする……」

長尾は炎の球体の中で身を守りつつ、散らばる気配に意識を向けた。

戦いの中で、自分の力が二倍にも三倍にも強まっているのを肌で感じていた。

今なら、目の前にいる全員を焼き尽くすことができそうな気がする。

ただ、そこまでの力を使えば、自身が無事でいられるかもわからない。失敗すれば、喜代田たちに殺られるだけだ。

長尾は逡巡した。

悠世学園で過ごした日々が脳裏をよぎった。

糸川や左木とつるみ、楽しい学園生活を過ごしながら、みんなで能力を高め合った。喜代田もいけ好かないヤツだったが、著名な親の呪縛に悩まされながらも、自分なりに努力してきたことは知っている。

「喜代田。おまえ、それでいいんかよ」

長尾は問いかけた。

「おまえ、なんか知らんが、そんな化け物の力で強くなって、うれしいのかよ」

問いかけるが、喜代田は返事をしない。ただただ長尾を睨み、隙を狙っている。

「もう、飲み込まれちまったな……」

長尾はため息をついた。

喜代田も含めて、みんながそのまま大人になり、それぞれが一般社会へ飛び立って、能力を活かしながら普通の生活を営んでいくのだ……と思っていた。

まさか、〝何か〟という化け物が出現し、その〝何か〟が親友の体の中に潜み、自分や友人たちの人生を奪おうとするなど、想像すらしていなかった。

長尾は無性に腹が立ってきた。

ただでさえ、普通に生きづらい境遇で生まれてきた。自分も仲間も、望んだのは普通の生活だ。

他の人たちにはない特殊な能力を有しながらも、普通に学生生活を送り、普通に就職して、普通に家庭を持って、普通に子どもを育て老いていく。

そんなささやかな夢を叶えることすら許されないのか……と思うと、自分たちの存在意義がわからなくなった。

「所詮、俺たちは異分子ということか」

つぶやく。

笑みがこぼれた。諦念が胸の奥をよぎる。

煙が薄まり、喜代田たちの姿が映った。もはや人間ではなく、化け物の集まりだ。

「こんな連中、生きていても仕方ねえな」

自分も含めて……。

スッと意識が澄み渡った。頭の中の霧が晴れたように気分が落ち着いた。

「つまんねえ。終わらせよう」

左木や糸川の顔がよぎる。

「今度生まれてくる時は、普通のガキで生まれてこようぜ、おまえらも」

長尾は喜代田たちを睥睨した。

思念を集中した。長尾のまとった炎の球体が一気に膨れ上がった。思念の圧で、人間の仲間の何人かが飛ばされ、壁に当たった。

炎はさらに勢いを増し、火先が鞭のように揺らぐ。温度も高くなり、炎が白んでくる。

長尾は胸の前で腕をクロスさせ、思念を最高潮に高めた。

「あばよ」

左木たちを思い浮かべる。

そして、クロスさせた腕を一気に開いた。

炎の球体が爆発した。高温の火が喜代田や入間たちを飲み込む。

悲鳴が上がった。灼熱の炎は男たちのガードを焼き尽くし、肉体をも燃やしていく。

焼け千切れた腕や足が、熱風に舞い、溶けていく。建物の壁や瓦礫も一瞬で灰となり、霧散する。

入間は必死にガードを固めた。が、ガードが燃やされ、わずかな穴が開いた。そこから入ってきた炎が入間の全身を襲う。

入間の肉体が炎に包まれる。

「まさか、こんなガキが……」

入間は炎を弾き飛ばそうとした。しかし、長尾の思念は入間の能力に勝った。

入間の皮膚が焼かれ、筋肉が剝き出しになる。炎はさらに肉体を炙る。筋繊維が焼き切れ、血が蒸発する。

「おの……れ……」

入間は最後の力を振り絞り、腕を上げようとした。が、両腕は焼き切れて吹き飛んだ。

入間が吼えた瞬間、見開いた眼球が炎に包まれ、灰となった。

長尾の体も燃えていた。ロウソクの芯のように業火に炙られる。自分の肉体が溶けていくのを感じる。

長尾は顔を上げ、眩しい炎の先を見つめた。

入間たちが焼失したのは確認した。

「やったか」

力が尽きていく。視界もぼやけてくる。

ゆらゆらと揺れる炎の中に、まだ焼失していない影が立ち上がった。

「ちくしょう……」

喜代田だった。

業火は喜代田の顔半分を燃やしていた。全身もところどころが焼け落ちたり、肉が焼けていたりする。

しかし、動いていた。体を引きずりつつも、長尾に迫ってくる。

「こいつに負けるのか……」

長尾の思念が弱まった。

炎が小さくなる。

半焼けの喜代田が間近に迫った。長尾の首をつかみ、口を開いた。黒い渦が長尾の顔にかかる。長尾の思念が皮膚ごと剝ぎ取られそうな吸引力を感じた。

長尾の意識は朦朧としてきた。動こうとしても力が入らない。

黒い渦が長尾の顔を包もうとした。

終わったな……。

観念しそうになったその時、強力な思念の圧を感じた。視界を奪いかけていた黒い霧が晴れる。

長尾の首を握っていた喜代田の腕がもげ、首から上が弾け飛んだ。

長尾の体が地面に落ちそうになる。

「大丈夫か？」

若い男が長尾を抱き留めた。

「誰だ……？」

目をこじ開ける。知らない顔だ。

若い男の脇には、袈裟《けさ》を着たいかつい顔の僧侶がいた。宝珠を握り、喜代田の化身と対峙している。

喜代田の化身は、顔を失いながらも動いていた。首から上に思念が湧き立ち、輪郭のようなものを作っている。

「黒沢！　そいつと飛べ！」

「了解」

黒沢がテレポーテーションを始める。

「まだ……喜代田が……」

「あとは任せろ。よくがんばったな」

黒沢は微笑みかけ、長尾を連れて姿を消した。

二人がいなくなったことを確認し、七宝法師は喜代田の化身と対峙した。

「醜いのお、弥生子よ」

法師は太い眉を上げ、睨んだ。

「ここいらで諦観して成仏しようってんなら、念仏の一つも唱えてやってもいいが」

法師が言う。

化身は残った喜代田の体を飲み込み、黒い霧の塊になり始めた。

長尾の攻撃で灰となった思念も、その黒い霧に集まり始める。

「この期に及んでもなお、あきらめんか……」

法師は宝珠を握った。

「ならば、捕らえるのみ！」

握った宝珠を水平に振った。先端で黒い霧の中心を貫く。

黒い霧はふわりと上下に分かれた。宝珠の先が空間をすり抜ける。

法師が宝珠を引いた。霧はまた元の人様の姿に戻った。

ゆらゆらと揺れ、灰となった思念を取り込み、大きくなっていく。

法師は顔に見える部分を見上げた。

揺らぎが止まった。口の部分が大きく開く。黒い霧は津波のように湾曲し、法師に襲いかかった。

法師が一気に霧に飲み込まれた。姿が見えなくなる。

が、次の瞬間、真ん中から霧が弾けた。四散する霧の中央にいる法師は、仁王立ちし、宝珠を両手で握っていた。

法師の前で再び、黒い霧がまとまり始める。

「弥生子。おまえの思念で、俺は倒せん。おまえの思念が散らばっているように、神水の力も様々なところに散った。その力をまとっているのが、この宝珠だ」

右手で握って、霧の塊を殴りつける。宝珠の拳を食らった霧が金色に輝き、塵のように消える。塊に欠けている部分ができた。

法師は宝珠を振り回した。宝珠に触れた黒い霧は次々と浄化され、消えていく。そのたびに黒い霧は発散と収束を繰り返す。

少しずつではあるが、黒い塊は小さくなっていく。

だが、完全には消えない。

法師の息が上がってくる。隙ができると、黒い霧は矢のような触手を伸ばし、狙いすまして法師の肉体を狙ってきた。

法師は宝珠を回しながら、一方で、襲ってくる思念を弾いていた。

しかし、黒い霧は小さくなれど、動きは次第に速さを増し、攻撃が当たるようになってきた。

黒い霧の矢に当たったところは、袈裟が溶けたように裂けた。テレポーテーションで使う物質の分子化の応用だ。瞬時に溶かすあたり、思念はかなり強力だった。

法師は紙一重のところで肉体への接触を回避していた。

法師の体力と思念の塊の削り合いが続く。

「これじゃあ、埒《らち》が明かねえ……」

次第に防戦を強いられる状況になってきた。

黒い霧を倒すには、霧の奥にある楠神弥生子の思念の核を封じなければならない。

法師は後方へテレポーテーションした。距離を取り、両手に宝珠を巻き付ける。霧の中心に突っ込み、一気に核を捕らえようとした。

腰を落とし、地を踏みしめる。いざ、突入しようと、足下に思念を集中した時だった。

黒い霧は突然姿を変えた。

浮き上がった黒い霧が黒雲のように頭上に広がった。中央には目のようなものが光る。黒い霧からつららのような突起物が無数に現われた。

野太い雄叫びが聴覚を揺さぶった。

法師は一瞬、相貌を歪めた。

その時、頭上から数多《あまた》の黒い矢が降ってきた。

「くそったれ！」

法師は地を蹴った。

目のようなものが光る霧の中央に飛ぶ。

黒い矢が法師の袈裟を切り裂いた。腕や足に矢先がめり込む。火の点いた棒をねじ込まれたような熱痛が走り、肉が分子化して消える。

霧の矢は固まって、法師に襲いかかった。法師の左頬がごっそりと抉れた。

揺らぐ意識を保ち、霧の中央へ飛び込んだ。

宝珠に包まれた両手が、思念の塊をつかんだ。黒い霧は法師を包み込んだ。

すべてが暗黒に包まれる。

法師の袈裟がすべて溶け、霧が肉体を侵食し始めた。

法師は手のひらの感覚を頼りに、楠神弥生子の思念を探した。肉体の感覚が薄れていく。

宝珠に包まれた両手以外の体が溶けていく。筋肉が溶け、骨が剝き出しになってきたところもある。

法師は思念を手のひらにまとめた。

「俺が先か、おまえが俺を飲み込むのが先か」

法師は自分の肉体が消失するリスクも恐れず、自ら霧の奥へ潜った。頭蓋骨が露出し始めた。

その時、指先に電流が流れたような痺れを感じた。

「そこか！」

法師は眼球を指先に向けた。鼓動を打つ赤黒い塊を見つけた。手のひらを広げ、塊を包み込んだ。

「宝珠！」

思念を一気に手のひらに注ぎ込んだ。

宝珠が砕ける。その破片が手のひらに集まり、球体を作った。ひび割れがつながっていき、真球に近づいていく。

そして、すべてのひびがつながった時、球体は金色の光を放った。

黒い霧は一瞬でかき消えた。

宙に浮いていた法師の体が地面に落ちる。骨剝き出しの両腕の肘関節が外れた。が、両手のひらにはしっかり球体が握られていた。

法師は半分頭蓋骨が出ている顔を上げた。両手に球体が握られていることを確認し、笑みを浮かべる。

「なんとかなったが……動けそうにねえな」

つぶやき、思念を自分の手のひらに残したまま、意識を失った。

6

緒形の放った黒球は一瞬でグラウンド全体を飲み込んだ。

黒いドームの中は嵐のような風が吹き荒れ、中心に向かって収束していく。

左木たちは全員で手を握り、踏ん張った。が、吸引力はすさまじい。

伶花が突風に足を取られた。

体が舞い上がる。糸川は伶花を助けようと、さくらの手を離した。伶花の右腕を両手でつかむ。

さくらの体が揺らいだ。左木はさくらの左右の手を握った。

糸川と左木は、さくらと伶花が引き込まれないよう、腰を落として両脚を踏ん張った。

が、強風はめり込んだ足下の地面の土もさらい、舞い上げる。加えて、猛烈な渦が体を揺らす。

さくらが悲鳴を上げた。伶花と同じように体ごと浮き上がる。

左木の体が前のめりになった。さくらの重さに引っ張られ、踵《かかと》が浮いた。

「ダメだ！」

爪先が地面から離れようとした時だった。

渦の中心と左木たちの間に、巫女の衣装を着た女性が現われた。長い黒髪をなびかせ、手に持った玉串を振った。

「神気流！」

白銀に輝く帯が現われた。その帯が黒い渦の中心に吸い込まれていく。

小さな点になった瞬間、白い光が弾けた。

左木たちは視界を奪われた。聴覚を揺るがしていた旋風の音が消える。

視界が戻ってくる。嵐は止み、黒い球体は消えていた。

「大丈夫か！」

糸川の声が聞こえた。

左木は地面に座り込んでいた。さくらも目の前に跪き、咳き込んでいる。

「大丈夫だ！」

左木は答え、糸川の方を見た。糸川と伶花も無事だった。

糸川は伶花を支え、左木たちの下に寄った。共に緒形の方を見やる。

緒形と左木たちの間に、巫女姿の女性が立っていた。

「下がってなさい」

女性は玉串を緒形に向け、相手を見据えたまま言った。

「南条……。おまえごときに私が抑えられると思うか？」

緒形は片笑みを覗かせた。

「わかりません。けれど、少なくとも、あなたの黒球は破壊しました」

千鶴が言う。

緒形の顔から笑みが消える。

「まずはおまえから、食ってやろう」

緒形が左右の五指を動かした。

千鶴は前面で玉串を上下8の字に振る。

時折、玉串の葉が弾け切れ、ふわりと舞い落ちる。

その場にいる左木や糸川たちは、緒形から飛ばされる強力な思念を、千鶴がうち払っていることを感じ取っていた。

緒形から放たれる思念は、細い針のような時もあれば、巨大な拳のような時もある。形も力も様々な思念を、間髪を容れずに放っていた。

思念の形を瞬時に変えるだけでも難しいのだが、さらに変形思念を掃射のように繰り出す緒形の能力は驚異的だ。

一方、それを玉串と思念のガードでかわし続ける千鶴の力も目を瞠《みは》るものがある。

左木たちは手助けしたいが、圧倒的な能力の差を感じ、千鶴の背後で動けずにいた。

「アポーツ」

緒形が天に両手をかざした。

空が割れ、一帯が暗くなる。

左木は頭上を見上げた。瞬間、両眼を見開いた。

「なんだ、これ……」

空には巨大な山が浮いていた。

糸川たちも、あまりの光景に絶句した。

「解除」

緒形がふっと両腕を下ろした。

巨大な山が空から降ってきた。左木たち四人は驚愕のあまり硬直した。

千鶴が玉串を上に向けた。思念を放とうとする。が、突然、呻いて膝を崩した。

緒形の思念が千鶴の胸を貫いていた。左木の目に、手のひらの形をした緒形の思念が見える。

背中から突き出していた手のひらは、千鶴の体内に戻っていった。

千鶴は歯を食いしばり、玉串を天に向けた。

「点壊！」

槍のような思念を山の底の中心に放った。

同時に、緒形の声が聞こえた。

「クラッシュ」

緒形の手のひらが、千鶴の心臓を握った。

千鶴が目を見開いた。口から血が噴き出す。玉串を掲げた腕が下がる。しかし、千鶴が放った思念の矢は、山の底の中心に突き刺さった。

瞬間、山が砕けた。大きな岩となって四散する。岩は付近の山肌に食い込み、校舎や体育館を破壊する。

糸川はとっさにドーム型のエリアガードを張った。伶花が糸川に手を添え、思念を補強する。

さくらの目は千鶴に向いていた。両膝を落とした千鶴の真上に、砕けた岩が迫っていた。

さくらはガードから飛び出した。千鶴の背後に瞬間移動する。

「さくらちゃん！」

左木が後を追う。

さくらは扇で千鶴の背中を突いた。心臓を握っていた緒形の思念が消える。さくらは千鶴の上に覆い被さった。

左木はさくらと千鶴の脇に立った。

助けたい一心で、両腕を上げ、手のひらを上に向けた。

その時、瞬時に氷が張り詰めたように空気が固まった。

空を見上げる。飛散していた岩がぴたっと宙で停止していた。

足下を見る。

さくらや千鶴は動いていない。背後を見る。糸川と伶花も微動だにしない。

「どうなってんだ……」

左木は自分の周りに起こったことが理解できず、腕を上げたまま戸惑った。

拍手が聞こえてきた。目を向ける。

緒形だった。

「いやあ、お見事。時空停止は、あの方ですら使えなかった能力。君の中に宿るあの方の力と何世代にもわたり熟成された神水の力が結合したようだね。まだ私を止めるには至らんようだが、たいしたものだ」

笑みを浮かべ、左木に歩み寄ってくる。

「つまり、君を食らえば、あの方は唯一無二の力を持つ能力者として復活できるというわけだ。すばらしい」

緒形が近づいてくる。

左木は後退しようとした。

「おっと、腕は下ろさない方がいい。時空の停止が解除されてしまう。そうなれば、南条も君の友達もみな、岩の下敷きとなり、学校も学園都市も破壊しつくされてしまう」

緒形が言う。

左木は両腕を上げたまま、動けなくなった。

「君はそのまま私に飲み込まれればいい。君が逆らわなければ、他の者は助けよう」

「信じられるか！」

緒形を睨む。

「信じるかどうかではない。今、時空停止の能力を持っているのは君だけ。腕を下ろせば、その能力が解除される。そうなれば、再び岩は動き始める。そうなった時、君は彼らを助けられるか？」

緒形はさくらや糸川たちを見回した。

「この危機を脱するには、時空停止が解除されると同時に、この空間全体にアスポーツをかけ、岩を誰もいない場所に飛ばすしか方法はない。君は時空停止が使えるほどの能力を有しているが、同次元のアスポーツは使えまい。私にはそれができる。君に選択肢はないということだ」

緒形は勝ち誇ったように笑みを濃くした。

左木は奥歯を噛んだ。悔しい。だが、緒形の言う通り、みんなを助ける術を持たない。

このまま緒形に食われていいとは思わない。しかし、この場から逃げ出すのは、親友や好きな人を見殺しにするということだ。それもできない。

「……助けてくれるんだな、みんなを」

左木は訊いた。

「約束しよう」

緒形は左木の前に歩み寄り、立ち止まった。

右手を左木の肩に置いた。

「君の覚悟と勇気は、必ずや、君の仲間たちに伝えよう」

緒形が口を開いた。口辺が左右に裂け、大きく開いていく。喉の奥には黒い渦が巻いていた。

左木は両腕を上げたまま、目を閉じた。

さよなら、みんな――。

覚悟を決めた。

その時、気配が左木の横を過ぎた。気配はすぐに左木の傍らに戻ってきた。

「腕を下ろすんじゃないよ」

女の声だった。

左木は目を開いた。タイトなミニワンピースを着たショートボブの女性は、左木の前に立ち、両腕を振り上げていた。その手には、さくらが持っていた白扇が握られていた。

「消えな、楠神！」

女性は白扇を緒形の口に突っ込んだ。

緒形が目を剝いた。白扇は緒形の口の中に吸い込まれた。

緒形は呻き、よろめいて後退した。喉を押さえ、咆吼《ほうこう》する。

緒形の動きが止まった。すると、全身から白銀の閃光が噴き出した。

緒形は苦しみもがいた。閃光が緒形の肉体を溶かしていく。分子化した細胞は宙に浮き上がり、シャボン玉のように消えていく。

「ああ……あああああ……」

緒形の体がよじれた。全身の輪郭もぼやけていく。

緒形は血走った目を女性と左木に向けた。最後まで残っている口を思いっきり開き、黒い渦を吐き出そうとする。

しかし、渦は逆流し、まばゆい光に飲み込まれた。

緒形は断末魔の悲鳴を残し、消え去った。

宙に光球が浮かんだ。少しずつ光を失う。そして、光は白扇に吸収された。

白扇がぽとりと地面に落ちた。

女性は白扇を拾った。振り向いて、左木を見やる。

「もうちょっと待ってな」

そう言うと、扇子を開いた。

「アスポーッ！」

左から右へ、扇子を振る。光の風が湧き起こった。風は、半円状に広がっていく。

光の風に触れた岩が次々と消えていく。建物の一部も光の風に消され、抉れた。

青空にひしめいていた岩がすべて消え失せ、陽光がグラウンドを照らした。

「もう、腕を下ろしていいよ」

女性が言う。

左木は恐る恐る腕を下ろした。時空停止が解ける。と、静止画のように固まっていたさくらたちが動き始めた。

「間に合ってよかった」

女性は大きく息をついた。

さくらは左木を見た。その目が女性に向く。手にしているものが白扇と気づき、自分の手元を確かめた。

女性はさくらに歩み寄った。

「私がちょっと借りたんだ。やっぱ、すごいね、神扇は」

女性は白扇をさくらに差し出した。さくらは白扇を受け取り、握った。

女性はそのまま、千鶴の脇に屈んだ。千鶴の背を抱く。

「つぐさん……」

千鶴がつぐを見て微笑む。

「やられたね」

「油断したわけじゃないんですが……」

咳き込み、血を吐き出す。

「わかってるよ。ちょっとじっとしてな」

つぐは千鶴を仰向けに寝かせた。

「さくら。もう一度、神扇を貸してくれないか？」

「あ、はい」

さくらは扇子を渡した。

つぐは白扇を開いて、千鶴の胸に置いた。その上に右手のひらを置く。

つぐが目を閉じた。さらさらとつぐの右手が半透明になっていく。その手が扇子をすり抜け、千鶴の胸に入っていった。

左木とさくらは驚いて目を丸くした。歩み寄ってきた糸川と伶花も、つぐの施術を目の当たりにし、息を呑んだ。

つぐは、緒形の思念で破壊された心臓の細胞を再生させた。苦しそうだった千鶴の表情が少し和らぐ。

数分後、つぐは差し入れた手を抜いた。半透明だった手が実体に戻る。

「ありがと」

つぐは扇子を閉じ、さくらに返した。千鶴を見つめる。

「一応、細胞の活性を上げて、再構築はしたが、完治までには少しかかるよ」

「ありがとうございます。あとは自分で」

千鶴が起きようとする。が、胸を押さえて背を丸めた。

「だから、完治までは時間がかかると言ってんだろ。そこの二人」

つぐは、糸川と伶花を見た。

「なんでしょう？」

伶花が訊く。

「今から、あんたらと千鶴を私らがガードを張った場所に送る。別の場所から、あんたらの仲間の長尾と私らの仲間二人が来る」

「翔太は無事だったんですか！」

糸川が声を上げた。

「ずいぶんダメージを食らったようだけどね。無事だよ。糸川、あんたは黒沢って私の仲間と共に、エリアガードを死守しとくれ。まだ、楠神……〝何か〟の思念をまとった連中はうろついてるから」

「わかりました」

「五味、あんたはスピリチュアルな能力が高い。ヒーリングもできるはずだ。千鶴も含めて、三人の負傷者がその場所に来る。私が戻るまで、治療しな」

「はい……いえ、私、心霊治療の経験は……」

「心霊治療じゃない。私ら能力者のヒーリングは、そんなまやかしじゃなく、対象者の体内に思念を送り込み、細胞の声を聞いて状態を把握し、悪い部分は取り除いたり修復したりして、回復を早めるために人間が持つ自然治癒力を促進させることだ。分子化した細胞の再構築の応用だよ。その認識を間違えなければ、スピリチュアル系の力が高い能力者なら誰でもできることだ。自分の感覚に自信を持って、臨んでみな。いいね」

「わかりました」

伶花は強く頷いた。

「左木とさくらは、私と一緒に来ておくれ」

「何をするんですか？」

「〝何か〟を封じる」

左木を見た。

左木の顔に緊張が走る。

「そいつを封じないことには終わらない」

「私がその場にいていいんですか？」

さくらが訊く。

「いなきゃ困る。これまで、左木の中にいる〝何か〟を抑えたのは、あんたの力だ。私らにない力をあんたは持ってる。その力は必ず必要になる」

「わかりました。行きます」

さくらは頷き、左木を見つめた。

左木は、覚悟を決めたさくらを見て、自分を鼓舞するように強く頷いてみせた。

「じゃあ、同時に飛ぶよ」

つぐは糸川と伶花を千鶴の脇に座らせ、自分は左木とさくらの傍らに立った。

左手を左木たちに、右手を糸川たちに向ける。

つぐが両手の指を広げた。

瞬間、そこにいた六人の姿が消えた。

7

左木とさくらは、つぐと共に南岳寺の淡島大明神霊堂裏手の敷地にテレポーテーションした。

清海が待っていた。仲間や弟子六人も、清海の後ろに並んでいる。

「お待ちしておりました、紋絽さん」

清海が数珠を手にした右手を立て、軽く頭を下げる。

つぐは、テレポーテーションをする前にテレパシーで清海に連絡を取っていた。

清海はつぐからの連絡を受け、態勢を整えて、左木を待ち構えていた。

清海が左木に顔を向けた。歩み寄ってくる。

「左木陽佑君ですね？」

「はい」

左木が頷く。物々しい雰囲気に顔が強ばっていた。

清海は静かに微笑んだ。

「安心してください。もうすぐ終わります」

低くて落ち着きのある声が胸に染みる。力の入っていた左木の両肩がスッと落ちた。

清海は頷き、仲間や弟子たちの前に戻った。左木たちの方に向き直る。

「みなさん、もうお感じかもしれませんが、祠の奥、信海上人の即身仏がある場所からは強力な邪念が湧き立っています。信海上人の中に閉じ込めた楠神弥生子の思念が、左木君の中にある思念と共鳴しているものと思われます。本来であれば、立ち入ることなく封印すべきところですが、それでは左木君の中にある楠神の思念が現世に残ってしまいますし、後世に禍根を残すことになります。左木君、高馬さん」

清海は交互に二人を見つめた。

「何が起ころうと、あなた方は我々が守ります。共に戦っていただけますか？」

「もちろんです。僕たちはそのためにここへ来ました」

左木が言う。さくらも深く頷いた。

清海も頷き返す。

「では、参りましょう」

清海は数珠をかけた右手を胸の前に立てたまま、霊堂裏手の林の奥へ歩きだした。僧侶たちが清海に続く。左木とさくらはつぐに促され、僧侶たちに続いた。しんがりをつぐが務める。

林の奥に墓石がある。空は青いのに、墓石の周りは薄暗く陰鬱である。歩を進めるほどに空気は重くなり、息苦しさも感じる。

清海が五メートルほど前で立ち止まった。右後ろに顔を向けて頷く。

僧侶が頷き返し、他の僧侶たちに合図をした。六人の僧侶は墓石の裏手に回った。数珠を握って右手を立て、一斉に念仏を唱え始める。

僧侶たちの声が林に響く。それとは別に、地鳴りのような声とも音ともつかない唸りが聞こえてきた。かすかに地面も揺れる。

つぐが後ろから近づいてきて、左木とさくらの肩に手をかけた。

「怖がるんじゃないよ。腰が引けたら、隙が生まれる。〝何か〟はその隙を突いてくる。私らを信じるんだ」

肩を強く握る。

二人は僧侶たちを見つめた。

清海がゆっくりと歩き始めた。左木とさくらはつぐに肩を握られたまま、清海に続く。

墓石の裏手に回る。地下への階段があった。清海は手前で立ち止まり、振り向いた。

「ここから先は、私と紋絽さん、左木君と高馬さんの四人で進みます。踏み込めば、雌雄決すまで戻れません。よろしいですね？」

清海が問う。

左木とさくらは、真顔で首肯した。

清海はつぐにも視線を向け、頷き返した。

入口に向き直る。左手を顔の前に立て、数珠を握った右手を∞形に振った。

入口にかかっていた膜のようなものが弾けた。

瞬間、生温かい風が祠から吹き出してきた。息ができないほどの異臭がする。

突風が清海や僧侶たちの袈裟をはためかせる。が、僧侶たちは動じない。

左木とさくらは、顔をしかめて腕や手で風を防いだ。つぐの髪の毛も揺れる。

突風は十秒ほどで収まった。左木は顔を上げて祠を見た。赤黒い煤《すす》のような気塊が入口で渦を巻いている。

清海は左手を顔の前に立てたまま、進んだ。渦の奥に清海が飲み込まれていくようだ。

「行くよ」

つぐが後ろから左木とさくらの肩を握った。

「私が先に行く」

さくらは左木の前に出た。大きく息を吸い込んで吐き出し、祠の入口を睨みつけ、歩を踏み出す。

さくらの右脚が渦の中に消える。前半身が渦に飲み込まれ、左脚も消えた。

左木もさくらに続いた。赤黒い空気に包まれた途端、鼻が曲がりそうな生臭い異臭に包まれた。

息を止め、渦を潜る。体全体が墨のような空気に包まれる。足下も見えない。ただ、階段があるのはわかる。

爪先で段差を確かめながら、ゆっくり下りていく。と、不意に明かりが目に飛び込んできた。

黒い空気の塊を抜けると、祠の通路に出た。そこに煤のような空気はなく、匂いも土の匂いだけで、異臭はない。

「つまんないトラップをかけるもんだね」

後ろから出てきたつぐがつぶやいた。

左木はさくらに歩み寄った。

「大丈夫？」

「うん。左木君は？」

「ちょっと息苦しい感じはしてるんだけど、今はまだ大丈夫」

左木は笑みを見せた。

祠へ入ってから、胸の奥が熱くなり、ざわざわしていた。不安とも恐怖とも興奮ともつかない、なんとも奇妙な感覚だ。

清海は、三人が中へ入ってきたことを確認し、歩き始めた。四人は縦一列になり、奥へ進む。

左木の息が荒くなってきた。胸元を握る。

「大丈夫？」

さくらが心配そうに見やる。

「大丈夫、進んで」

左木は言った。

が、進むほどに足も重くなった。呼吸も肩で息を継ぐようになっている。顔も蒼白くなり、唇も紫に変色してきた。

左木はさくらの肩に左手を添えた。つぐが背中に手を当てる。少しだけ、呼吸は楽になったが、胸の奥のざわつきは大きくなる。

祠の通路を抜け、広間に出た。

その広間に踏み込んだ瞬間、左木は両手で胸を押さえ、その場に膝を落とした。

「左木君！」

さくらが屈み、左木の肩を抱く。

「大丈夫かい！」

つぐもしゃがんで、背中に手のひらを押し当てた。

左木の顔からは汗が滝のように噴き出していた。苦しそうな呻きが口から漏れ、涎が滴り落ちる。

「左木君！　気丈に！」

清海は声を張り、信海上人の即身仏に向かって数珠を持った右手を突き出した。

おおおおーっという地鳴りのような唸り声が祠に響いた。それに共鳴するように、左木の口からもおどろおどろしく濁った声が漏れ出てきた。

さくらは顔を覗き込んだ。

両眼が真っ赤になっていた。半分開いた口の中の黒い渦に赤い稲妻が走る。

「これは――」

さくらは久高島で見た光景を思い出した。

左木の中に潜む〝何か〟が牙を剝いた時のことだ。あの時の様子とそっくりだった。

「この時が来た……邪魔する者は食らうぞ！」

左木の口から、左木のものではない声が発せられた。

強い邪気が四散する。つぐとさくらは、左木の傍らから少し離れた。

左木がむっくりと上体を起こした。赤く光る目が周囲を威嚇する。半分開いた口には、黒い思念がとぐろを巻いていた。

「我、一体となり、回生せん！」

左木が口を開いた。

口から赤い稲妻が空間に飛び散った。

つぐはさくらの横に駆け寄り、扇子を握った手を立てさせた。扇子が稲妻を弾く。

清海は押し寄せてくる稲妻を数珠でうち払った。

雷鳴が轟き、閃光が走る。稲妻は無軌道に飛び散り、さくらたちを襲うと同時に、壁や天井を破壊する。聴覚も視覚も奪われそうなほど、祠の中は荒ぶっていた。

左木の口から放たれている稲妻が、時折止まる。そのたびに、左木が拳を握り締め、呻く。

左木は、自分の中から湧いてくる〝何か〟の思念を抑え込もうとしていた。しかし、〝何か〟の念は強力で、左木の体を突き破らん勢いで込み上げてくる。

つぐやさくらが、左木に近づこうとする。だが、他の者が迫ると〝何か〟の思念は強まり、左木の思念を弾いて攻撃してくるため、助けられない。

手をこまねいていると、幾本もの稲妻が清海の上下左右を擦り抜け、信海上人の即身仏を襲った。

信海上人の即身仏からも唸りが聞こえてきた。稲妻を浴びるたびに腹が黒くなる。即身仏の中の楠神弥生子の思念が呼応し始めた。

なんとかしなきゃ……。

さくらは白い扇子を握った。

久高島でウトが叫んでいたまじないの言葉を思い出そうとする。しかし、なかなか思い出せない。

代わりに浮かんだのは、右手を失ったウトの姿だった。

ぞくっとした。一瞬、怯《ひる》む。が、さくらは左木を見つめ、扇子を握り直した。

その時、一つだけ言葉を思い出した。

さくらはつぐから離れ、扇子を広げた。腕を振り上げる。

「グソーへ去れ！」

口の中の渦に向けて、扇子を振った。

左木が唸り声を上げ、立ち上がった。仁王立ちし、顔を上に向ける。

「おおおおおーっ！」

唸り声と共に、口から赤い稲妻が天井に向かって噴き出した。

衝撃波が地面の土埃を巻き上げる。さくらとつぐは飛ばされ、転がった。

清海は踏ん張った。

稲妻が祠の天井を貫いた。青い空が一瞬見えた。が、次の瞬間、空は黒雲に覆われた。光を失い、あたりが闇に包まれる。

空には黒雲が渦を巻き、赤い稲妻が空を駆け抜け、すさまじい雷鳴を放った。

衝撃で信海上人の即身仏が弾け飛び、壁にぶつかって粉々に壊れた。

黒い塊が宙に浮いた。その塊が浮上しようとする。

「まずい！」

つぐは立ち上がった。

黒い塊に楠神弥生子の思念を感じた。思念の塊は、天を覆った自分の思念の分身と合体しようとしていた。

つぐが瞬間移動をした。黒い塊を握ろうとする。

が、強烈な電気で手が弾かれた。右手のひらが少し焦げ、肉の焼けた臭いがする。

「紋紹さん！　こやつは私が抑えます。あなたは左木君を！」

清海は叫ぶと、袈裟を取った。

黒い塊に被せ、包み込む。

黒い塊は袈裟の中で暴れ、喚《わめ》いた。唸り声が祠を揺らす。天井や壁が崩れてくる。

つぐは左木の口から流れ出る思念を止めようと、左木の口元に思念波を飛ばした。

思念は波動の一種だ。一定の周波数を持つ。反対の周期の波をぶつければ、波同士が打ち消し合って、フラットになる。

しかし、つぐの思念波は弾かれた。波動が異なっているようだ。

「おかしいね……」

再び、飛ばす。が、同じように弾かれる。

確かに反対の周期の波動を投げているはずなのに、相殺しない。

三度、投げてみた。またもや弾かれた。

「そういうことかい」

つぐは左木の口元を睨んだ。

周波数の算定は間違っていない。が、〝何か〟の波は、つぐの思念波が触れた途端、周期を変える。

変位性周期思念波だ。そういうものが存在するという話は聞いていたが、実際に相対するのは初めてだ。

「困ったね……」

つぐは思念波を止めた。

思念波は相反すれば相殺できるが、万が一、同調すれば、〝何か〟の思念を増幅させることにもなる。

弾かれたさくらがよろよろと立ち上がった。

つぐはさくらを見た。

「さくら、なぜ扇子を振った？」

「ノロのおばあが、左木君がこうなった時に、同じようにして、現われようとした〝何か〟を抑えたんです。けど、私の力じゃダメみたいで……」

さくらは足下の扇子を拾い上げた。

「……そういうことか」

つぐはつぶやいた。

〝何か〟の思念波は細かく変位する。相反させるのは難しい。波を断つもう一つの方法は、より大きな波動で小さな波を飲み込んでしまうことだ。

しかし、〝何か〟の思念波を飲み込んだとしても、その塊は残る。封じなければ、宙に漂い、また緒形や河西のような力を求める者に取り憑き、禍者を生み出すだろう。

呻きが聞こえた。

清海が袈裟で抑え込んでいた塊が膨れ上がっていた。袈裟の端が破れ、湧き出した黒い渦が清海を飲み込もうとしている。

このままでは、全員がやられておしまいだ。

つぐは顔を伏せた。

「私もここまでか」

ふっと微笑み、顔を上げる。

「清海！　そいつを飲み込め！　こっちは私が飲み込む！」

つぐが声を張り上げた。

さくらに歩み寄る。

「よく聞きな。左木の口元に向けて、もう一度、扇子を思い切り振るんだ。それで必ず〝何か〟の思念は左木の体から分離される。その後、私と清海が〝何か〟の思念を飲み込む。そして、私が合図したら、地面にその扇子を刺すと同時に、左木をつかんで、ここから瞬間移動して表に出な」

「清海さんとあなたは？」

「私らのことは心配しなくていい。猶予はない。やるよ」

つぐが言う。

さくらは意を決して頷いた。

両手で扇子を握り、右後方に引く。左木の口元を見据えた。

「やりな、さくら！」

つぐが声を上げた。

「グソーへ去れ！」

さくらは渾身の念を込めて、扇子を振った。

その時、左木の記憶の中に見た巫女の女性の姿が浮かび、慈愛に満ちた微笑みを浮かべた。

女性の姿が風にさらわれると、風が銀色に輝いた。

つぐが空中浮遊した。左木の真上で大の字に浮かぶ。

次の瞬間、割れんばかりの雄叫びと共に、左木の口から赤黒い渦が噴き上がった。

つぐの体が一瞬にして、天にまで飛ばされた。

銀色の風は、清海の袈裟を破ろうとしていた黒い塊も包み込んでいた。

清海は大きく口を開いた。両手で数珠を握り、口の前で輪にしてかざす。

黒い塊が数珠の輪の中に吸い込まれていく。それが清海の口の中へ入っていった。

空から明かりが射した。さくらは上を見上げた。

つぐは赤黒い渦を飲み込みながら、天から降りてきていた。

スリムだったつぐの体が風船のように膨らんでいる。それでもつぐは両腕を広げて思念をかき集め、自分の中に思念を飲み込んでいた。

つぐが天井から地面に降りてきた。

「今だよ！」

つぐが叫んだ。

さくらは扇子を畳み、思い切り振りかぶって、しゃがむと同時に扇子を地面に突き刺した。

地面から金色の飛沫《しぶき》が立ち上がり、部屋を染めた。

さくらは左木の腕を握り、テレポーテーションをした。さくらと左木の肉体が一瞬で分子化し、祠から消える。

二人の体は、霊堂裏手にまで飛んだ。左木は意識を失っていた。

「左木君！」

腕に抱きあげる。

その時、地が鳴動した。

さくらは左木を抱きしめた。

林の方から金色の柱が打ち上がった。金の光柱は天を貫いた。残っていた黒雲をすべて吹き飛ばす。

さくらは左木を守るように強く抱いた。

金色の光は噴火したマグマのようにしばらく噴き上がった。

そして、空の彼方に消えた。

静けさが戻った。

さくらは顔を上げた。霊堂裏の林が消えていた。代わりに、隕石が落ちた時のような穴がぽっかりと空いていた。

祠の入口を固めていた僧侶たちもいない。

「ん……」

左木が意識を取り戻した。

「左木君！」

さくらは左木の顔を見た。

「さくらちゃん……」

左木はかすかに笑みを浮かべた。体を起こそうとする。さくらは背中を支えて、上体を起こさせた。

左木は目の前に広がる大きな穴を認めた。目を見開く。

「どうなってるんだ、これ……」

呆然と見つめる。

「何があったんだ?」

「覚えてないの?」

「途中から意識が飛んだんだ」

「そう……」

さくらは事の顚末《てんまつ》を静かに話した。

「じゃあ、清海さんも紋紹さんも他のお坊さんもみんな光の柱に飲み込まれたということ?」

「わからない。何がどうなってるのか……」

さくらは戸惑いを覗かせた。

と、不意に気配が現われた。左木とさくらの脇に、二つの影が姿を現わす。

黒沢と七宝法師だった。左木とさくらは、まだ頭蓋骨が剝き出しになっている法師の姿を見て、ぎょっとした。

「心配ない。僕たちは紋紹さんの仲間だ」

黒沢が言う。

「よくがんばったな、おまえら」

法師は笑みを見せた。

まっすぐな笑顔を見て、左木とさくらの顔から強ばりが取れた。

「つぐさんが楠神の思念を封じる寸前、僕と法師にテレパシーを飛ばしてきたんだ。この場に思念を閉じ込めてほしいと」

黒沢が言う。

「紋紹さんや清海さんは？」

左木が二人を交互に見る。

「ここにいる」

黒沢が両手に握った球を見せた。金色に輝く球の中で、黒い渦がたゆたっている。

「この中で、楠神の思念を抑え込んでいる」

黒沢の話を聞き、法師も口を開く。

「そして、こいつが喜代田に取り憑いた楠神の思念と、楠神に取り込まれた者たちの思念だ。この中にも俺らの仲間がいて、邪念を抑えている」

法師が両手に持っていた同じような球を左木たちに見せた。

「喜代田は？」

左木が訊く。

「この中にいる。残念ながら、楠神の思念に侵されすぎて、現世には戻せなかった」

法師は左手の球を見やった。

「心配するな。俺が成仏させてやる」

法師は微笑むと、穴の中へ下りていった。

「君たちも一緒に」

黒沢に促され、穴の縁を下りていく。

すり鉢状の穴の中央に着いた。法師は中心に座り、あぐらをかいた。

「黒沢、それを」

法師が両手を差し出す。黒沢は持っていた光の球を法師の手のひらに置いた。

法師は四つの球を腹に押し当てた。腹部が光った。皮膚が霧状になり、球が腹の中へ入っていく。

法師は球を押し込み、両手を抜いた。皮膚は元通りになった。

「俺はここで即身仏となり、楠神の思念を封じ込める」

「死ぬんですか！」

左木は驚いて声を上げた。

「死ぬのではない。永遠の生を得るのだ。そして、楠神の怨嗟《えんさ》を未来永劫《えいごう》封じる。楠神の思念を抑え込むには、神水の影響下にあるこの場所で能力を持つ者が肉体ごと封じるしかないのだ。左木、さくら」

法師は二人を見上げた。

「左木は神水の力を継承する者。さくらは力の暴走を止める者。楠神の思念はまだ、この世に残っている。黒沢や南条といった俺たちの仲間、清海の弟子たちが残留思念狩りをするが、いつまたこの邪念が膨れ上がらないとも限らん。その時はおまえや糸川たち、〝何か〟を知る者たちで封印してほしい。特に、おまえら二人の力は必要になる。危急の時を見据え、精進してくれ」

法師が力強く見つめた。

左木とさくらはまっすぐ見つめ返し、首肯した。

法師は微笑み、黒沢を見た。

「やってくれ」

黒沢は頷くと、左木とさくらの肩に手を置き、浮遊した。穴の縁まで上がってきて、着地する。

法師は穴の中央で座禅を組み、腹の前で手のひらを天に向け、重ねた。

黒沢は両腕を広げた。指を下に向け、地面に刺すように少し下ろし、両腕を少し寄せた。

地面が揺れた。ガタガタと音がする。

左木たちは音のした方を見て、目を丸くした。

霊堂が地面ごと浮き上がっていた。

小さな島のように切り取られた地面が宙を水平に移動する。抉り取られた地面と霊堂は、穴の真上に来た。

「法師！」

黒沢が呼びかける。

法師は黒沢たちを見上げた。

「後世はおまえらに託す！」

法師が力強い声で言った。

黒沢は頷くと、ゆっくり霊堂を降ろしていった。抉られた地面が穴に蓋をするように降りていく。

まもなく、七宝法師の姿は見えなくなり、穴は完全にふさがれた。七宝法師の真上に霊堂が建つ。

黒沢はもう一度、地面を抉るような動きを見せた。

「アポーツ」

静かにつぶやき、腕を下ろす。

三メートルほど頭上に、土砂が現われた。黒沢はそれを霊堂のあった場所に下ろした。

と、ふっと一人の僧侶が現われた。若いが凜とした瞳の精悍な僧侶だった。

「遼海《りょうかい》と申します。清海様から当寺と霊堂の管理を任されました。以後、よろしくお願いします」

遼海は右手を立て、会釈した。

「法師をお願いします」

黒沢は言い、深く頭を下げた。左木とさくらも頭を下げる。

遼海は頷いた。

「左木君、高馬さん、僕につかまって」

黒沢が二人を見る。

左木とさくらは、黒沢の左右の腕をそれぞれ握った。

「では、失礼します」

黒沢は遼海に一礼した。
そして、三人は南岳寺から姿を消した。

エピローグ

　三月の末日、左木は、まだ暗いうちに起きだした。寒い中、用意していたリュックをクローゼットから出し、自室を出る。

　音を立てないように階段を下り、玄関へ向かう。スニーカーを履いてリュックを背負い、廊下の奥を見やった。

「父さん、母さん、今までありがとう」

　深々と腰を折る。込み上げてくる嗚咽《おえつ》をグッと堪《こら》えた。

〝何か〟が南岳寺に封印されてから五カ月が経っていた。

　封印後、一命を取り留めた山内を頂点とする、禍者及び楠神弥生子の残留思念を有する者の捜索機関が設立された。

　リーダーを務めるのは黒沢だった。

　黒沢は千鶴と共に信頼のおける上級ＣＰを選出し、遼海の弟子も加え、七つの捜索チームを編成した。

彼らは禍者、あるいは禍化しかけている者を捕らえ、南岳寺に送った。

南岳寺では、遼海を中心とした僧侶たちが楠神弥生子の残留思念を禍者の体内から除去し、霊堂に封印した。

通称〝禍者狩り〟は今も続いている。黒沢たちは、塵のような残留思念も逃すまいと、精力的に全国を回っていた。

一方で、千鶴を中心に、今回の事件の記憶を人々の脳裏から取り去る作業も行なわれていた。

悠世学園の教師や生徒のみならず、学園都市に暮らす者や政府機関で悠世学園に関わった者たちの記憶まで除去された。

記憶操作は、思念の糸をニューロンに侵入させ、大脳皮質に刻まれた記憶へつながるニューロンを切断し、別の記憶につなげることで完成する。

ただ、この施術を行なうには最上級CP並みの能力が求められる。

ほとんどの施術は、千鶴一人で行なわれていた。

睡眠も休日も削って施術に臨んだおかげで、今回の事件に関わった者たちの記憶除去は、ほぼ終わりつつある。

左木の同級生たちも、ほとんどは記憶を封じられ、グラウンドで左木が黒い渦に飲み込まれたことや、緒形や奥谷、喜代田についての記憶まで失っていた。

その中で、左木を始め、さくら、糸川、長尾、伶花の五人は、記憶を残された。

未来に起こるかもしれない〝有事〟に備えるためだ。

それぞれが〝何か〟と戦った経験を胸に刻み、精進している。

さくらは、総合力を高め、バランサーとして一つ高みに上った。

糸川は思念力が増してリーディングの能力が開花し、真雲や緒形の再来と称されるほど成長している。

長尾は物質変換の能力が卓越し、炎や水を自在に扱えるようになり、電気も起こせるほどになった。今は黒沢の手ほどきを受け、念動力にも磨きをかけている。

伶花は超感覚系能力が発現し、透視や遠隔視が上達した。今は千鶴の下に通い、ヒーリングの勉強にも精を出している。

それぞれがそれぞれの個性に気づき、個々人の能力を伸ばすべく、精進していた。

一方で、左木は、〝何か〟が封印された直後から、悩みを抱えることになった。

体内から楠神弥生子の思念が除去された後、左木はほとんどの能力を失った。今では、多少テレパシーを使える程度で、テレポーテーションもできなくなった。

ただ、神水の力を継ぐ者としての独特のオーラはまとっていた。

しかし、その活かし方がわからない。

左木はさくらに頼んで、糸川たちと共に、東御市の蔵で見つけた山本の取材ノートをすべて、自宅に運んでもらった。

この大量の資料が残された経緯は遼海から聞いた。

当時、禍者狩りをしていた清海らが、山本というライターが神水や禍者についての取材を進めていたことを知り、先々、楠神と戦う者たちの参考になると思い、東御の蔵に運ばせたそうだ。

山本自身は、そこが祖父の家だと信じていたそうだが、実際は、清海らが資料を管理、保護する場所で、山本が祖父と思っていた者は、彼に縁もゆかりもない僧侶だったという。

山本の死後、禍者が、自分たちの存在を知る者や資料を徹底的に処分したが、山本の頭の中にあった東御の記憶はイマージュガードで保護され、発見されず、蔵は僧侶と神樹の力に守られ、貴重な資料は残った。

左木は毎日のように、先人が命懸けで守った膨大な取材ノートを読み漁《あさ》った。

一般人であった祖母が、神水を浴びた後、どう生きたのか。

祖母の血と神水の力を受け継いだ母が、人生をどう歩んだのか。

祖母や母を支え、伴侶となった二人の各々の僧侶は、彼女たちの何を育てたのか。

何度も何度も読み返し、祖母や母の生き様に思いを馳せ、自分が何をすべきなのかを深慮した。

友達はみな、自分の道を邁進している。黒沢たちの活動も進む中、何もできない自分がもどかしい時もあった。

それでもあせらず、自分にできることを考え続けた。

年が明け、三学期も終わりに近づいた頃、左木はようやく、自分のすべきことを見つけた。

祖母や母も、左木同様、自分の宿命を受け入れられない時期があったと記されていた。

そして、逡巡に逡巡を重ねた上で決意を固め、楠神弥生子の残留思念と向き合ったそうだ。

決意後、二人は同じ行動をしていた。

それは、全国の神社仏閣を回り、祭事に参加し、神力を高めることだった。僧侶の二人はそのサポートをしていた。

左木の実の母は写真では巫女の格好をしていたが、巫女になったわけではなかったという。ある修行の一片を写されたものだった。

付け焼刃の修行で、神力が得られるとは思えない。短期間の修行では中途半端になるのではとも思う。

ただ、祖母も母も同じ行動に出て、伴侶たちもサポートしたということは、回ること自体に意味があるのかもしれない、ということに気がついた。

いずれにしても、何もせず、時間を無駄にすることだけは避けたかった。

もうすぐ学校が始まる。高校三年生となる。あと一年、長尾や糸川たちと楽しく過ごしたかったが、〝何か〟を知った今、以前の無垢な少年には戻れない。

終わりのない戦いに踏み出すのみ——。

覚悟は決まった。

玄関のドアを開けた。空気が冷たい。急いで閉じた。襟元を寄せ、空を見上げる。

空は星で埋め尽くされていた。

ホッとして息を吐く。

町の情景を焼き付けるようにゆっくりと夜道を歩きながら、時空路へ向かう。

変形木のアーチの前で立ち止まり、振り返った。

二度と戻ることのない町を見つめる。そして、背を向けた。歩を踏み出そうとする。

と、左木の前に人影が現われた。

「黙って、どこへ行くつもり?」

さくらだった。

「なぜ、ここへ？」

目を丸くする。

「私は左木君の守護者。眠っていても、左木君の動きは感じるの。ここを出ていくつもり？」

さくらは背中のリュックに目を向けた。

「うん。僕がすべきことを見つけたんだ。だからもう、ここにはいられない」

左木が言う。

さくらの思念が脳内を這ったのがわかった。

「そういうこと」

考えを読み取り、頷く。

「そういうことだよ。〝何か〟から僕を守ってくれてありがとう。今、こうしてここを出ていけるのも、さくらちゃんが守ってくれたからだ。感謝してる。さくらちゃんは立派なＣＰになって。このまま行くから、みんなにもよろしくな。じゃあ」

左木は笑顔を見せ、さくらの脇を過ぎようとした。

さくらは腕を立てて遮った。

「ちょっと待って」

さくらは手のひらを宙に向けた。

ダウンジャケットやリュックサックが現われる。さくらはダウンジャケットを着て、アポーツした衣服をリュックに詰め込んだ。リュックを背負う。

「私も行く」

「何言ってんだよ。学校があるだろ？」

「言ったでしょ。私は左木君の守護者。あなたの行くところにはついていく」

「ダメだよ。おばさんとか悲しむ」

「大丈夫。伶花に頼んで、左木君と私は留学したことにするから」

さくらはにっこりと笑った。

「案外、大胆だな……」

「昔から、こんな感じだよ、私。どこに行く？」

「そうだな。まずは沖縄に行こうか。ウトさんが無事なのかも気になるし」

「そうだね。じゃあ、つかまって」

さくらが左木の手を握る。左木はその手を強く握り返した。

「行くね」

さくらが左木を見つめた。

左木は見つめ返して、頷く。

さくらが思念を集中した。
二人の肉体は金色の霧となり、星空に上っていった。

本書は文庫オリジナルです。
初出　「小説幻冬」２０１７年10月号〜２０１９年2月号

幻冬舎文庫

●好評既刊
光芒
矢月秀作

所詮ヤクザは堅気になれないのか!? 伝説の元暴力団員・奥園が裏稼業から手を引こうとした矢先、ヤクザ時代の因縁の相手の縄張り荒らしに気づく。微かなノイズが血で血を洗う巨大抗争に変わる!

●最新刊
潔白
青木 俊

既に死刑執行済みの母娘惨殺事件について再審が請求される。司法の威信を賭けて再審潰しにかかる検察と、真実を追い求める被告の娘。「権力vs.個人」の攻防を迫真のリアリティで描くミステリ。

●最新刊
人生最後のご馳走
淀川キリスト教病院のリクエスト食
青山ゆみこ

淀川キリスト教病院ホスピス緩和ケア病棟では週に一度、患者が希望する食事が振る舞われる。臨終の間際によみがえる美味しい記憶と、家族、医師、スタッフの想いを紡いだ「リクエスト食」の物語。

●最新刊
果鋭
黒川博行

元刑事の名コンビ、堀内と伊達がマトにかけたのはパチンコ業界だ。二十兆円規模の市場、警察、極道との癒着、不正な出玉操作……。我欲にまみれた業界の闇に切り込む、著者渾身の最高傑作!

●最新刊
国家とハイエナ(上)(下)
黒木 亮

破綻国家の国債を買い叩き、合法的手段で高額のリターンを得る「ハイエナ・ファンド」。日本ではほとんど報道されないその実態や激烈な金融バトルを、綿密な取材をもとに描ききった話題作!

幻冬舎文庫

●最新刊
錨を上げよ〈二〉座礁篇
百田尚樹

高校を卒業して中堅スーパーに就職するも、失恋を機にたった三ヵ月で退職した又三。一念発起して大学受験を決意するが――。恋多きトラブルメーカー・作田又三の流転の人生が加速する。

●最新刊
金継ぎの家 あたたかなしずくたち
ほしおさなえ

高校二年生の真緒は、祖母・千絵が仕事にする、割れた器の修復「金継ぎ」の手伝いを始めた。ある日、見つけた漆のかんざしをきっかけに二人は旅に出る――。癒えない傷をつなぐ感動の物語。

●最新刊
チェーン・ピープル
三崎亜記

名前も年齢も異なるのに、同じ性格をもち同じ行動をする人達がいる。彼らは「チェーン・ピープル」と呼ばれ、品行方正な「平田昌三」という人格になるべくマニュアルに則り日々暮らしていた。

●最新刊
わらしべ悪党
和田はつ子

健康食品会社の社長が事故死した。遺言書が無いため、妻は10億の遺産を独り占めできるはずだった。しかし、無欲を装う関係者たちの企てに嵌められていく。昭和を舞台に描く相続ミステリー。

●好評既刊
蜜蜂と遠雷（上）（下）
恩田　陸

芳ヶ江国際ピアノコンクール。天才たちによる競争という名の自らとの闘い。第一次から第三次予選そして本選。〝神からのギフト〟は誰か？　直木賞と本屋大賞を史上初W受賞した奇跡の小説。

ESP

矢月秀作《やづきしゅうさく》

令和元年10月10日　初版発行

発行人――石原正康
編集人――高部真人
発行所――株式会社幻冬舎
〒151-0051東京都渋谷区千駄ヶ谷4-9-7
電話　03(5411)6222(営業)
　　　03(5411)6211(編集)
　　振替00120-8-767643
印刷・製本―中央精版印刷株式会社
装丁者――高橋雅之

検印廃止

幻冬舎文庫

ISBN978-4-344-42910-9　C0193　や-36-2

幻冬舎ホームページアドレス　https://www.gentosha.co.jp/
この本に関するご意見・ご感想をメールでお寄せいただく場合は、
comment@gentosha.co.jpまで。